KATY EVANS

Mogul

Wenn du mich berührst

KATY EVANS

wenn du mich berührst
mogul

Roman

Ins Deutsche übertragen
von Hans Link

LYX

LYX in der Bastei Lübbe AG
Dieser Titel ist auch als E-Book erschienen.

FSC www.fsc.org
MIX
Papier aus verantwortungsvollen Quellen
FSC® C083411

Die Originalausgabe erschien 2018 unter dem Titel »Mogul«.

Published by Arrangement with Katy Evans c/o Jane Rotrosen Agency LLC, 318 E. 515 Street, New York NY 10012 USA.
Dieses Werk wurde im Auftrag der Jane Rotrosen Agency LLC vermittelt durch die Literarische Agentur Thomas Schlück GmbH, 30827 Garbsen.

Für die deutschsprachige Ausgabe:

Textredaktion: Nina Bellem
Umschlaggestaltung: © ZERO Werbeagentur, München
unter Verwendung von: Cover image: Wong Sim;
Cover model: Mitchell Wick
Satz: Greiner & Reichel, Köln
Gesetzt aus der New Caledonia
Druck und Verarbeitung: CPI books GmbH, Leck – Germany
ISBN 978-3-7363-0974-6

1 3 5 7 6 4 2

Sie finden uns im Internet unter www.lyx-verlag.de
Bitte beachten Sie auch: www.luebbe.de und www.lesejury.de

Playlist

»Haunting« – Halsey
»Stitches« – Shawn Mendes
»Strangers« – Halsey
»Turn Me On« – David Guetta
»Heartless« – The Fray
»Body Party« – Ciara
»Skin« – Rihanna
»Faithfully« – Journey
»I'm Gonna Getcha Good!« – Shania Twain
»Story of My Life« – One Direction
»Wait for You« – Nelly Furtado
»She (For Liz)« – Parachute
»This Time Around« – Tove Lo
»Steal Your Heart« – Augustana
»Burnin' Up« – Jonas Brothers
»The Scientist« – Coldplay
»How Deep Is Your Love« – Calvin Harris and the Disciples
»All In« – Lifehouse

Zimmer 1103

Sara

»Four Seasons, Rezeption, Sara am Apparat.«

»Sara, hier ist der Gast aus Zimmer 1103.«

»Oh ja. Was kann ich für Sie tun, Sir?«

»Ich hätte gern Ihren zusammengeknüllten Schlüpfer in der Tasche und Sie, in Ekstase, in meinem Bett.«

Ich errötete. *»Wird sofort erledigt, Sir.«*

»Sara, hast du es geschafft, die Eintrittskarten für *Hamilton* zu bekommen?«

»Ja, ich habe sie herschicken lassen«, sage ich zu Victor, meinem Kollegen, und senke den Kopf, damit er nicht sieht, wie sehr mich das Telefongespräch erregt hat. Ich lasse mein offenes Haar wie einen Vorhang über mein Gesicht gleiten, logge mich auf meinem Computer aus und greife nach meinem Handy. »Ich muss einem unserer Gäste etwas bringen und gehe auf dem Weg gleich zur Toilette. Ich bin gleich wieder da«, sage ich zu ihm.

Ich trete hinter der Rezeption hervor in die Lobby und schwitze bereits bei dem Gedanken an das, was ich gleich tun werde. Ich gehe zur Toilette, schließe mich in einer Kabine ein, ziehe meinen Schlüpfer aus und knülle ihn zu einem winzigen Knäuel zusammen.

»Verdammt!« Ich habe keine Taschen, um ihn zu verstauen.

Ich beiße die Zähne zusammen und streife den Schlüpfer

wieder über, dann gehe ich zurück in die Lobby und warte auf einen leeren Aufzug, damit ich allein nach oben fahren kann.

In letzter Sekunde steigt noch eine Frau in den Aufzug. »Guten Abend«, sagt sie.

»Guten Abend, Ma'am«, erwidere ich.

Sara, was tust du da?!

Ich kann nicht fassen, dass ich im Aufzug unterwegs zu seinem Zimmer bin. In jedem Stockwerk hämmert mein Herz heftiger. Und als die Frau aussteigt, kann ich meine Erregung kaum noch beherrschen. Mein ganzer Körper zittert vor Verlangen, als die Aufzugtüren sich schließen, und ich lasse die Hände unter meinen Rock gleiten und ziehe abermals meinen Schlüpfer aus. Ich knülle ihn in der Hand zusammen und starre ängstlich auf das Display, das anzeigt, wie der Aufzug immer weiter nach oben fährt.

Ich habe schon bei meiner ersten Begegnung mit ihm die Fassung verloren und seitdem nicht wiedergefunden. Es ist wie eine innere Unruhe – mein Körper fühlt sich irgendwie fiebrig an, ein wenig zu warm und überschwemmt mit einer Überdosis weiblicher Geschlechtshormone.

Ich erreiche sein Stockwerk, steige aus und gehe zu Zimmer 1103. Ich klopfe zweimal an, dann warte ich und schaue mich um, voller Furcht, erwischt zu werden.

Die Tür geht auf – der hochgewachsene, dunkle, verruchte Mann steht mir gegenüber –, und mir stockt der Atem.

Es ist die Art Atemlosigkeit, die man erlebt, wenn man in einer Achterbahn ganz oben angekommen ist und gleich hinabstürzen wird – wenn man einfach keine Luft bekommt, so sehr man es sich auch wünscht. Absolut nicht. Man kann nur einen Schrei ausstoßen – wenn man überhaupt noch eine Stimme hat. Es ist ein seltsames, unbehagliches Gefühl, aber dieser Mann hat etwas an sich, was bei mir alle Knöpfe drückt.

Vor allem den Knopf, auf dem steht: Ich hatte seit einer ganzen Weile keinen Sex mehr.

Den Knopf, auf dem steht: Ich mag unerreichbare Männer, obwohl ich es nicht will.

Den Knopf, auf dem steht: Ich finde Männer in Anzügen heiß.

Den Knopf, auf dem steht: Wenn ich einen Typen kennenlerne, der ein Feuerwerk in mir auslöst, werde ich keine Pussy sein und weglaufen. Nein! Ich werde ein Streichholz anzünden und sehen, wie hoch die Flammen schießen …

Und so stehe ich hier und starre den Hotelgast an, dessen Namen ich nicht kenne – nicht dass das wichtig wäre. Das Zimmer wurde von einer kalifornischen Firma reserviert. Sie schicken regelmäßig Angestellte hierher, aber diesen bestimmten Angestellten habe ich vorher noch nie gesehen.

Es ist das erste Mal, dass ich dieses »Streichholz« entzünde.

Aus irgendeinem Grund ist es einfach. Es ist so einfach, dass ich nicht glauben kann, wie schnell ich die Arbeit habe sausen lassen, als er angerufen und nach mir gefragt hat, und wie verdammt scharf ich darauf bin, meinen Schlüpfer in seine Tasche fallen zu lassen.

Ich lächele ihn an, bevor ich an ihm vorbei in sein Zimmer schlüpfe. Er packt mein Handgelenk, um mich aufzuhalten, und zieht mich zu sich heran. Vor Überraschung will ich ausatmen, aber die Luft bleibt mir im Hals stecken. Er schaut auf mich herab und schließt mit der anderen Hand langsam die Tür.

Der Mann sieht toll aus im Anzug. Er sieht ebenso toll aus ohne Jackett, nur mit Hose und weißem Hemd. Na und? Viele Männer sehen toll aus im Anzug.

Aber dieser hier lässt mein Herz so heftig hämmern, dass ich fürchte, es wird mir den Brustkorb sprengen.

Dieser Mann ist eine Supernova. Und er ist die Verkörperung eines Workaholic. Jetzt landen die Blicke des heißen Workaholics auf dem Puls an meiner Kehle, und er hebt den Arm, legt mir die Hand um den Hals und streichelt mit dem Daumen über die pulsierende Stelle.

»Bist du jetzt schon angetörnt, Sara?«, fragt er.

Sein Gesicht wirkt ein wenig arrogant, sein reservierter Ausdruck verrät nichts. Seine Schultern sind breit und stolz, die Art von Schultern, die einen den ganzen Tag tragen können. Seine Wimpern sind hübscher als die eines Mädchens. Nicht dass ich eifersüchtig wäre oder etwas in der Art.

In seinen Augen liegt pure tintendunkle Schwärze.

Die gleiche Schwärze wie in seinem Haar.

Seine symmetrischen Züge könnten nicht hinreißender sein.

Der Mann scheint sich so wohl in seiner Haut zu fühlen, dass ich mich frage, ob er weiß, wie attraktiv er ist. Er müsste blind sein, wenn er es nicht wüsste. Aber spielt das irgendeine *Rolle* für ihn?

Er sieht heiß aus im Anzug, der heißeste Anzugträger, den ich je gesehen habe, und ich frage mich, ob er irgendetwas anderes tut, als zu arbeiten.

Sein Mund ist leicht verzogen, als sei er drauf und dran zu lachen, er lächelt ein wenig breiter und lässt gerade, ebenmäßige Zähne aufblitzen.

Ich drücke mich fester an ihn, und er packt mich und hebt mich auf die Konsole neben dem Foyer der Suite, und ich begreife, dass er durchaus mehr tut, als nur zu arbeiten.

Er senkt seinen rußschwarzen Kopf, und seine Lippen liebkosen meine. Ein tausendfaches Kribbeln durchdringt mich. Meine Lippen öffnen sich – vor Erwartung. Gierig. Er atmet ein, knurrt und öffnet dann seinen heißen, festen, für Sex wie geschaffenen Mund und presst ihn fest auf meinen. Unsere

Münder lösen sich in einem höllisch verrückten Kuss auf, und seine Zunge schnellt hervor, um meine in Brand zu stecken. Mit einer einzigen Bewegung seiner starken Arme werde ich gegen seinen flachen Körper gedrückt und gegen den wunderbaren Beweis, wie verdammt heiß und *steif* dieser Mann bereits für mich ist. »Besorg es mir«, flüstere ich, außerstande aufzuhören, ihn zu küssen, während ich mit den Fingern durch sein Haar fahre.

»Ich werde es dir besorgen.« Er wirft mir einen Blick zu, der so voller sexueller Anspielungen ist, dass ich jeden Moment in Flammen aufgehen könnte. »Und zwar mehrfach.«

Der Mann erobert abermals meine Lippen und beschert meiner Zunge die beste Massage, die sie je bekommen hat. Eine Massage, die meinem ganzen Körper ein Happy End verspricht.

Ich streichele über die Vorderseite seiner Hose und kann nicht ermessen, wie groß er ist, er ist riesig, und etwas an seiner guten Ausstattung und seiner Bereitschaft, sie mir zu schenken, macht mich immer feuchter. Ich streiche mit der Hand auf und ab und höre, wie ich keuche, meine ganzen Sinne entflammt von Gedanken an ihn – wie gut er sich anfühlt, wie gut er riecht, wie gut er küsst, denn es ist so berauschend. Er ist *BERAUSCHEND*.

Sara

Ein Tag zuvor …

Nach einem Aufenthalt in Houston und einem Sturm über Manhattan, der uns eine halbe Stunde Verspätung eingebracht hat, bin ich wieder in New York. Ich bin fix und fertig und schlecht gelaunt, als ich mit meinem Rollkoffer den Terminal verlasse, aber auch froh, zu Hause zu sein.

Ich will mir ein Bad einlassen und dieses Wochenende einfach vergessen, vor allem die Tatsache, dass meine Familie gefühlt binnen eines Wimpernschlags auseinandergebrochen ist.

Ich habe es nicht kommen sehen.

Ich dachte, meine Eltern würden zusammen alt werden, bis zum Ende. Ich dachte, sie seien glücklich. Ich dachte, sie seien eins der seltenen Ehepaare auf der Welt, die einander immer noch lieben.

Stattdessen stellt sich heraus, dass mein Dad meine Mom nicht mehr liebt. Ich weiß nicht, wen es tiefer getroffen hat, meine Mom oder mich.

Ich bin abgelenkt von meinen Gedanken und bemerke daher erst zu spät, dass ich an die Spitze der Taxischlange gegangen bin – einer Schlange, die mindestens eine Stunde Wartezeit verheißt. »Das Ende ist dahinten«, knirscht ein übellauniger älterer Mann.

Erschrocken lasse ich den Blick zum Ende der Schlange wandern, und meine Schultern sacken herab. Ich nehme mein Handy aus der Tasche und öffne die Uber-App. Als ich das letzte Mal versucht habe, am Flughafen ein Uber-Auto zu ergattern, war es die Hölle. Der Mann konnte mich nicht finden, und ich konnte ihn nicht finden, und trotzdem wurde abkassiert. Niemand zahlt für einen Service, den er nie genutzt hat, daher zögere ich.

Ich lasse den Blick schweifen und bemerke einen Mann im Anzug, der dabei ist, in ein Taxi zu steigen. Ich komme näher und überlege, ihn zu fragen, wohin er fährt und ob ich mir das Taxi mit ihm teilen kann.

Der Mann ist absolut scharf, und er weiß es, aber ich versuche, mich davon nicht beeindrucken zu lassen. Ich bin zu erledigt.

Als der Taxifahrer seinen Koffer in den Kofferraum lädt, wandert der Blick des Mannes zu mir herüber. Er zieht erwartungsvoll die Augenbrauen hoch, und ich platze heraus: »Nolita. Fahren Sie vielleicht in die Nähe?«

Er tritt zurück und verzieht die Lippen, als sei er verärgert, bedeutet mir aber einzusteigen.

Ich gehe sofort in die für New Yorker typische Abwehrhaltung, eine Reaktion auf die Feindseligkeiten, denen wir ständig ausgesetzt sind. Dennoch reiche ich dem Fahrer hastig meinen Koffer und springe schnell in den Wagen. Der Mann nimmt auf der Rückbank Platz und schließt die Tür, während ich dem Fahrer meine Adresse nenne.

Meine Abwehrmechanismen fallen, sobald wir unterwegs sind, und ich träume wieder von meiner heißen Badewanne. Ich drehe mich um, um mich bei dem Mann zu bedanken, aber er hat bereits sein Handy am Ohr. Er spricht mit tiefer Stimme und gibt kurz angebunden Anweisungen.

Er scheint ein kleines Arschloch zu sein. Wie der Typ Mann mit gewissen Erwartungen, der es nicht gewohnt ist, das Wort *nein* zu hören.

Während meiner Zeit an der Tanzakademie der University of New York haben zahlreiche männliche Darsteller, mit denen ich getanzt habe, erwartet, dass ich mit ihnen ins Bett gehe. Ich wurde Expertin darin, sie abzuwehren. Ich hatte sogar eine bestimmte Geste, die ich machte, wenn sie aufs Ganze gingen – ich stieß den Arm vor, die Handfläche nach oben gedreht und wandte dann schnell den Kopf ab. Ich nannte sie »Zur Hölle, nein.« Es genügte, um die Botschaft rüberzubringen, sodass ich sie glücklicherweise nicht auszusprechen brauchte; die Geste war viel subtiler.

Werde ich die Handbewegung bei diesem Mann brauchen?

Exzellente Frage, Sara. Obwohl irgendetwas an ihm mich an eine ganz *andere* Art von Geste denken lässt. Ich schaudere, als ich mit den Augen über seinen festen Körper streife.

»Ja, und schicken Sie per FedEx eine Kopie an das Hotel«, blafft er.

Ich verlagere meine Position, und er schaut auf meinen Minirock herab.

Ich spüre, wie ich ungläubig die Augenbrauen hochziehe, aber er starrt zu konzentriert auf meine Oberschenkel, um es zu bemerken. Als er wieder in sein Handy spricht, habe ich das Gefühl, er spreche mit mir. »Ich sage Ihnen, machen Sie es einfach auf, ziehen Sie es raus, und bringen Sie es mir so schnell wie möglich.«

Ich rutsche auf meinem Sitz hin und her.

Er hebt den Blick und zieht die Mundwinkel nach oben.

Ich versuche, nicht laut zu keuchen, als er mich wieder in Augenschein nimmt. Ich schwöre, ich sehe ein Schimmern von Lust in seinen Augen, aber seine Miene ist undurchdringlich.

»Danke. Und sagen Sie Roberts, sie soll mich anrufen, wenn sie da ist.«

Er beendet das Gespräch und steckt sein Telefon in die Tasche.

Schweigend mustert er mich.

Er sieht wie ein Geschäftsmann aus, aber unter seinem Anzug verströmt er eine solch starke Anziehungskraft, dass ich mich frage, wie es sich anfühlen würde, die Nägel unter dieses weiße Hemd zu krallen, seine Krawatte zu lösen, ihn am Kragen zu packen, dieses perfekte schwarze Haar zu zerzausen und seine verdammt schönen Hände auf mir zu spüren.

Er kneift die Augen zusammen, als ich mir die Lippen lecke; dann sieht er aus dem Fenster, seufzt und fährt sich mit einer Hand übers Gesicht. Er flucht leise, schüttelt den Kopf und verzieht süffisant die Lippen.

Langsam frage ich mich, ob ich mir die anzüglichen Blicke zwischen uns nur eingebildet habe, als er die Lippen noch höher zieht und deutlich sagt: »Kommen Sie näher.«

Ich zucke zusammen und stoße ein kleines Lachen aus. »Funktioniert das bei Ihnen immer so?«, flüstere ich.

»Keine Ahnung. Tut es das?« Er wirft mir einen trägen Blick zu, und in seinen tintenschwarzen Augen liegt ein Fünkchen Schalk.

Er seufzt, lockert ein ganz klein wenig seine Krawatte und lehnt sich auf der Rückbank des Wagens zurück. »War ein langer Tag.« Er streckt die Füße aus und sieht mich an, als erwarte er, dass ich ihn massiere oder etwas in der Art.

»Ach ja? Und ich hatte einen langen Flug.«

Wider besseres Wissen mustere ich seine wunderbar breite flache Brust und sein gut aussehendes Junge-von-nebenan-Gesicht, in dem sich ein Pornostar-Lächeln abzeichnet und die Unerreichbarkeit eines Workaholics, die an ihm klebt wie dieser verdammt heiße schwarze Anzug.

Er seufzt verärgert. »Kommen Sie näher«, wiederholt er.

Ich ringe mit mir, ob ich ihm eine freche Retourkutsche anbieten oder ihn zu Tode erschrecken soll, wenn ich tue, was er verlangt, aber mein Telefon klingelt, und ich frage mich, ob es mein Mitbewohner ist, der bestätigt, dass er meine Wohnung endlich geräumt hat.

»Hallo?«, antworte ich.

»Spreche ich mit Sara Davies?«

»Ja, hier ist Sara.«

»Sara, hier ist Carly. Du weißt schon, das neue Mädchen. Ich wollte fragen, ob du heute Abend meine Schicht im Hotel übernehmen könntest.«

»Ich bin gerade erst angekommen, und ich bin fix und fertig, und meine Schicht beginnt erst morgen …«

»Oh, tausend Dank, dass du das für mich tust! Ich weiß, es ist viel verlangt«, quiekt sie, als hätte ich mich gerade einverstanden erklärt, und legt auf.

Uff.

Ich funkele mein Handy an. Ich bin noch nicht bereit, wieder zu arbeiten. Und was ist mit meinem Bad? Bäh.

»Sara, aha.« Er beobachtet mich, während ich mein Handy zurück in meine Handtasche packe.

»Haben Sie etwas gegen meinen Namen?«

»Nein. Ich habe mir nur etwas Exotischeres vorgestellt.« Er fummelt mit seinem Handy herum, steckt es zurück in seine Tasche und fügt hinzu: »Ich möchte Sie auf der Rückbank dieses Autos ficken, Sara.«

»Ach ja? Und ich möchte Ihren dreckigen Mund mit meiner Faust ficken.« Ich grinse, aber mein Körper verkrampft sich, und ich erschauere. Ich hasse den Gedanken, dass er meine pfiffige Bemerkung durchschaut und genau weiß, welche Wirkung er auf mich hat.

Ich klopfe an die Scheibe und sage dem Fahrer: »Planänderung. Setzen Sie mich in der Innenstadt am Four Seasons Hotel ab.«

Der Fremde im Auto scheint sich ein Lächeln zu verkneifen und streckt die Hand aus, um eine lose Strähne meines dunklen Haares zu berühren. Mein Herz hämmert. Ich will, dass er mehr von mir berührt.

Minutenlang fahren wir so weiter. Stundenlang. Der Typ zwirbelt einfach eine meiner Haarsträhnen um den Zeigefinger. Um seinen langen, dicken gebräunten Zeigefinger mit dem perfekt geschnittenen, wirklich kurzen Nagel.

Ich weiß nicht, warum. Aber vielleicht liegt es daran, dass mir klar ist, dass wir sehr bald ankommen werden. Oder vielleicht daran, dass ich ihm einen höllischen Schrecken einjagen will, weil der Mann so wirkt, als könne ihn nichts in Schrecken versetzen.

Ich lasse mich im Sitz nach unten gleiten und rutsche näher an ihn heran, und sobald unsere Hüften sich berühren, schiebe ich mich zur Seite und schwinge ganz langsam ein Bein vor, um mich rittlings auf ihn zu setzen. Es ist ein dreister Schritt, dennoch halte ich die Stellung. Unsere Blicke verschränken sich ineinander, während sich etwas sehr Hartes deutlich zwischen meine Beine presst.

Ich schlucke, senke den Kopf und flüstere ihm ins Ohr: »Vielleicht will ich ja auch in diesem Wagen gefickt werden. Das Problem ist … wir werden gleich ankommen.«

Ich drücke die Hüften gegen ihn, was seine Erektion noch verstärkt. Seine Hände schließen sich besitzergreifend um meinen Hintern, und seine Finger bohren sich in meine Hüften.

Der Wagen hält an. Wir haben mein Ziel erreicht.

Ich schlucke abermals und versuche, meine atemlose Gier nach mehr zu kaschieren.

»Ich hoffe, das hat dir deinen Tag ein wenig versüßt«, spotte ich lächelnd und lasse mich von ihm heruntergleiten.

Er lacht und beobachtet mich mit schmalen Augen, während ich nach meiner Reisetasche greife.

»Danke für die Fahrt.«

»Das ist *mein* Spruch«, sagt er, verlagert seine Position, arrangiert sich in seiner Hose und folgt mir hinaus.

Wow. Was für ein Gentleman.

Er geht zum Kofferraum und holt meinen Koffer heraus.

»Das ist wirklich nicht nötig. Aber trotzdem danke«, sage ich und nehme mein Gepäck entgegen.

Er greift nach seinem eigenen Koffer, und meine Augen weiten sich, als er einen Geldschein hervorzieht und den Fahrer bezahlt. Ich gaffe ihn an. »Ähm, was tun Sie …«

»Sara, Gott sei Dank!«, unterbricht mich Carly, die hinter uns auftaucht. »Komm, ich bringe das für dich rein.« Sie nimmt meine Tasche, während sie den heißen Scheißkerl beäugt, mit dem ich hergefahren bin.

»Wer ist der Mann?«, fragt sie schwärmerisch und wirft einen Blick über meine Schulter, während wir hineingehen.

»Niemand. Und du stehst tief in meiner Schuld«, knurre ich leise.

Als ich mich hinter die Rezeption begebe, folge ich ihm mit meinem Blick. Ich beobachte, wie er an der VIP-Theke eincheckt. Dann kommt er durch die Lobby auf mich zu. Als ich begreife, wohin er geht, fängt mein Herz erneut an wie verrückt zu trommeln.

Er erreicht meinen Tresen und beugt sich vor. Ich hätte das nicht für möglich gehalten, aber er sieht von hier aus noch schärfer und größer aus.

»Sie sind eine interessante Entdeckung, nicht wahr?«, bemerkt er, ohne zu lächeln, aber offensichtlich neugierig.

»Ich existiere schon lange; Sie haben mich nicht entdeckt.«

»Oh doch, habe ich. Oder Sie mich.«

Vielleicht hat er recht. Es fühlt sich an, als sei mein Dasein viel zu langweilig und eintönig gewesen, bis ich in das Taxi dieses Mannes gestiegen bin.

»Ich bin müde. Hatte einen langen Tag. Ich hatte vor, mir ein Glas Wein und ein leichtes Abendessen zu gönnen, bevor ich ins Bett gehe. Möchten Sie mir Gesellschaft leisten?« Er zieht die Brauen hoch.

»Ich habe bis Mitternacht Dienst.«

»Ich verstehe. Wann haben Sie morgen frei?«

»Ich springe für eine Freundin ein, also nicht vor einundzwanzig Uhr.«

Er nickt und geht davon.

Buh. Er war wohl doch nicht so interessiert, wie ich dachte. Plötzlich möchte ich heulen.

Stattdessen reiße ich mich zusammen und mache mich hinter dem Empfangstisch an die Arbeit. Ich erledige einige Anrufe wegen Eintrittskarten am Broadway, Wegbeschreibungen zu einem Restaurant und eines Netflix-Zugangs in einem Zimmer.

Ich bin gerade mit einer Familie fertig, als das Telefon klingelt. Ich bin heute die einzige Concierge in der Nachtschicht, daher springe ich auf, um den Anruf entgegenzunehmen.

»Rezeption, Sara am Apparat.«

»Folgendes. Um Punkt null Uhr eins will ich Sie oben in meinem Zimmer haben. Ohne Slip. Ohne BH. Und mit diesem sexy Lächeln. Oh, und tragen Sie das Haar offen.«

»Es tut mir leid, Mr … Wer ist da?« Ich weiß genau, wer er ist, aber ich will ihn necken. Und ich will seinen Namen wissen.

»Seien Sie einfach da. Abendessen und Drinks genügen nicht mehr.«

»Oh, es tut mir leid, dass Ihr Abend nicht …«

»Ich werde Ihnen erlauben, in meinem Zimmer meinen Hunger zu stillen.«

»Es tut mir leid, aber ich ertrinke in Arbeit.« Es ist eher mein Schlüpfer, der gerade ertrinkt. »Doch im Hotel-Restaurant sind noch Plätze frei, wenn Sie zum Abendessen herunterkommen wollen«, sage ich, so professionell ich kann, und lege mit zitternden Fingern auf.

Als er zehn Minuten später in die Lobby herunterkommt, ist er gebadet und trägt ein dunkelblaues Hemd und eine dunkle Hose. Unsere Blicke treffen sich, meine Brustwarzen werden hart, und mir läuft das Wasser im Mund zusammen.

»Hallo. Wegbeschreibung zum Daniels, bitte.«

Seine perfekten kantigen Züge treten jetzt deutlicher hervor, weil er sich das Haar aus der Stirn gekämmt hat.

»Natürlich«, sage ich, beeindruckt von der Wahl des Restaurants für sein Abendessen. Er beobachtet mich, während ich eine Karte hervorhole und den Standort des Restaurants mit einem roten X markiere. Es ist eine Weile her, seit ich eine Papierkarte ausgegeben habe. Weil GPS so weit verbreitet ist, können sich Empfangsdamen auf andere Dinge konzentrieren.

Etwa darauf, wie ungeheuer dunkel seine Augen sind und wie intensiv ich spüre, dass er mich damit unter seinen langen Wimpern beobachtet. Er beugt sich vor, als ich ihm die Karte reiche, und das Rasierwasser auf seiner Haut löst den Impuls in mir aus, ein wenig schneller zu atmen. Er legt seine Hand auf meine, und ein Knistern zieht von meinem Arm bis zu den Beinen.

Er tut so, als bemerke er meine Reaktion nicht, und steckt die Karte lässig ein.

»Dann morgen um neun.« Er wirft mir einen Blick zu, der mir verspricht, dass *morgen um neun* jede einzelne lustvolle Sünde, die sich in seinen Augen widerspiegelt, wahr werden wird.

Ich presse die Beine hinter der Theke zusammen und versuche, mein wild schlagendes Herz in meiner Brust zu besänftigen. Verdammt, ich wünschte, ich müsste heute Abend nicht arbeiten, damit ich *ihn* und seinen wunderschönen Körper genau jetzt bearbeiten könnte.

»Wenn du es schaffst, bis dahin ohne mich keinen Spaß zu haben. Also keinen Höhepunkt, weder durch dich selbst noch mit irgendjemand sonst«, flüstere ich ihm überraschend zu.

Der Mann schenkt mir den Hauch eines Lächelns und beugt sich noch näher heran.

»Davon kannst du ausgehen … wenn du mir dasselbe versprichst.« Seine Augen sind dunkel und durchdringend, und ich verkneife mir ein Lächeln und nicke.

Ich bin halb verrückt vor Verlangen, als ich beobachte, wie sein breiter Rücken und sein toller Hintern sich entfernen.

Ian

Im ganzen Raum habe ich Papiere von der World-Films-Übernahme verstreut, aber meine Konzentration ist ungefähr so schlaff, wie mein Schwanz hart ist.

Mit den Händen in den Hosentaschen warte ich am Fenster.

Ich schaue nicht zum ersten Mal über die Gebäude im Stadtzentrum und frage mich, warum zum Teufel ich hier bin. Ich habe eine Wohnung in New York, warum also lande ich jedes Mal in einem Hotel, wenn ich in der Stadt bin?

Ist mir im Moment egal.

Weil sie kommt. Wortspiel beabsichtigt.

Oh, die süße Sara wird kommen, ganz sicher.

Ich wähle am Telefon neben dem Bett die Nummer der Rezeption.

»Four Seasons, Rezeption, Sara am Apparat.«

»Sara, hier ist der Gast aus Zimmer 1103.«

»Oh ja. Wie kann ich Ihnen helfen, Sir?«

»Ich hätte gern Ihren zusammengeknüllten Schlüpfer in meiner Tasche und Sie, in Ekstase, in meinem Bett.«

Ein leichtes Zögern, dann antwortet sie, mit nicht besonders fester Stimme: *»Wird sofort erledigt, Sir.«*

Ich lege auf und stehe auf, während mein Penis steif wird, weil ich weiß, dass sie ungefähr so bereit ist, ihn von mir zu empfangen, wie ich bereit bin, ihn ihr zu geben.

Ich lächele bei der Erinnerung daran, wie ich sie nach dem Weg zum Daniels gefragt habe. Als brauchte ich in New York eine Wegbeschreibung für irgendeinen x-beliebigen Ort.

Das Daniels könnte die Art Hunger, der mich quält, niemals befriedigen.

Ich bin bereit dafür. Ich zähle die Minuten und bin mir deutlich bewusst, dass sie genau acht braucht, um endlich anzuklopfen.

Ich öffne die Tür, und sie steht mit einem erwartungsvollen Ausdruck in den Augen vor mir. Ich starre sie einen Herzschlag lang an, nehme sie in mich auf. Sie ist schlank und mittelgroß, mit zartem Gesicht und einer Haut wie der Mond. Mein Blick wandert von silbergrauen Augen zu Lippen, die wie ein üppiges, perfektes rotes Herz sind. Ein Herz, das mein Schwanz durchstoßen will.

Einen Moment lang will ich sie küssen, die ganze verdammte Nacht hindurch. Ich kann mich nicht erinnern, wann mich eine Frau je zuvor mit so viel Erwartung angesehen hat. Zu viele Jahre des Fickens um des Fickens willen, als dass ich noch wüsste, wie es ist, zu kosten oder zu berühren.

Ich erinnere mich nicht, jemals so verdammt scharf auf irgendjemanden gewesen zu sein.

Ich umfasse mit einer Hand ihren Hals und streichele über ihren flatternden Herzschlag, der unter meinen Fingerspitzen vibriert.

Ich frage sie, ob sie bereits angetörnt sei, und sie zögert schweigend. Ich weiß, dass ich ihr Jahrzehnte der Erfahrung voraus habe, auch wenn unser Altersunterschied nur wenige Jahre beträgt.

Sie schmiegt sich in meinen Griff, und ich hebe sie am Hintern hoch und lasse sie auf den Eingangstisch fallen. *Geh es langsam an, Ford. Verdammt, du benimmst dich wie ein Irrer.*

Ich versuche, sanft zu sein, als ich den Kopf senke und sie koste, aber sie will es. Ihr Verlangen und ihr Selbstbewusstsein törnen mich noch mehr an.

Ich sauge und koste sie, und meine Hände graben sich in ihren Hintern, während ich ihren Mund öffne.

Ich umklammere sie so fest, dass ihre Brüste gegen meinen Oberkörper gepresst werden.

Sie bittet mich, es ihr zu besorgen. Ich sage ihr genau, was ich mit ihr tun werde. Das Verlangen, sie heiß und wild um mich herum zu fühlen, brennt hell, während ich sie abermals koste.

Sie streichelt meinen Schwanz.

Ich bin verwirrt. Ich drehe sie um. Auf diese Weise ist es weniger intim.

Ich hebe ihr Kleid hoch. Stoße mich in sie.

Sie schreit auf.

Ich stecke die Finger zwischen ihre Schenkel und knete ihre Klitoris, beiße ihr in den Nacken, um sie festzuhalten, während ich zustoße. Sie bewegt sich rückwärts, will es härter. Ich umfasse ihre Hüften und erhasche im Spiegel einen Blick auf sie, auf mich in ihr. Ich beobachte, wie sie sich bewegt, beobachte den Ausdruck der Lust auf ihrem Gesicht. Ich drehe sie wieder um. Plötzlich will ich nichts anderes ansehen als ihr verdammtes Gesicht.

Ich umfasse es mit einer Hand und stoße wieder zu. Animalischer Sex. Nicht die Art Sex, die ein reifer Mann mit der Frau haben würde, die er liebt. Die Art, von der man sich vorstellt, sie mit Schlampen oder mit Wildfremden zu haben.

Sie beißt mir in die Lippe, und ich werfe sie aufs Bett. Ich ziehe sie aus. Ich ziehe mich ebenfalls aus.

Als ich mich diesmal wieder auf sie fallen lasse, bekommt sie meinen Schwanz nicht. Ich kann mich nicht mehr lange zurückhalten und will noch nicht, dass es endet. Ich sauge an ihrer Brustwarze und lasse den Mund weiter hinabwandern. Meine Eier ziehen sich zusammen, als ich die Creme zwischen ihren Schenkeln koste. Ich hatte keine Ahnung, dass so etwas so berauschend sein kann.

Ich befingere sie, während ich ihre Klitoris lecke, mit der Zunge darum herumfahre. Die Art, wie sie kommt, hat nichts Süßes an sich – dafür ist sie zu wild. Sie stürzt sich Hals über Kopf hinein, so wie ein Adrenalinjunkie von einer Klippe springen würde, ohne einen Gedanken daran, ob ihr Bungee-Seil irgendwo befestigt ist oder nicht. Sie reitet mit unkontrollierbaren Bewegungen und schwer atmend auf den Wellen, ihr Mund auf meinem Hals, als sie mich an sich presst.

Sie kommt immer noch, als ich sie auf den Bauch drehe, ihren Hintern anhebe und mich in sie hineinramme.

Sie stößt ein tiefes kehliges Stöhnen aus, und eine weitere Kontraktion überkommt sie, die Wände ihrer Pussy ziehen sich Zentimeter für Zentimeter fest zusammen. Ich pumpe schnell und hart, ohne mein Stöhnen kontrollieren zu können. Mit einer Hand streiche ich ihr über den Rücken. Umfasse ihren Hintern. Ihre Brüste. Beiße sie in den Hals. Packe sie an den Haaren.

Der Geruch ihres Shampoos ist in meiner Nase. Ihr Hüftknochen ist in meiner Hand. Ihre Pussy umfängt mich. Ziemlich bald komme ich zum Höhepunkt. Fliege darüber hinaus. Ich presse sie aufs Bett und vergrabe mich bis zum Anschlag in ihr, und ich stöhne, als mein Orgasmus mich überwältigt. Ich fange an zu spritzen, so ausgiebig, dass mein Schwanz nicht aufhört zu zucken, die Wellen nicht aufhören zu brechen.

Es gefällt ihr. Es gefällt ihr, dass ich ihre Pussy in der Hand halte und sie streichele. Es gefällt ihr, wenn ich ihr in die Klitoris kneife. Ich besorge es ihr noch ein zweites Mal. Besorge es ihr so hart, dass sie ihr Stöhnen in meinem Kissen begräbt und für weitere fünf … zehn … fünfzehn Sekunden unter mir zittert.

»Oh mein Gott«, seufzt sie, als sie sich umdreht.

Wir sind beide außer Atem und schweißnass, und ich lehne mich zurück und versuche, zusammenzufügen, was von meinem Gehirn übrig ist. Sie kuschelt sich an meine Brust, und ich ziehe den Arm unter ihr weg. Mir graut davor, sie mit Sternen in den Augen anschauen zu müssen. Ich bin immer noch zu berauscht. Es kostet mich einige Anstrengung, ins Badezimmer zu gehen, um mich zu säubern.

Ich spritze mir Wasser ins Gesicht und begegne meinem Blick im Spiegelbild.

Bist du zufrieden mit dir selbst, Ford?

Ich stütze die Arme auf das Waschbecken und atme aus, dann drücke ich mich ab, kehre ins Zimmer zurück – nicht zum Bett. Nein. Zum Schreibtisch. Wo ein Haufen Papiere liegt.

Nach dem Oh

Sara

Ich muss gehen, aber ich trödele herum, ziehe mich im Schneckentempo an. Ich streife langsam meinen Schlüpfer über und richte mein Haar mithilfe des Spiegels über dem Eingangstisch.

Er mustert hungrig meinen Hintern, als hätte ich ihm nicht gerade ein sehr großes Oh beschert.

Ich habe noch nie einen Mann erlebt, der so lange gekommen ist. Er war voll bis zum Rand. Lecker.

»Dein Name?«, frage ich und drehe mich zu ihm um. Er steht mit bloßem Oberkörper in Hosen hinter dem Schreibtisch. Sein Blick wandert von mir zu den Papieren auf dem Schreibtisch und zurück zu mir.

»Ich denke, es ist das Beste, wir belassen es, wie es ist. Ich mache …« Er deutet zwischen uns hin und her. »Ich mache das nicht.«

»Sex?«

»Den mache ich offensichtlich.« Er lächelt flüchtig. Es ist ein ziemlich bedauerndes Lächeln, und es dauert nicht länger als eine Sekunde. Aber diese Sekunde reicht aus, dass mir der Atem in der Kehle stockt.

Ich schlucke. Er meint eine Beziehung. Wirke ich verzweifelt auf ihn?

So lässig ich kann, erwidere ich sein Lächeln, bekomme aber

immer noch nicht richtig Luft. »Nun denn, leb wohl, Fremder«, sage ich und gehe zur Tür.

»Sara.« Seine Stimme lässt mich innehalten, und als unsere Blicke sich abermals treffen, ist etwas Dunkles und Intensives in seinen Augen. »Ich habe dich genossen. Und deinen heißen kleinen Körper. Sehr sogar.«

»War mir ein Vergnügen, Sir. Bitte, beehren Sie das Four Seasons wieder mit Ihrem Besuch«, sage ich und versuche, die Situation herunterzuspielen, während ich durch die Tür trete. Ich steige in den Aufzug, seufze und lehne den Kopf an das Holzpaneel hinter mir, während mir innerlich schwindelig wird.

Bin ich jemals so oft gebissen worden?

Bin ich jemals so hart gefickt worden?

Ich dachte, meine Zähne würden abbrechen, und ich habe es verdammt noch mal geliebt. Ich wollte die Nägel in sein Fleisch bohren und sie über jeden Zentimeter seiner herrlichen, straffen gebräunten Haut ziehen. Die Art, wie er mir in die Augen gesehen hat, als er mich verschlungen hat, verursacht mir bei der Erinnerung einen Schauder. Und als er mich auf allen Vieren hatte, wollte ich vor Wonne schreien über die wilde gierige Art, auf die er in mich eingedrungen war. Er hat mein Haar zerzaust und daran gezogen. Warum war das so heiß?

Ich habe mich im ganzen Leben noch nie so erfüllt gefühlt, geschweige denn einen solch herrlichen Schwanz gesehen. Bei dem Gedanken daran werden meine Knie weich.

Bist du nicht froh, dass du dir das Taxi mit diesem Mann geteilt hast, Sara? Dass du nach oben gegangen bist? Dass er dir zweimal einen Orgasmus beschert hat und selbst in dir gekommen ist?

Ja, ja, ja.

Eine Stunde später gehe ich in meine Wohnung und lausche dem Lärm der Videospiele, die meine Nachbarn spielen.

»Ruhe!« Ich hämmere gegen unsere gemeinsame Schlafzimmerwand, seufze, schlüpfe mit meinem Laptop ins Bett und checke sämtliche Stellenangebote, die mit dem Broadway zu tun haben. Da ist …

Nichts.

Ich sitze als Empfangsdame fest. Ich schiebe den Laptop beiseite, als meine Nachbarn wieder lautstark ihr Computerspiel spielen, und drücke mir stöhnend mein Kissen auf den Kopf. Dabei beschließe ich, mir, wenn ich Geld übrig habe, als Erstes schalldämpfende Kopfhörer zu kaufen. Das sage ich mir immer wieder, aber jedes Mal entdecke ich ein hübsches Paar Schuhe, das ich stattdessen kaufe.

Gedanken an Geld führen zu Gedanken an meine kommende Mietzahlung. Mein Mitbewohner ist ausgezogen, und ich bin endlich allein, aber jetzt muss ich die ganze Rechnung zahlen. Ich richte mich auf, öffne meinen Computer und mache mich daran, eine Annonce zu entwerfen. Dunkle Augen blitzen in meinem Geist auf. Mein Herz bleibt für einen Moment stehen, bevor es weiterschlägt. Gott. Was für ein verdammt heißer Kerl er war.

Ian

Zwei Tage zuvor …

Das Dröhnen ihrer Stimme durch das Telefon dauert und dauert und *dauert*. Ich atme aus, knurre: »Rede mit meinem Anwalt«, und knalle den Hörer auf die Gabel.

Ich funkele das Telefon an, drücke mir die Handballen auf die Augen, bevor ich die Hände auf den Schoß sinken lasse.

Verdammt, was ist passiert?

Wir waren während der ganzen College-Zeit ein Paar, und nach dem Abschluss haben wir den nächsten logischen Schritt gemacht und sind nach New York gezogen. Ich habe Geld gemacht. Ich habe noch mehr Geld gemacht und ihr mehr gegeben, als sie sich jemals hätte träumen lassen: ein Penthouse in der West End Avenue mit vier Schlafzimmern und Aussicht auf den Hudson, großzügige Einkaufsorgien bei Bergdorf, exotische Urlaube mit gecharterten Privatjets. Ich hatte nur noch Gedanken daran, mehr zu verdienen, mehr zu liefern – bis zu dem Tag, an dem ich in unsere Wohnung kam und ein Paar Manschettenknöpfe fand, die nicht mir gehörten.

Ich fragte, ob sie fremdgegangen sei.

Sie stritt es ab.

Wie ein Idiot glaubte ich ihr ihre Geschichte, sie habe sie als Geschenk für mich gekauft. Ich ignorierte die Tatsache, dass sie bereits offen waren und nirgendwo ein leeres Päckchen herumlag. Ich nahm sie an mich. Ich trug sie sogar zu unserem nächsten Event. Wie ein gottverdammter Idiot.

Acht Monate später kam ich in unsere Wohnung und fand zwei Weingläser im Spülbecken, ihre Schuhe auf dem Boden und eine Spur von Unterwäsche, die in unser Schlafzimmer führte. Ich stand an der Tür und hörte ihnen zu.

IHNEN.

Meiner Ehefrau und jemand anderem.

Ich zitterte am ganzen Körper, als ich die Tür aufriss und mich auf ihn stürzte.

Ich zerrte ihn von ihr herunter, drehte ihn um und schmetterte ihn gegen die Wand.

»Wir sind fertig miteinander«, zischte ich sie an, sammelte den Mist des Mannes zusammen und drückte ihn ihm in die Hände. »Und *Sie* – kommen Sie nie, niemals wieder hierher, wenn Sie wissen, was gut für Sie ist.«

Er war irgendein junger Buchhalter, der für die Firma arbeitete, die *meine* Filmgesellschaft engagiert hatte, und er half meiner *Ehefrau* bei ihren persönlichen Ausgaben. *Hah!*

»Ian«, flehte sie, »du bist nie hier.«

»Du«, knurrte ich, »bist meinetwegen *hier*.« Ich deutete auf die Wohnung, in der sich jeder Luxus, den sie sich jemals wünschen konnte, befand. »Scheiße, du bist *meinetwegen* hier, Cordelia.« Ich sah ihr in die Augen, die einst so unschuldig und süß gewesen waren, ein Mädchen, das mir an meinem Geburtstag Kuchen gebacken hatte, garniert mit selbst gemachtem Eis. Was war aus ihr geworden? Was war aus *uns* geworden?

»Du bist nie hier«, schluchzte sie. »Ich bin fünfundzwanzig Jahre alt, Ian. Ich habe Bedürfnisse!«

Ich schüttelte den Kopf, und die Enttäuschung über mich, über sie, über uns haute mich so sehr um, dass ich kaum Luft bekam. »Du hättest mit mir reden können.«

»Ich habe es versucht.« Sie schlug sich die Hände vors Gesicht und senkte den Blick.

Ich schnappte mir einen Koffer und begann meine Sachen zu packen.

»Wohin gehst du? Ian, bitte.«

»Weg. Ich komme nicht zurück. Du wirst von meinem Anwalt hören.« Ich zog den Reißverschluss meines Koffers in Rekordzeit zu. Das tat ich stets mit einer Spur Widerstreben, wenn ich zu einer weiteren Geschäftsreise aufbrechen musste. Dies war das erste Mal, dass ich einen Koffer gepackt hatte, ohne einen Moment lang darüber nachzudenken.

»Es muss nicht so ausgehen!« Sie lief hinter mir her zur Wohnungstür und erstarrte, als ich mich zu ihr umdrehte.

»Nein. Es hätte nicht so ausgehen müssen«, antwortete ich, schaute auf ihre Kleider auf dem Boden hinab und auf ihren nackten Körper, der Beweis ihres Betrugs war, und ging hinaus.

Es war über ein Jahr her, und unsere Scheidung war immer noch nicht unter Dach und Fach. Ich habe ihr gesagt, dass sie die Wohnung behalten kann – alles, was ich will, ist ihre Unterschrift. Ich will frei von ihr sein und von der Erinnerung daran, wie gottverdammt dumm ich war.

Kaum zu glauben, dass ich morgen in das schreckliche New York zurückkehren muss.

Ich drücke auf die Gegensprechanlage, um meine Assistentin anzurufen. »Sorgen Sie dafür, dass mein Zimmer nicht unter meinem Namen reserviert wird. Ich will nicht, dass sie Wind davon bekommt, dass ich in der Stadt bin«, knurre ich. »Und stellen Sie sie das nächste Mal nicht zu mir durch, wenn sie anruft.«

Ich lasse den Knopf der Gegensprechanlage los, atme aus, lehne mich in meinem Stuhl zurück und fahre mir mit einer Hand übers Kinn.

Zwölfeinhalb Monate seit jenem schicksalsträchtigen Abend, und noch immer überschattet er mich wie eine Wolke. Sie hat mir vorgeworfen, ich würde nur arbeiten. Das stimmte nicht, aber ihre Worte waren eine Prophezeiung, und seitdem ist es alles, was ich noch tue. Alles, was ich noch bin. Arbeit und Verbitterung und Misstrauen und Geld, jede Menge Geld. In letzter Zeit frage ich mich, ob es irgendetwas auf diesem verdammten Planeten gibt, das mir helfen wird, mich wieder wie ein Mensch zu fühlen.

Ich schicke eine E-Mail an meinen Scheidungsanwalt und bitte ihn, sich in New York mit mir zu treffen.

Ich brauche eine Scheidung

Ian

Gegenwart …

»Ich brauche eine Scheidung. *Jetzt*.«

»Das haben Sie gesagt.« Mattias Wahlberg sitzt mir gegenüber am Mittagstisch, ein ganz normaler Tag für meinen Scheidungsanwalt. »Aber ich muss noch einmal betonen, dass es ohne ihre Zustimmung und ohne einen Beweis für ihre Affäre …«

»Ich habe einen Beweis«, schnitt ich ihm das Wort ab.

Ich beuge mich zu meiner Aktentasche hinab, gebe die Kombination ein, lasse sie aufspringen und ziehe die Manschettenknöpfe heraus. Ich werfe sie auf den Tisch. »Diese Manschettenknöpfe. Ich bin mir sicher, dass sie ihm gehören.«

»Sie sind sich sicher? Inwiefern? Wir haben keinen Beweis dafür, dass er sie getragen hat.«

Ich werfe sie rasch frustriert zurück in meine Aktentasche, und streiche mir mit einer Hand übers Gesicht. »Hören Sie, ich will diese Sache erledigt haben.«

»Sie scheint sich nicht von Ihnen scheiden lassen zu wollen.«

»Niemand will sich von mir scheiden lassen – mein Name öffnet Türen.«

»Sperren Sie ihre Kreditkarten.«

»Damit sie verhungert?«, knurre ich und schüttele den Kopf.

»Ian, wir kennen einander schon lange. Reden Sie mit ihr. Stellen Sie fest, ob Sie an ihr Herz appellieren können.«

Ich atme aus und beuge mich vor. »Geben Sie ihr, was immer sie will. Die Wohnung im West End. Das Haus in Cabo. Die Hälfte meines Bargelds. Aber die Firma bleibt bei mir – geben Sie ihr alles andere. Und verschaffen Sie mir diese verdammte Scheidung«, stoße ich aus und schiebe mich vom Tisch weg.

Ich klettere in ein Taxi und fahre zurück ins Hotel. Ich muss meinen Papierkram erledigen und ihn vor meinem Flug um fünf Uhr nachmittags zurück nach L. A. in meinem New Yorker Büro abgeben.

Allerdings ist es nicht die Arbeit, an die ich denke, während ich aus dem Fenster schaue und der Fahrer sich durch den Verkehr schlängelt. Ich sehe *sie* in jeder Frau, die über den Gehsteig spaziert. Einige haben ihr Haar; einige haben ihre Beine. Ich beuge mich dichter zum Fenster vor, als ich eine entdecke, von der ich mir sicher bin, dass sie es ist. Sie ist gut gebaut wie Sara, mit dem gleichen langen eleganten Hals, ihr dunkles Haar zu einem Pferdeschwanz zurückgebunden. Sie trägt ein knielanges schwarzes Kleid, und es schmiegt sich genau richtig um ihren Körper, als sie sich bückt und etwas aufhebt, das sie fallen gelassen hat. Ich sauge ihren Anblick auf.

Das Taxi hält mitten im Verkehr an, und ich lege die Finger um den Türgriff, bereit, hinauszuspringen. Die Frau hebt den Kopf und richtet sich wieder auf. Es ist nicht Sara.

Nicht ihre Augen. Nicht ihr Gesicht. Definitiv nicht ihre Lippen.

Herrgott, Mann, reiß dich endlich zusammen.

Ich atme aus und lasse die Hand auf mein Knie sinken, trommele mit den Fingern rastlos darauf. Ich habe sie gevögelt – eine einmalige Sache. Aber nun hat sich ein klaffendes Loch in mir geöffnet, das ein Verlangen nach menschlicher Berührung in mir weckt, nach menschlicher Beziehung. Dem Duft einer Frau, der Stimme einer Frau … diese Frau ist vielleicht der Schlüssel, um mich wieder zu öffnen.

Ich denke für eine Minute darüber nach. Aber nur für eine Minute.

Wofür, Ford? Es ist nichts Gutes mehr von dir übrig.

Ich betrete die Lobby und gehe direkt zum Empfangstresen. Sie ist nicht da.

»Sara?«, frage ich.

»Sie ist zu Hause. Ich springe für sie ein, weil sie neulich für mich eingesprungen ist. Soll ich sie anrufen, Mr …«

Ich ziehe eine Visitenkarte aus der Tasche. »Bitten Sie sie, mich anzurufen.«

Sie lässt ein ziemlich kokettes Lächeln aufblitzen und will offensichtlich mit mir flirten, was ich ignoriere, und ich bitte sie um einen Umschlag und schreibe eine Nachricht auf die Rückseite der Visitenkarte.

Ich bin es, Ian.

Ich kümmere mich um persönliche Angelegenheiten. Vielleicht werde ich bald mehr zu bieten haben als das, was ich gestern Nacht getan habe.

Ich schiebe die Karte in den Umschlag und klebe ihn zu, während die Empfangsdame sich um eine Familie kümmert. Als sie fertig ist, habe ich geschlagene drei Minuten Zeit, die ganze Sache noch einmal zu überdenken. Während sie der Familie nachwinkt, greife ich nach dem verschlossenen Umschlag und stopfe ihn in die vordere Tasche meines Mantels. Ich gehe davon, und hinter mir ruft die Empfangsdame: »Sir, wollten Sie den Umschlag nicht dalassen?«

Ich hebe die Hand, ohne mich umzudrehen.

Offensichtlich nicht.

Es hat keinen Sinn, ihr ein einfaches Ticket ins Nirgendwo zu geben. Besser, es bei dem zu belassen, was passiert ist. Ein One-Night-Stand, mehr nicht.

Mitbewohner

Sara

Ich habe eine Annonce aufgegeben, um einen neuen Mitbewohner zu finden, und ich bete, dass die richtige Person sich bewirbt, denn der Mitbewohner-aus-der-Hölle-Albtraum war endlos gewesen. Mein erster Mitbewohner war ein Mann, der immer in der Wohnung herumlungerte, ein elender Messie, dem ich hinterherräumen musste und der immer mit der Miete in Verzug war. Ich habe ihn rausgeworfen. Die Nächste war eine junge Studentin, die an die NYU kam und diese nach einem Semester wieder verließ; sie hatte das Gefühl, nicht richtig hierher zu passen, und wollte lieber an ein traditionelleres College mit einem Campus. Und wieder musste ich die Miete allein aufbringen und bin jetzt verzweifelt auf der Suche nach dem richtigen Mitbewohner.

»Aller guten Dinge sind drei«, rede ich mir ein.

Ich lese die andere Annonce, die ich vor zwei Wochen aufgegeben habe, noch einmal durch und überzeuge mich davon, dass sie immer noch da ist, dann schlage ich meinen Laptop zu. Anschließend suche ich in der Zeitung weiter nach Jobs. Ich habe mich immer am Broadway gesehen, aber ich schätze, das Universum hat mich dort nicht gesehen. In der ersten Woche, in der ich für meinen Durchbruch geprobt habe, habe ich mir den Knöchel gebrochen. Sie haben mir auf den Rücken geklopft und Danke schön gesagt, dann haben sie mich weggeschickt, mit meinem Gipsverband, einem Stiefel und zerschmettertem Herz und zerbrochener Seele. Da ich weiter Miete zahlen musste, bewarb ich mich als Empfangsdame in einem schicken Vier-Sterne-Hotel in der Innenstadt, dessen Gäste größtenteils Geschäftsleute sind – und glücklicherweise habe ich den Job bekommen.

Trotzdem kann ich den Wunsch nicht abschütteln, mehr aus meinem Leben zu machen. Etwas zu tun, was mich mit Leidenschaft erfüllt und worin ich zufällig auch noch gut bin. Manchmal ist es schwer, beides miteinander zu verbinden, und am Ende hat man eine Karriere, in der man gut ist, und ein Hobby, das ich mit Leidenschaft ausübe. Ich nehme alles, aber die Rastlosigkeit, die ich empfinde, wann immer ich an meine alten Träume denke, in denen ich vor Publikum auftreten wollte, lässt mich nicht aufhören zu suchen.

Seufzend lege ich die Zeitung beiseite und gehe ins Bad, um die Wanne zu füllen. Als sie voll ist, tauche ich die Füße hinein und dann den Rest von mir. Meine Gedanken schweifen ab, während ich mich wasche. Es ist seltsam – aber jedes Mal, wenn ich jetzt in eine Wanne steige, denke ich an ihn. Vielleicht, weil ich am Abend unseres Kennenlernens den sehnsüchtigen Wunsch hatte, in die Wanne zu steigen. Oder vielleicht, weil er mir ständig in den Sinn kommt.

Es ist über zwei Wochen her, und es ist mir immer noch nicht gelungen, seinen Namen herauszufinden. Aber das ist in Ordnung. Ich wette, ein zweites Mal wäre dann nicht mehr so überragend. Wenn ich ihn nicht finden kann, dann bewahre ich mir lieber die Erinnerung.

Ich streiche mit dem Schwamm über meine Glieder, und die in mir erwachte Schlampe verlangt immer mehr. Seit der Nacht mit ihm hatte ich keinen Sex mehr. Welchen Sinn hätte das? Es würde sich nicht vergleichen lassen. Kann es nicht. Ich spare mich für ihn auf – aber wie um alles in der Welt soll ich ihn finden?

»Wo bist du, du sexy Hurensohn?« Stöhnend tauche ich die Finger ins Wasser, hinunter zwischen meine Beine. Oh ja. Ich habe mich öfter, als ich zählen kann, beim Gedanken an ihn kommen lassen.

Vielleicht sollte ich ausgehen und etwas echten Sex haben. Mit einem Partner.

Aber ein Ersatzmann hat keinen Reiz, daher schließe ich die Augen und schreite zur Tat. Ich tue niemandem weh, und wer weiß? Vielleicht wird die Tatsache, dass ich ihn wiedersehen will, so dringend wiedersehen will, ihn eines Tages im Hotel auftauchen lassen.

»Sara, der Mann in 1103 möchte eine Reservierung im …«

Ich falle beinahe um. »Wie bitte?«

»Mr Thackery. Er will eine Reservierung im Mr Chow.«

Ich betrachte den Mann gegenüber von Carly auf der anderen Seite des Empfangstischs. Er ist es nicht.

Reiß dich zusammen, Sara, stöhne ich innerlich.

Ich atme aus und schüttele den Kopf, während ich anfange, mich um die Reservierung zu kümmern. Einige der älteren Gäste wissen nichts von dem Online-Reservierungssystem Open Table und bitten uns immer wieder, das für sie zu erledigen. »Alles klar. Halb neun, Tisch für vier Personen, Sir. Möchten Sie eine Wegbeschreibung?«

Als er nickt, ziehe ich eine Karte hervor und erkläre ihm, wo das Restaurant liegt, während Carly sich um einen anderen Gast kümmert.

»Du musst dringend mal flachgelegt werden«, bemerkt Robert, einer meiner Kollegen, als die Gäste weg sind.

Ich schüttele den Kopf. »Ich muss tanzen – oh, Moment mal,

mein Telefon.« Ich hole mein Handy hervor, erkenne aber die Nummer nicht. »Hallo?«

»Hey, ich bin gerade in der Stadt angekommen und habe die Vermietungsannonce gesehen.« Eine Pause. »Suchen Sie immer noch?«

»Ja. Mit wem spreche ich?«

»Ich bin Bryn. Heyworth. Können wir uns heute treffen? Ich habe … noch keine Unterkunft für heute Nacht und hatte gehofft …«

»Ich breche in einer halben Stunde auf. Treffen wir uns in einer Stunde in Nolita.« Ich gebe ihr die Adresse meiner Wohnung. »Dann können wir uns unterhalten und schauen, ob es passt.«

»Bin unterwegs«, piepst sie, und ich lege auf. Verdammt. Sie kommt nicht von hier. Interessenten von außerhalb sind nervig. Außer dem Zimmer wollen manche eine Stadtführerin, und dazu habe ich keine Zeit. Aber als ich mit der Arbeit fertig bin, gehe ich in meine Wohnung und sage mir, dass ich es mir nicht leisten kann, wählerisch zu sein. Ohne einen Mitbewohner und bei meinem Lohn, wird abzüglich der Miete wenig für Essen übrig bleiben und gar nichts fürs Vergnügen.

Ich entdecke sie sofort, als ich ankomme. Vor dem Haus steht eine junge Frau, ungefähr in meinem Alter, mit vier Koffern und einer Laptop-Tasche über der Schulter.

»Bryn?«, frage ich aufgekratzt und ziehe die Brauen hoch.

»Sara?«

Ich nicke und lache beinahe über mich selbst, während wir einander mustern. Ich hatte vorgehabt, sie auszufragen, aber ihre Augen sehen mich mit dem Blick eines Welpen an, der mir unter die Haut geht. Gott, ich bin ein hoffnungsloser Fall, wenn es um Streuner geht. Außerdem sieht dieses Mädchen nach allem Möglichen aus, aber nicht nach einer Kriminellen.

Nein. Sie ist modisch gekleidet, trägt wenig Make-up und hat sich ihr weiches kastanienbraunes Haar aus dem Gesicht frisiert, und mir ist plötzlich klar, dass sie die Richtige ist.

Die, auf die ich gewartet habe.

»Nun? Worauf wartest du? Bring das nach oben!«, sage ich ihr, deute auf das Gepäck und schnappe mir zwei ihrer Koffer.

»Bedeutet das, dass ich einziehen kann?« Sie klingt ungläubig, aber begeistert, als sie die Koffer nimmt und mir ins Haus folgt.

»Nein, das bedeutet, dass ich gerne Streuner aufnehme«, antworte ich, als wir in den Aufzug steigen. Sie schweigt verwirrt, und ich stupse sie an. »Natürlich kannst du einziehen. Wir werden uns oben ein wenig unterhalten.«

»Oh.« Sie lacht, und wir schleppen die Koffer aus dem Aufzug und den Flur entlang zu meiner Wohnung.

Nachdem ich meine Fracht abgestellt habe, öffne ich die Tür und bedeute Bryn hineinzugehen. »Sag deinem neuen Zuhause Hallo.« Ich schalte das Licht an und helfe ihr, die Koffer hineinzurollen.

Sie schaut sich um, ein Lächeln auf den Lippen.

»Es ist nichts Besonderes, aber es ist gemütlich und hat eine tolle Lage«, sage ich und führe sie zu ihrem Zimmer. »Das ist dein Zimmer. Hast du eigene Bettwäsche dabei?«

Ich mache Licht, und sie nickt und betrachtet das abgezogene Bett in der Mitte des Raums.

»Wunderbar.« Ich ziehe die Vorhänge auf. »Die Matratze müsste mal gesaugt werden.« Ich gehe im Raum umher, schalte die Nachttischlampen ein und zeige ihr das Bad. »Schön, heute Nacht nicht allein hier zu schlafen. Ich mag Gesellschaft«, sage ich, während Bryn glücklich ihr Zimmer inspiziert.

»Okay, also, die Regeln …« Ich klatsche in die Hände und

werde ernst. »Wenn du Männerbesuch hast, schließ bitte die Tür ab, und mach es in deinem Zimmer. Nicht auf meinem Sofa. Außerdem teilen wir uns Lebensmittel und jede andere Rechnung. Ich fände es nervig, im Kühlschrank alles beschriften zu müssen. Was das Putzen betrifft, war einer meiner Mitbewohner schlampig. Mach es ihm nicht nach.«

Ich gehe zur Tür und füge hinzu: »Du putzt dein Zimmer. Ich putze meins. Bei den Gemeinschaftsräumen wechseln wir uns ab.«

»Klingt gut. Hey, hast du ein Handtuch übrig? Ich habe meins vergessen.«

»Klar.« Ich hole ein Handtuch und werfe es ihr zu. Sie fängt es auf und hängt es im Bad sorgfältig über den Handtuchhalter. »Und woher kommst du?«, frage ich.

In der nächsten Stunde lernen wir einander kennen. Ich erfahre, dass Bryn aus Ohio stammt. Dass sie dreißig ist, zwei Jahre älter als ich, und hierhergekommen ist in der Hoffnung auf ihren Durchbruch. Sind wir das nicht alle?

Während sie sich einrichtet und ich uns Pasta koche, habe ich das Gefühl, sie seit einer Ewigkeit zu kennen.

»Also dieses Start-up. Du entwirfst die Kleider …«, frage ich bei einem Glas Wein und meinen speziellen Spaghetti Carbonara.

Bryn nimmt gerade eine Gabel voller Pasta in den Mund und gibt ein *Mmm*-Geräusch von sich, während sie die Nudeln schlürft. Sie lacht leise, tupft sich die Lippen mit einer Serviette ab und legt sie beiseite. »Ich entwerfe sie, und manchmal benutze ich alte klassische Kleider und Stoffe, die sonst niemand verwendet, und mische sie mit etwas Frischem und Neuem«, erklärt sie mit bedauerndem Blick auf ihr leeres Weinglas. »Ich bin mir noch nicht sicher, wie ich die Sachen vermarkten soll; ich mag einfach Mode, aber ich bin nicht besonders geschäftstüchtig – aber das muss ich hinbekommen, um die nächste Stufe zu erreichen.«

»Und deshalb suchst du einen Investor?«, hake ich nach und fülle ihr Glas wieder auf.

»Genau.«

»Tut mir leid, da kann ich dir nicht helfen.« Ich schüttele den Kopf und schenke auch mir ein zweites Glas Wein ein. »Mir gefallen die Entwürfe, die du mir gerade auf deinem Handy gezeigt hast, aber ich bin in genau der gleichen Situation wie du.«

»Wirklich?« Ihre Augen leuchten interessiert. »Erzähl mir nicht, dass du ebenfalls Designerin bist …«

»Oh nein. Auf keinen Fall.« Ich betone das mit einer Handbewegung, dann nippe ich an meinem Wein und stelle ihn beiseite. »Ich bin Empfangsdame im Four Seasons. Aber mein Traum ist es, am Broadway aufzutreten. Ich habe mein Leben lang getanzt. Selbst als ich mir den Knöchel gebrochen hatte, habe ich stundenlang im Kopf getanzt, während ich mit einem Gipsverband im Bett lag.« Ich grinse und denke zurück an diese echt harten und trostlosen Tage. Um meine Worte zu unterstreichen, schnappe ich mir unsere leeren Teller und tanze damit in die Küche, wobei ich sie hoch in die Luft hebe.

Bei ihrem Lachen fühle ich mich leicht und glücklich. »Du bist gut!«, sagt sie.

Ich spüre, dass sie es ehrlich meint. Und etwas an der aufrichtigen Ermutigung in ihrer Stimme schenkt mir neues Selbstvertrauen. So viel Selbstvertrauen, wie ich es hatte, als ich jung war und dachte, ich würde eines Tages die Königin des Broadways sein.

»Oh, das war noch gar nichts«, versichere ich ihr augenzwinkernd, drehe den Wasserhahn auf und gebe Spülmittel auf einen Schwamm. Nachdenklich schrubbe ich die Teller sauber.

»Ich bin mir sicher, dass du etwas finden wirst. Hast du wenigstens gesucht?« Bryn räumt die Platzdeckchen weg und verstaut sie in einer Küchenschublade, dann hilft sie mir, die Teller abzutrocknen.

»Ja schon«, gestehe ich, werde aber nachdenklich und höre, wie ich etwas zugebe, was ich schon seit einer Weile weiß. »Auch wenn vermutlich ein Teil von mir aufgegeben hat, bevor ich mich stärker ins Zeug legen konnte. Als ob mein Herz keine weitere Zurückweisung ertragen könnte.«

Sie trocknet die Weingläser geschickt ab und reicht mir dann das Geschirrtuch, damit ich mir die Hände abtrocknen kann. »Du solltest diese Entscheidung nicht der Welt überlassen, Sara. Die Welt ist launisch und weiß nicht einmal, was sie will. Ist es nicht besser, von anderen eine Ablehnung zu bekommen, als *selbst* Möglichkeiten abzulehnen, bevor du sie auch nur ausprobiert hast?« Sie sieht mich mit einem Stirnrunzeln an.

Ich denke für einen Moment darüber nach und lächele dann trocken. »Du hast recht.« Ich lehne mich an die Theke und betrachte sie mit neuen Augen. Hinter Bryn Heyworth steckt so viel mehr, als man auf den ersten Blick sieht. Sicher, sie ist süß und hübsch, aber sie ist auch wirklich klug und ehrgeizig. »Wow. Du bist eine gute Mitbewohnerin. Ich hatte keine Ahnung, dass mir rund um die Uhr eine Therapeutin zur Verfügung stünde, als ich dich aufgenommen habe«, sage ich und stupse sie an, als wir in unsere Zimmer gehen.

»Ganz meinerseits. Und hey, wofür hat man Freunde? Ich hoffe wirklich, dass wir das sein können. Freundinnen«, sagt sie hoffnungsvoll, während wir uns beide zu unseren Schlafzimmertüren umdrehen.

Aus irgendeinem Grund erinnert mich ihr traumhaftes Start-up-Unternehmen, für das sie Gelder aufzutreiben versucht, an meine eigenen Träume. Als ich endlich im Bett liege, kann ich nicht einschlafen. Ich lackiere mir die Finger- und Zehennägel, und während ich darauf warte, dass sie trocknen, überfliege ich ziemlich energisch die Annoncen für Vortanzen am Broadway. Entschlossen, etwas zu finden.

Vielleicht habe ich die Mitbewohnerin meiner Träume gefunden. Wenn ich jetzt auch noch meinen Traumjob finden könnte, wäre ich überglücklich.

Und wenn ich nur den Mann finden könnte, nach dem ich mich verzehre …

Sei nicht gierig, Sara Davies. Du kannst nicht alles haben.

Aber heute will plötzlich ein Teil von mir glauben, dass ich das sehr wohl kann.

Nicht der Anruf, den ich erwartet habe

Sara

»Da ist wieder ein Anzugträger, Sara.« Carly stupst mich hinter dem Empfangstisch an.

Ich schaue zur Tür und beobachte, wie der hochgewachsene blonde Geschäftsmann hereinkommt.

»Nichts da. Sara mag die Dunkelhaarigen«, bemerkt Robert hinter mir.

»Oh. Ihr zwei.« Ich schüttele den Kopf und versuche, sie zu ignorieren, und ich hasse es, dass sie mich dabei ertappt haben, wie ich jeden dunkelhaarigen Geschäftsmann angaffe, der im Laufe des letzten Monats in die Lobby gekommen ist.

Ich bin eine kluge, junge, gut aussehende, unabhängige Frau. Ich brauche ihn nicht.

»Wie ist die neue Mitbewohnerin? Weiß sie über deine verrückte Männerjagd Bescheid?«, fragt Carly.

»Okay, ich veranstalte keine *Männerjagd*«, erkläre ich Carly entschlossen und verdrehe die Augen. »Und sie ist fabelhaft. Die Sterne stehen eindeutig günstig für mich.« Ich zwinkere ihnen beiden zu und fühle mich in diesem Moment sehr zuversichtlich.

»Hast du die Eintrittskarten für *Wicked* für Zimmer 511 bekommen?«, fragt Robert, als das Telefon klingelt.

Ich reiche ihm den Umschlag mit den Eintrittskarten, während er den Hörer abnimmt. »Rezeption, Robert am Apparat.« Stille folgt, bevor er in meine Richtung schaut. »Sara, es ist Walter.« Dann legt Robert auf.

»Hm? *Walter* Walter?«, frage ich verwirrt.

Walter ruft mich niemals an. Ich bezweifle, dass er meinen Namen kennt. Er ist ein ziemlich kleiner Mann, der gern wöchentliche Meetings abhält, um uns mitzuteilen, wie wir uns machen und wie wir in unserem Job besser werden können, während er auf unsere Röcke schielt. Er hat bisher immer nur *hingeschaut*, aber meine Kolleginnen und ich tragen an den Tagen der Mitarbeiterversammlung dennoch lieber Hosen.

»Genau. Walter, der Hotelmanager. Er will dich sprechen. Jetzt«, fügt Robert hinzu.

»Bin unterwegs.« Ich streiche mir über meine Uniform und mache mich auf den Weg zu den Privatbüros in einem abgelegenen Teil der Hotellobby.

Offen gesagt kann das nichts Gutes bedeuten. Ich zittere so heftig, dass ich die Lippen zusammenpressen muss, als ich an Walters Tür klopfe. Sein Name – auf dem Türschild eingraviert – starrt mir Unheil verkündend entgegen, bevor ich seine Stimme aus dem Büro höre: »Herein.«

Ich drehe den Türknauf und zwinge mich, selbstbewusst einzutreten.

Ich entdecke Walter hinter seinem Schreibtisch und denke sofort: *Ich werde gefeuert.*

Er stellt keinen Blickkontakt her.

Er sieht nicht auf meinen Rock.

Stattdessen schaut er auf ein Blatt Papier und sagt: »Nehmen Sie Platz.«

Du bist so was von gefeuert, Sara.

Oder vielleicht werde ich befördert?

Vielleicht habe ich herausragende Arbeit geleistet und bekomme den Preis für die ›Angestellte des Monats‹.

Nein, Idiotin. Du bist dabei erwischt worden, wie du in Zimmer 1103 einen Hotelgast gevögelt hast, und jetzt bist du erledigt.

Nun, er war ein heißer Hotelgast!, zirpt ein Teil von mir.

Das spielt keine Rolle, beharrt mein widerwärtiges Gewissen. *Du hast ihn im Hotel gevögelt, und du bist erwischt worden. Jetzt wirst du den Mann nicht nur nie wiedersehen und niemals seinen Namen erfahren – du wirst außerdem arbeitslos.*

Mein ganzer Körper ist gespannt wie ein Flitzebogen. Ich bin so verkrampft, dass ich Angst habe zu zerbrechen, wenn ich eine falsche Bewegung mache. *Lieber Gott, mach, dass Walter nichts von Zimmer 1103 weiß*, denke ich und nehme Platz.

»Wir werden Sie entlassen.«

Ich schlucke.

Verdammt.

Er hat mich wirklich gefeuert.

Er hat mich tatsächlich gerade einfach gefeuert.

Ich wurde entlassen.

Ich bin arbeitslos.

Absolut und total … im Arsch.

Oh … mein … Gott.

Mir fällt es schwer, etwas zu erwidern. Dies ist das zweite Mal in meinem Leben, dass ich gefeuert werde. Und ich hatte nur zwei Jobs. Was sagt das über mich aus?

Plötzlich mag ich mich selbst nicht besonders. Ich fühle mich wie ein Wurm. Ein Wurm, der eine Scheißangst hat, jetzt, da ich ganz allein sein werde, in einer großen, bösen Stadt, in der ich wieder auf Jobsuche gehen muss.

»Ich … ist es etwas, das ich getan habe?« Ich ringe die Hände.

»Eigentlich nicht. Mehr etwas, das Sie nicht getan haben. Wir haben das Gefühl, dass Sie nicht so engagiert sind wie Ihre Kollegen. Wir ergreifen außerdem Sparmaßnahmen, und unterm Strich glaube ich, dass Sie das schwächste Mitglied des Teams sind.« Er schiebt seine Brille auf der Nase nach oben und starrt in meine Akte. »Sie können Ihre Schicht beenden und auf dem Weg nach Hause ihren Scheck abholen.«

Wow. Das war's?

Kein: »Ich wünsche Ihnen noch ein schönes Leben, Sara.« Oder: »Es war toll, mit Ihnen zusammenzuarbeiten.«

Kein: »Danke für die Krawatte, die Sie mir zum Geburtstag geschenkt haben.« Oder zu allermindest: »Sara, danke, dass Sie uns all diese Male aus reiner Freundlichkeit Donuts mitgebracht haben.«

Wow.

Es überrascht mich, dass es mir gelingt, ruhig zur Tür zu gehen, denn es fühlt sich so an, als würde meine Welt sich wie ein Karussell drehen, ein Karussell, das von Sekunde zu Sekunde immer schneller wird. Was soll ich machen?

Ich stolpere in die Damentoilette und verstecke mich schnell in einer Kabine. Ich stoße ein herzhaftes »Scheiße!« aus, lege mir die Hände an die Schläfen und gehe im Geiste mein Gespräch mit Walter noch einmal durch. Ich bin am Ende. Mein Dad hat immer gesagt, dass ich mich so entwickeln würde. Mein Dad, der sich von meiner Mom scheiden lässt und zu denken scheint, wir seien nicht gut genug für ihn, hatte recht; ich bin anscheinend nicht gut genug für irgendetwas.

Eine Karriere als Tänzerin führt nirgendwohin.

Ich werde in einem Job ohne Zukunft enden, weil ich keinen »anständigen« College-Abschluss habe, der mich davor bewahrt.

Ich stöhne, lehne mich an die Kabinentür und kämpfe blinzelnd gegen Tränen an. Vielleicht habe ich es verdient, dass ich gefeuert wurde. Walter hatte nicht unrecht: Ich liebte diesen Job nicht. Ich wollte ihn lieben, wie ich das Tanzen liebe, aber ich tue es nicht. Das muss man meiner Arbeit angemerkt haben.

Ich sammele meinen Kram zusammen und verlasse erschöpft und mutlos die Damentoilette, als sei ich der größte Loser auf dem Planeten. *Nicht weinen*, befehle ich mir, als ich wieder zum Empfangstisch gehe. *Du kannst weinen, so viel du willst, wenn du wieder in deiner Wohnung bist. Konzentrier dich darauf, deinen Kram einzusammeln und zu erledigen, was von deinem Job noch übrig ist, bis deine Zeit abläuft.*

»Was wollte Walter?«, fragt Robert.

Ich schlucke hörbar, bevor ich herausquetsche: »Er hat mich gefeuert.«

»Was? Er hat dich gefeuert?« In Roberts Augen zeigt sich echtes Erschrecken.

Carly wirkt jedoch nicht annähernd so überrascht. »Das ist traurig … oh, Sara, es tut mir so leid«, sagt sie.

»Klar. Wer wird beim nächsten Mal für dich einspringen, oder?«, blaffe ich. Mein Selbstverteidigungsmechanismus kommt hervor, um meine Gekränktheit zu verbergen.

Carly ignoriert es. »Weißt du, wer noch gefeuert worden ist? Bert, einer der Portiers. Außerdem ein ganzer Haufen Putzfrauen …«

Ich blende Carly aus, während ich mich von Robert umarmen und mir sagen lasse, er sei für mich da, falls ich irgendetwas brauche. Ich nicke, befreie mich aus seiner Umarmung und suche den Empfangstisch nach Sachen ab, die vielleicht mir gehören und die ich mit nach Hause nehmen muss.

Da ist nichts, was ich einpacken müsste. Das ist so, wenn man als Empfangsdame arbeitet. Ich habe keine Schubladen voller Kram oder Fotos auf meinem Schreibtisch. Ich gehe, ich arbeite, ich verschwinde.

Und heute ist es wirklich hart zu verschwinden. Ich kann nicht fassen, dass dies mein letzter Tag ist. Gott, ich hätte nie gedacht, dass ich es einmal vermissen würde, Empfangsdame zu sein. *Sag Lebe wohl, Sara*, denke ich, während ich mich von meinen Kollegen verabschiede und nach Hause gehe, ohne Job, ohne Traum und ohne den Namen meines mysteriösen Mannes.

»Was ist passiert?«

Als Bryn in die Wohnung kommt, findet sie mich vor, wie ich in ein Papiertaschentuch flenne. Ich bin so erleichtert darüber, sie zu sehen, dass ich noch heftiger weine.

Ich schätze, es stimmt, was man so sagt. Der Mensch plant, und Gott lacht. Wow, er muss im Moment ziemlich laut lachen.

»Ich bin gefeuert worden. Ich hatte keine Ahnung, dass sie Sparmaßnahmen planen und dass es mich als Erste erwischen würde. Was soll ich nur tun?« Ich putze mir die Nase und werfe das Papiertaschentuch beiseite, während Bryn einen Abfalleimer holt, all die zusammengeknüllten Taschentücher und die leere Schachtel, aus der sie gekommen sind, hineinwirft und eine frische Schachtel vor mich hinstellt.

»Du wirst einen neuen Job finden.« Sie setzt sich neben mich.

Gott, ich wusste, ich hätte nicht weiter nach Tanz-Gigs Ausschau halten sollen. Ich habe mir Hoffnungen gemacht, und meine Träume haben mich von meinem echten Job abgelenkt. Ich hätte mich besser konzentrieren sollen. »So einfach ist das nicht …«

»Du kannst mit mir zusammen Hunde ausführen«, unterbricht Bryn mich.

»Das ist *dein* Ding.«

»Ich teile mit dir«, beharrt Bryn. »Ich kann nicht so viel Zeit für den Job aufbringen, wie ich das gern täte – ich werde zu beschäftigt damit sein, das Start-up auf die Beine zu stellen.«

»Wirklich?« Ich mustere sie. »Wieso bist du so zuversichtlich, dass du das Geld auftreiben wirst?« Ich bin nicht gern der Spielverderber, aber wir müssen hier realistisch bleiben. Ehrlich gesagt halte ich es für ein Luftschloss. Sie ist wirklich klug und eine tolle Designerin, aber egal wie viel Talent man auch hat, ich weiß, dass Glück auch zum Erfolg dazu gehört.

Und Glück scheint unsere Postleitzahl nicht zu mögen.

»Weil ich ihn heute Abend wiedergesehen habe, und ich hoffe, dass ich ihn herumkriegen kann«, verkündet Bryn optimistisch.

Okay, *»er«* ist Bryns Pendant meines heißen Workaholics. Er heißt Aaric Christos. Junggeselle aus Manhattan, kurz davor zu heiraten. Milliardenschwerer Finanzmagnat. Es ist ein Wunder, wie es Bryn kürzlich gelungen ist, diesem Mann zu begegnen.

»Ist das nicht Wunschdenken?«, frage ich. Denn wie viele Wunder kann eine junge Frau in Manhattan in ihrem Leben erwarten? »Tut mir leid, wenn ich dir das beibringen muss, Mitbewohnerin«, murmele ich leise, »aber die Hälfte der Stadt will die finanzielle Unterstützung von irgendwem. Jeder denkt, er hätte eine geniale Idee, oder sucht jemanden, der ihm hilft, seine dumme Idee in eine *geniale* zu verwandeln.«

»Vielleicht. Aber ich habe immer noch vor, ihn herumzukriegen.« Bryn klammert sich an ihren Optimismus und geht in die Küche, um uns Tee einzuschenken. »Bist du okay?«, fragt sie besorgt, als sie zurückkommt und mir eine Tasse reicht.

»Keine Ahnung«, gestehe ich schließlich und wünsche, ich könnte so zuversichtlich sein, wie Bryn es im Moment ist. »Ich komme nicht dahinter, was mit meinem Leben nicht stimmt.« Ich wische mir mit einem zerknitterten Taschentuch über die Nase, knülle es fest zusammen und ziehe ein neues aus der Schachtel, während ich meine Misserfolge herunterbete. »Ich habe hier an der NYU die Tisch School of Arts besucht. Aber bei meinem ersten Engagement habe ich mir den Knöchel gebrochen. Zwei Jahre dauerte die Genesung, und es war die reinste Hölle, aber sobald der Bruch geheilt war, nichts. Keine Kontakte, kein einziges erfolgreiches Vortanzen. Also bin ich Empfangsdame geworden, und selbst da, bei etwas angeblich Einfachem, scheitere ich.«

»Du bist nicht gescheitert, Sara. Es war nicht dein Endspiel, es war ein Übergangsjob.«

»Na ja.« Ich denke einen Moment lang darüber nach, fühle mich aber nicht besser. Denn die Arbeit als Empfangsdame war zumindest etwas Reales. Nicht irgendein Traum. Sie hat mich ernährt und mit Kleidung versorgt, und ich hatte etwas zu tun. »Langsam frage ich mich, ob es nicht den meisten von uns bestimmt ist, in den Übergangsjobs stecken zu bleiben.«

»Ich könnte dir zustimmen … aber ich habe jemanden gesehen, der schlechtere Voraussetzungen gehabt hatte als alle anderen und der groß herausgekommen ist. Nicht weil er Glück hatte, sondern weil er dafür gearbeitet hat. Es macht also nur Sinn, dass wir, wenn wir nur hart genug arbeiten, es ebenfalls zu was bringen.«

»Du magst diesen Burschen wirklich«, sage ich.

Plötzlich durchzuckt mich ein Stich der Sorge. Aaric Christos ist so schwer zu bekommen wie ein Mann auch nur zu bekommen ist. Und er hat eine Beziehung mit einem verwöhnten Society-Liebling. Hegt Bryn einen Todeswunsch oder etwas in der Art?

»Nein. Ich … ich *bewundere* ihn«, kontert sie. »Wir waren in der Highschool, als wir uns kennengelernt haben, und ich habe seine Entschlossenheit bewundert. Vermutlich mochte ich ihn auch«, gesteht sie, »aber ich begriff nie, welche Gefühle er in mir weckt. Ich schätze, ich mochte ihn so sehr, dass es mich verwirrt hat.« Als würde es sie selbst erschrecken, das zuzugeben, schüttelt sie schnell den Kopf. »Aber genug davon. Ich bin schon ganz aufgeregt wegen der Existenzgründung. Und wenn das funktioniert und du keinen Job hast, werde ich dich einstellen.«

»Wann fange ich an?« Ich grinse.

»Wer weiß? Wähl Gottes Nummer und frag.« Sie lässt Christos' Visitenkarte aufblitzen, und ich versuche, sie ihr aus der Hand zu reißen.

»Gib sie mir«, sage ich, während sie sie mir wegnimmt. Ich brauche sie dringender als Bryn.

»Nur über meine Leiche. Es ist mein goldenes Ticket, und das gebe ich nicht her, nicht einmal für dich. Aber ich werde dir etwas von meiner Schokolade abgeben.« Sie verschwindet kurz, und als sie zurückkehrt, wirft sie mir einen Godiva-Schokoriegel auf den Schoß. Ich stöhne. Verdammt, ich habe eine Schwäche für Schokolade, und meine Mitbewohnerin hat nicht lange gebraucht, um das herauszufinden.

»Haben wir Eiscreme da?«, frage ich.

Sie holt einen Eiscreme-Behälter aus der Tiefkühltruhe und zwei Löffel. »Sonst noch etwas?«

»Ja. Kann ich dich adoptieren?« Ich richte mich auf meinem Sessel auf und beobachte, wie sie sich neben mir niederlässt.

»Komm schon. Ich bin bloß zwei Jahre älter als du«, sagt sie, während sie augenzwinkernd den Deckel von der Eiscreme-Packung zieht.

»Ich weiß, was mir sonst noch fehlt. Selbstbewusstsein. Ich scheine das irgendwo verloren zu haben«, gestehe ich ihr und starre auf den stummen Fernseher auf der anderen Seite unseres Wohnzimmers.

Ich denke an Bryn und ihren Traum von einer Existenzgründung, der immer noch so weit entfernt liegt.

Ich denke an mich selbst und meine eigenen Träume, die Träume, die egal wie großartig sie sind, mir weiterhin im Weg stehen bei dem, was ich mir im Moment tatsächlich aufbauen müsste.

Und ich denke an meine Mom und an *ihre* Träume und an den Kummer, den sie durch meinen Dad erlitten hat. Ihr größter Traum, der eines liebenden Ehemanns und einer Familie, in tausend Stücke zerbrochen.

Gott, es macht mich jedes Mal wütend, wenn ich daran denke. Zu wissen, dass meine Mom leidet, tut weh. Aber es ist nicht so, als könne sie meinen Dad aufhalten. Er liebt sie nicht mehr.

Jetzt muss meine Mom lernen, wieder allein zu sein und sich damit zu arrangieren.

Genauso wie du dort hinausgehen und nach dem suchen musst, was du willst, statt hier zu verharren. Denn die Option zu verharren, gibt es nicht mehr, Sara. Du bist arbeitslos. Also, willst du tun, was du liebst? Oder willst du dir wieder etwas Mittelmäßiges suchen?

»Ich glaube an dich«, bemerkt Bryn und hilft mir dabei, einen Löffel Eiscreme aus dem Behälter zu kratzen.

Plötzlich habe ich es satt, traurig zu sein. Der heutige Tag war ein Unglück. Ich will mich einfach auf die guten Dinge konzentrieren, die Tatsache, dass ich jemanden habe, mit dem ich einen guten Becher Vanilleeis teilen kann. Jemanden, der seine eigenen Träume hat. »Gut, denn ich glaube auch an dich. Boss.« Ich grinse und fühle mich ein wenig besser, während wir uns über das Eis hermachen und dazu kleine Stückchen von der Godiva-Schokolade essen.

Ian

»Und das wäre geschafft.«

Jubel und Applaus brechen am Set aus, als sowohl die Filmbesetzung als auch das Produktionsteam nach meiner letzten Dokumentarsendung *»Geschafft!«* ausrufen. Meine dreiunddreißigste Produktion. Ich sollte stolz darauf sein. Ich nehme an, ich bin es. Aber ich verbiete mir das Jubilieren, weil es immer mehr gibt, was ich tun kann. Mehr, was ich will.

»Herzlichen Glückwunsch, gut gemacht«, sage ich Jake Myers, meinem Regisseur, schlage ihm auf den Rücken und springe von meinem Stuhl auf.

Ich nehme mir einen Moment Zeit, unseren Schauspielern, den Sprechern und der Filmcrew zu gratulieren. Nur ein Moment Pause, bevor ich zurück in das Hamsterrad springe und das Ganze wieder von vorn anfängt.

»Hier, bevor Sie gehen«, ruft Jake mir nach und bringt mir eine Flasche Champagner, die er prompt öffnet. Pepper, meine Assistentin, erscheint schnell mit über einem Dutzend Plastik-Weingläsern, die sie verteilt. Jake hebt sein Glas, und wir tun es auch. »Auf den verdammten Ian Ford«, sagt er.

»Er meint, auf euch alle«, kontere ich und schüttele lächelnd den Kopf.

Wir stoßen alle auf einen gut erledigten Job an. Ich kippe einen Schluck herunter und genieße für eine heiße Sekunde das Aroma, aber bevor mein Champagnerglas leer ist, stelle ich es beiseite und stopfe das Skript in meine Aktentasche.

»Wir werden Sie vermissen, Ford«, sagt Georgina, unsere Sprecherin.

»Ich werde nicht für immer fort sein«, versichere ich ihr augenzwinkernd.

»Aber Sie ziehen trotzdem zurück nach New York?«

»Ich muss diese nächste Dokumentarsendung zu Ende bringen. Es ist einfacher, wenn ich dortbleibe, bis alles in trockenen Tüchern ist.«

»Schön fest eingewickelt wie ein Burrito«, fügt Jake hinzu. Er nähert sich uns, während Georgina mich umarmt und mir dankt.

»Dafür, dass Sie mir erlaubt haben, mit Ihnen zusammenzuarbeiten. Für all die Chancen, die Sie mir ermöglicht haben«, erklärt sie mir.

Ich bin immer gerührt, wenn ein Mitglied meines Teams Dankbarkeit zeigt. Um ehrlich zu sein, ich bin ihnen noch dankbarer – nun, den meisten von ihnen –, dass sie sich mit meinem Verlangen nach Perfektion abfinden und bis zur Erschöpfung Aufnahmen wiederholen.

»Es ist mir ein Vergnügen, zumal all diese Dinge wohl verdient waren«, antworte ich ihr.

Jake beobachtet sie voller Respekt, als sie davongeht, und dreht sich wieder zu mir um. »Apropos New York. Das hat nicht zufällig etwas mit dieser Dame zu tun, die dich beim letzten Mal mit einem Lächeln zurückgebracht hat?« Er klingt aufrichtig neugierig. Sogar erwartungsvoll.

»Vielleicht. Wir werden sehen. Sie war ein wildes Kätzchen.«

Wir gehen quer über das Set auf den Ausgang zu. Jake ist einer meiner engsten Freunde in Los Angeles. Wir haben bei elf meiner Blockbuster-Filme und den gesamten achtzehn Dokumentarsendungen zusammengearbeitet, die ich produziert habe. Man könnte sagen, wir sind wie Brüder, und angesichts der Tatsache, dass ich nie einen hatte und mich kaum daran erinnere, eine Familie gehabt zu haben, außer meiner Großmutter, weiß ich ihn wie einen Bruder zu schätzen.

»Klang mehr nach einer Katze«, sagt er.

»Katzen betrügen einen. Kätzchen können immer noch lernen, einen zu lieben.«

»Du kannst ein Kätzchen keine Loyalität lehren; es ist und bleibt eine Katze«, warnt er mich.

Ich weiß, er meint, dass er mir keine weitere Cordelia in meinem Leben wünscht. Aber auch wenn ich die Geste zu schätzen weiß, kann ich doch bestens auf mich selbst aufpassen.

»Mr Ford, ich habe Ihnen Ihre Flugdaten ausgedruckt, ebenso wie Ihre Zimmerreservierung«, sagt Pepper und eilt hinter uns her.

»Das Four Seasons, unser übliches Zimmer?«, hake ich nach, als sie mir die Papiere reicht.

»Ja, Sir.«

»Danke.« Ich wende mich zum Gehen. »Rufen Sie mich an, wenn Sie mich brauchen. Ich werde wahrscheinlich auch während des Fluges Wi-Fi haben.«

»Oh, und Mr Ford«, ruft sie, und ich drehe mich wieder zur Tür um. Sie zögert, während Jake neben mir stehen bleibt. Jake begreift den Wink mit dem Zaunpfahl, schlägt mir auf den Rücken und wünscht mir einen guten Flug, bevor er uns einen Moment allein lässt. »Danke für das Hochzeitsgeschenk – es war sehr großzügig«, sagt Pepper schließlich.

Ich schüttele ein wenig kläglich den Kopf. »Freut mich, dass Ihnen die Lautsprecheranlage gefällt. Und ich entschuldige mich dafür, dass ich es nicht zur Hochzeit geschafft habe.«

Sie lacht und winkt ab, als hätte ich gerade etwas vollkommen Idiotisches gesagt. »Oh, ich habe nie damit gerechnet, dass Sie kommen würden.«

»Ach nein?« Für eine Sekunde bin ich verwirrt.

»Sie sind großzügig mit Ihrem Geld, aber ziemlich knauserig mit Ihrer Zeit, Mr Ford. Oh! Nichts für ungut.«

Sie läuft dunkelrot an, und ich mustere sie für einen Moment.

Herrgott. Bin das ich? Bin ich dafür bekannt, dass ich so … kalt bin? Ich schüttele die Regung ab und schenke ihr ein Lächeln. »Ich wünsche Ihnen alles erdenkliche Glück, Pepper. Wir sehen uns, wenn Sie zurückkehren.«

Ich meine meine guten Wünsche ernst. Ich bin abgehetzt, das stimmt, und vielleicht sogar verbittert wegen der Sache mit Cordelia, aber ich hoffe, dass trotzdem irgendein Mensch Glück haben kann. Vor allem Pepper, die sich seit Jahren für mich den Arsch aufreißt. Ich bin nie jemandem begegnet, der loyaler gewesen wäre.

Ich verlasse das Studio und entdecke mein Mercedes-Cabrio, der direkt davor geparkt ist. Ich werfe meine Aktentasche durch das offene Verdeck auf den Beifahrersitz und setze mich hinter das Lenkrad.

»Einen schönen Tag noch, Mr Ford«, wünscht mir mein persönlicher Parkdiener.

»Danke gleichfalls, Pedro. Ich hoffe, Sie vermissen mich nicht allzu sehr.«

»Ich werde es versuchen, Sir. Und ich werde versuchen, auch diese Schönheit nicht zu vermissen.« Er lässt den Blick liebevoll über meinen Wagen wandern.

Ich lache über seine Worte und gebe Gas, um direkt zu meinem Haus in Bel Air zu fahren. Dort werde ich packen und morgen früh nach New York fliegen. Auf der Fahrt muss ich an den Tag mit Sara im Taxi denken – und ich fantasiere sogar, sie genau dort wieder zu treffen, wo ich sie bei diesem ersten Mal gesehen habe. In der verdammten Taxischlange. Es überrascht mich, wie sehr ich mir wünsche, ihren Hintern zu packen und ihre Zunge auf meiner zu spüren. Wie sehr ich mir wünsche, dieser kessen Frau wieder zu begegnen.

Ich vermeide Komplikationen um jeden Preis. Selbst Pepper, meine Assistentin, ist fünfzehn Jahre älter als ich. Nicht weil ich mir selbst nicht traue, sondern weil ich verheiratet war und nie wollte, dass es zwischen Cordelia und mir Missverständnisse gab. Vor allem da ich so viel auf Reisen bin.

Sara ist eine Komplikation. Von der Art, die ich lieber vermeide. Besonders weil meine Scheidung alles andere als geregelt ist. Und ich bin im Moment ganz sicher nicht offen für emotionale Verwicklungen. Dennoch macht mich die Vorstellung, in derselben Stadt wie sie zu sein, unruhig. Rastlos.

Ich habe in den letzten Monaten bis zur absoluten Erschöpfung gearbeitet. Habe versucht, jene Nacht zu vergessen, in der wir einander bis zur Besinnungslosigkeit gevögelt haben. Es hat keinen Zweck. Je mehr ich versuche zu vergessen, umso mehr verfolgen mich die Erinnerungen.

Dann kann ich auch ins kalte Wasser springen. Sie wiedersehen. Ihren vollen Namen in Erfahrung bringen, ihre Vorlieben, auch was sie nervt – herausfinden, warum ich so besessen von ihr bin. Das ist die einzige Möglichkeit, sie mir aus dem Kopf zu schlagen.

Zum ersten Mal seit über einem Jahr ist New York wieder attraktiv für mich. Die Erinnerung an sie hat dazu geführt, dass ich mich mehr und mehr danach sehnte, in die Stadt zurückzukehren. Sie war seit einer verdammt langen Zeit die Erste, die mir das Gefühl gegeben hat, lebendig zu sein. Ihre Pussy war großartig, aber ihre Verwegenheit und dieser kesse Mund sind es, die mich nachts wach halten.

Heute Nacht ist es nicht anders als sonst. Es ist Mitternacht, und ich wandere durch die Flure meines Hauses in Bel Air. Es ist ein Haus mit drei Schlafzimmern, das ich nach meinem Auszug aus der Wohnung im West End gekauft habe.

Ich hatte gedacht, dass ich mir hier in Los Angeles ein Leben aufbaue. Und obwohl das Geschäft blüht und gedeiht, spüre ich, das bin nicht ich, während ich meine weitläufigen Zimmer und die Palmen draußen auf dem perfekt gepflegten Rasen betrachte.

Ich bin immer noch durch und durch ein Mann aus Manhattan. Es wird Zeit, dass ich meiner Frau – künftigen Ex-Frau – nicht länger erlaube, mein Leben zu zerstören und mich von dem abzuhalten, was ich will.

Verdammt, ich liebe New York City – die Stadt ist meine Heimat und wird es immer sein.

Es wird Zeit, den Deckel drauf zu machen, von vorn anzufangen und, zum Teufel, auch mit Sara ins Daniels zum Abendessen zu gehen, wenn ich das will.

Ich tippe die Nummer meines Anwalts ein, während ich in meinen Seidenpyjama schlüpfe, um ins Bett zu gehen.

»Wahlberg. Ich habe nachgedacht.«

»Wann denken Sie *nicht* nach? Sie sind eine Maschine. Sie brauchen mehr Gefühle und weniger Gedanken, Ford.«

»Ich habe Gefühle«, verkünde ich ein wenig übertrieben, »wirklich heftige. Und ich habe noch einmal über den Plan nachgegrübelt, den Sie neulich erwähnt haben.«

»Ahhh, den Kampf mit harten Bandagen. Ich sage Ihnen, bei einer Frau wie Cordelia müssen Sie …«

»Wir machen es so«, falle ich ihm ins Wort.

»Wie bitte?«

»Wir machen es so. Ich kann nicht länger nett sein. Ich habe ihre Kreditkartenrechnungen satt, ihre Telefonanrufe und die Kosten für gemietete Jets, während sie mit jedem Lustknaben, den sie finden kann, um die Welt gondelt. Ich bin nicht so ein

Mann, Wahlberg. Ich bin nicht der Mann, der sich länger als ein verdammtes Jahr zum Narren machen lässt.«

»Halleluja, jetzt ist er sauer.«

»Nicht sauer. Nur bereit, meine eigenen Bedingungen zu stellen. Es zu erledigen.«

Nach dieser letzten Anweisung lege ich auf.

Es macht mir kein Vergnügen, mit harten Bandagen zu kämpfen. Für gewöhnlich respektieren die Menschen mich genug, um mich nicht bis zum Äußersten zu treiben oder mich zu ermutigen, so weit zu gehen. Aber ich werde niemals frei sein, wenn ich bei ihr nicht so vorgehe; und ganz gleich, was ich in unserer Ehe falsch gemacht habe, ich habe sie verdammt noch mal geliebt. Ich habe mein Bestes gegeben. Ich verdiene es, wieder glücklich zu sein, und ich habe vor, alles daranzusetzen, um diesen Zustand zu erlangen. Und wenn ich ihn finde, werde ich ihn nie wieder loslassen.

Name

Sara

Bryn hatte recht. Sie hat Christos für sich gewinnen können. Er finanziert ihre Existenzgründung. Jetzt bekommt sie provisorische Büros in Brooklyn, während wir das Lagerhaus für die große Eröffnung herrichten.

Sie will mich als ihre persönliche Assistentin, während ich nach meinem Traumjob Ausschau halte. Also bin ich neben regelmäßigen Tanzstunden zum Vortanzen gegangen, habe Hunde ausgeführt, um die Miete zu bezahlen, und bin ihre Assistentin. Ich liebe die Abwechslung. Und Bryn liebt die Hilfe.

»Christos. Ich bekomme ihn einfach nicht aus dem Kopf.«

»Ihr zwei habt für diese Existenzgründung eine Menge Zeit zusammen verbracht, nicht wahr?«

»Nun, abgesehen von der Tatsache, dass er mich von Kopf bis Fuß unter die Lupe genommen hat … freuen wir uns darauf, diese Vision zu verwirklichen.«

Es ist Wochenende, und wir chillen nach dem Frühstück im Schlafanzug in unserem kleinen Wohnzimmer.

»Deine Entwürfe spazieren durch Manhattan – zum Teufel, durch das ganze Land. Werden getragen und bewundert. Was ist das für ein Gefühl?«

»*Umwerfend* trifft es nicht einmal ansatzweise. Aber wie kommt es, dass wir, egal wie erfolgreich wir sind, immer noch mehr wollen?«

»Was könntest du denn noch mehr wollen? Die Dinge laufen großartig!«

In sehr kurzer Zeit hat sie ihr ganzes Leben umgekrempelt. Von einer mittellosen Obdachlosen in Manhattan hat sie sich in eine Frau verwandelt, die eine großartige Mitbewohnerin hat (das bin ich) und eine satte Million mit ihrer Arbeit verdient.

»Christos.«

»Oh.« Ich lächele. »Nun, es ist der Traum. Den Mann zu finden, der dein Herz zum Rasen bringt. Es macht mich traurig, dass ich einen gefunden habe, der mich wirklich entflammt hat. Umso trostloser scheint alles, weil er fort ist und es keine Möglichkeit gibt, ihn zu finden.«

Bryn seufzt und wirft einen Blick auf ihr Handy. »Es gibt eine neue Bewertung zu dir.« Sie späht auf den Bildschirm. *»Sara war wunderbar. Unser Boston-Terrier betet sie an. Sie hat ihm sogar beigebracht, an der Leine zu gehen, ohne zu ziehen. Wir sind so froh, dass wir sie gefunden haben!«*

Sie liest die Bewertung auf der Hundeausführ-App, und mir wird am ganzen Körper warm, während ich zuhöre.

»Es ist seltsam, wie gut es mir gefällt, mit diesen Kötern Gassi zu gehen«, gestehe ich und lege die Beine auf den Couchtisch. »Wird dir das Gassigehen fehlen, wo sich dein Start-up so gut entwickelt?«, frage ich sie.

»Oh, auf jeden Fall.«

Sie lächelt, dann nestelt Bryn weiter an ihrem Handy herum und wirkt geistesabwesend.

»Spuck's aus, Heyworth«, verlange ich nach einer Minute des Schweigens, lasse die Füße auf den Boden fallen und beuge mich vor. »Du schwebst auf Wolke sieben.« Ich verdrehe die Augen und tue so, als sei ich empört, obwohl mich das nur wieder zu der Frage bringt, warum, warum, warum ich den Namen meines Workaholics nicht in Erfahrung gebracht habe.

Ich habe nach seiner Abreise die Gästelisten im Hotel überprüft, aber alles, was ich habe, ist ein kalifornischer Firmenname. Und nichts sonst.

»Nicht Wolke sieben! Aber … acht.« Bryn kichert, dann ruft sie eine Horoskop-App auf ihrem Handy auf.

Ich beobachte, wie sie ihr Horoskop überfliegt und sich nachdenklich auf die Unterlippe beißt, als sie sich die Zukunft voraussagen lässt oder wie immer man es nennen will.

»Ich liebe es wirklich, diese Dinger zu lesen, obwohl ich das Negative ignoriere, das drin steht. Ich halte mich nur an die guten Prophezeiungen. Aber diesmal liegen sie völlig daneben.« Sie seufzt. Ich spähe auf den Bildschirm und lese, sie solle sowohl für Geschäftliches als auch fürs Vergnügen bereit sein. Hat Christos mit seiner Freundin Schluss gemacht? Womöglich ist es vielleicht das, was sich in letzter Zeit zwischen Bryn und ihrem Christos abspielt.

»Lies meins vor«, sage ich plötzlich, ganz aufgeregt, es zu hören. »Warte – lies du es zuerst, bevor du mir erzählst, was drin steht. Scheiße, erzähl es mir nicht, wenn es etwas Schlechtes ist.« Ich will nicht, dass es mir Unglück bringt oder mir die Hoffnung nimmt.

»Was ist dein Sternzeichen?«, fragt sie prompt.

»Stier. Beherrscht von Venus. Ich mag anscheinend sehr schöne und teure Dinge.« Ich riskiere einen Blick, während sie den Text sucht. »Was steht drin?«

»Schau nicht hin und rede nicht – sonst kann ich mich nicht aufs Lesen konzentrieren!« Sie liest schweigend.

»Was steht drin?«, frage ich.

»›Lieber Stier‹«, beginnt sie nach kurzem Zögern. »›Wenn du ihn immer noch liebst, dann geh aufs Ganze. Warte nicht auf die Erlaubnis eines Sterndeuters, warte nicht darauf, dass ich dir ein Sicherheitsnetz biete, tu es einfach!‹«

»Was?« Ich nehme das Handy und lese: *»Wenn eine Beziehung schwere Zeiten erlebt hat, denk daran, dass das Universum uns immer hilft, den Kurs zu korrigieren, um zu reparieren, was zerbrochen ist, oder um zu lernen loszulassen …«*

Verdammte Bryn, diese kleine Lügnerin. Ich gebe ihr ihr Handy zurück.

»Bryn, du bist eine lausige Astrologin. Du würdest arm sterben.«

Sie kichert und legt das Handy beiseite. »Nein, wirklich. Du bist ganz versessen auf ihn, Sara. Ich finde wirklich, dass du ihn suchen musst. Warum warten? Du kannst nicht ewig warten. Warum vergeuden wir unsere Energie?« Sie runzelt jetzt die Stirn. »Ich meine, all diese Marketingleute bombardieren uns damit, was wir denken sollen, wie wir uns fühlen sollen; wir warten ab, was andere von unseren Kleidern halten, um zu entscheiden, ob wir sie wirklich mögen. Wir warten darauf, dass ein Sterndeuter uns sagt, die Zeit sei reif, etwas zu tun, das wir tun wollten. Das ist falsch.«

Sie kaut nachdenklich an den Fingernägeln, während ich über die gleichen Dinge nachgrübele.

»Lass uns etwas tun, das wir wirklich tun wollen. Lass uns endlich etwas für uns selbst tun, unseren eigenen Rat befolgen«, schlägt sie vor.

»Also gut.« Plötzlich denke ich, warum nicht? Ich werde am Ende nicht schlechter dran sein als jetzt, und es könnte mir viel, viel besser ergehen. Zum Beispiel mit den Händen meines Workaholics überall auf mir. Aber wie kann ich seinen Namen herausfinden, wenn es mir bisher nicht gelungen ist?

Ich denke für eine Sekunde darüber nach. Und dann trifft es mich wie ein Blitz. Wieso habe ich noch nie daran gedacht? *Weil du zu beschäftigt damit warst, in Gedanken an ihn in der Badewanne zu masturbieren. Du Dummkopf.* Impulsiv wähle ich die Nummer des Oberkellners des Daniels und bete, dass er sich an mich erinnert, als er mit einem leicht französischen Akzent an den Apparat geht.

»*Oui. François.*«

Ich kann kaum glauben, dass ich das tue, und komme direkt zur Sache, weil ich weiß, dass François seine Zeit nicht gern mit Schwachsinn vertrödelt. »Hey, ich wollte fragen, ob Sie mir einen Gefallen tun und für mich einen Blick auf Ihre Gästeliste werfen könnten. Ich brauche den Namen eines Ihrer Gäste, der kürzlich in unserem Hotel übernachtet hat.«

»Sara Davies«, säuselt François kichernd, weil er meine Stimme erkennt. Dann fragt er mich nach dem Datum und sagt, er werde für mich nachsehen.

»Wirklich? Das würden Sie für mich tun? Danke!« Mit großen Augen lege ich auf. Ach, du heilige Scheiße, wieso bin ich nicht schon vorher darauf gekommen? Mein Workaholic muss im Daniels seinen Namen aufgeschrieben haben. Mit Kreditkarte bezahlt haben. Seinen Mantel abgegeben haben. Irgendetwas.

Ich bin beinahe atemlos vor Aufregung und erspähe plötzlich eine neugierig dreinblickende Bryn. Sie brennt so sehr vor Neugier, dass sie fast von ihrem Stuhl fällt. »Er hilft mir, ihn zu finden. Jetzt bist du an der Reihe«, sage ich ihr schließlich, nachdem ich wieder einigermaßen gefasst bin.

»Hast du wirklich angerufen?« Sie klingt zweifelnd.

»Willst du zurückrufen, um dich zu überzeugen? Komm schon. Du bist dran. Schnapp ihn dir, Bryn«, ermutige ich sie und kann es mit einem Mal gar nicht erwarten, dass sie etwas tut, das in ihrer Macht steht und vielleicht auch ein wenig verwegen ist.

Bryn nimmt plötzlich ihr Handy und schickt eine SMS ab, und ich weiß, an wen.

Die Nachricht ist für Christos, und während ich beobachte, wie sie errötet und total nervös wird, weiß ich, dass dies kein Scherz ist. Das hier sind wir, und das ist unser Leben, und manchmal muss man einfach loslegen.

Und als Bryn plötzlich den Raum verlässt und ganz schuldbewusst und aufgeregt wird, weiß ich, dass sich heute Nacht zumindest für sie Arbeit und Vergnügen vermischen.

Aber was habt ihr eigentlich für mich auf Lager, Sterne?, frage ich mich, ohne dass ich zu hoffen wage. Dann trete ich ans Fenster und schaue auf die Stadt, und ich kann nicht anders, als zu hoffen.

Ich schaue auf New York City, die Stadt, die niemals schläft, in der jeden Tag etwas Verrücktes passiert, und deren Trubel dich betäubt. Es ist eine Stadt, in der nicht jeder leben könnte, aber ich kann es mir nirgendwo anders vorstellen. Meine Kopfhörer sind meine ständigen Begleiter, egal wohin ich gehe.

Dank der Fußmärsche sind meine Beine in all diesen Jahren schlank und muskulös geblieben und sehen so gut aus wie damals, als ich fast meine ganze Kindheit und Teenagerjahre mit Tanzen verbracht habe.

Gott. Es war magisch, mich zur Musik zu bewegen. Ich war das Instrument, das die Musik bewegte, und die glücklichsten Momente, an die ich mich erinnere, waren jene, in denen ich mich in dieser Musik verlor, mein Geist leer, einfach vollkommen versunken in den Klang, der meinen Körper zum Schwingen brachte.

Sex mit ihm fühlte sich genauso an, wo kein Gedanke störte, wo nur ich mich zu dem von ihm vorgegebenen Takt bewegte.

Noch nie hatte ein Mann solch eine Kontrolle über mich gehabt. Für gewöhnlich stillte ich nur mein Verlangen, und der Fall war erledigt, aber bei diesem Mann war eine Nacht nicht genug. Es war ein Vorgeschmack, der nur noch mehr Sehnsucht weckte, und jetzt sehe ich andere Männer nicht einmal an, weil sie einfach nicht … er sind.

Der Mann, dessen Namen ich sehr, sehr bald erfahren werde.

Park

Sara

Auf dieses Vortanzen habe ich gewartet, und ich gebe alles. Ich befinde mich in meiner letzten Pose – einem verdammt guten Spagat, schwitze bis zu den Fingerspitzen und schnappe nach Luft, als die Musik aufhört. Totenstille breitet sich im Raum aus.

»Wir werden Sie anrufen«, sagt die Frau mit dem perfekten Haarknoten nach einer ganzen Weile.

Stoisch sitzt sie mit übereinandergeschlagenen Beinen auf einem der Stühle, die an der Seite der Tanzfläche aufgereiht sind, wo ich gerade gehüpft und gewirbelt bin, Spagate, Pirouetten, Grand Jetés und Fouetté-Drehungen vollführt habe, und sie sind mir so gut gelungen wie nie. Neben ihr sitzt ein Mann, genauso stoisch wie sie. Ihre Mienen verraten nichts, geben keine Antwort auf die entscheidende Fragen: Hat ihnen mein Auftritt gefallen? Meine Bewegungen? Habe *ich* Ihnen gefallen?

War meine Darbietung gut genug für ein Engagement?

»Danke«, antworte ich, so förmlich ich kann, dann stehe ich auf, greife nach meinem Handtuch und verlasse den Raum. Ich nehme meine Sporttasche von dem Sofa im Wartezimmer, wechsele meine Tanzschuhe gegen meine Laufschuhe und verlasse den Raum in Leggings, einem engen Tanktop und einem Pullover, den ich mir um die Schultern lege.

Ich versuche, nicht niedergeschlagen zu sein und anzunehmen, dass es wie immer sein wird – und sie niemals anrufen werden. Ich muss optimistisch bleiben, denn gute Gedanken erzeugen gute Dinge.

Als ich nach Hause in eine leere Wohnung komme, fällt mir ein, dass Bryn an diesem Nachmittag nach der Arbeit Hunde ausführt. Ich werde also noch ein paar Stunden länger mit meinen verdammten Gedanken allein sein. Ich werfe meine Sporttasche auf das Sofa und schmeiße mich dann daneben. Ich wünschte, ich hätte Bryn gebeten, auf mich zu warten. Im Moment brauche ich eine Ablenkung. Ansonsten werde ich entweder an den Nägeln kauen, bis meine Finger wund sind, oder Bryns geheimen Schokoladenvorrat aufessen. Keins von beidem ist eine gute Option.

Ich trommele mit den Füßen auf den Teppich und surfe nervös auf meinem Handy, dann beschließe ich, mich frisch zu machen. Kaum habe ich die Dusche verlassen und trockne mich ab, klingelt mein Telefon. Ich sehe, dass es Bryn ist, und kreische fast vor Erleichterung. Stolpere beinahe auf der Badematte, als ich nach dem Handy greife.

»Bryn, Gott sei Dank!«

»Was? Warum? Was ist passiert?«

»Nichts, aber mir fällt hier bald die Decke auf den Kopf. Können wir uns bei Mrs Ford treffen?«

»Genau deshalb rufe ich an. Ich sitze im Central Park fest, und es ist ganz, ganz wichtig, dass du mit mir tauscht. Du bist doch schon früher bei Mrs Ford für mich eingesprungen, würdest du mir noch einmal aushelfen? Ich muss so schnell wie möglich nach Hause, um mich für ein Date mit Christos heute Abend umzuziehen.«

Verdammt, dieser Christos lässt nichts anbrennen.

Ich weiß nicht, ob der Mann eine Medaille verdient oder ob

ich sauer auf ihn sein soll, weil er meine Mitbewohnerin so oft in Anspruch nimmt.

Vor mich hin lächelnd schalte ich das Handy auf laut, während ich eine Jeans und einen bauchfreien weißen Pulli aus dem Schrank ziehe. »Ich werde sofort aufbrechen. Schick mir deinen genauen Standort.« Ich ziehe mich schnell an, kämme mir das Haar zurück und föhne es in Windeseile. Dann schnappe ich mir meine MetroCard und die Wohnungsschlüssel und gehe hinaus.

Danke, Gott. Zumindest werde ich noch nicht vor Angst sterben. Dies wird mich eine Zeit lang ablenken, zumindest bis zum nächsten Vortanzen, das mir die mögliche Absage erleichtert.

Ich fahre mit der U-Bahn in die Upper East Side, mache mich auf den Weg nach Westen und gehe mehrere Häuserblocks den Park entlang, bis ich Bryn mit Mrs Ford auf einer Bank sitzen sehe. Milly, mein Lieblings-Golden-Retriever, sitzt neben ihnen, während die beiden Frauen munter plaudern. Die Witwe scheint die Unterhaltung so sehr zu genießen, dass ich mich manchmal frage, ob Bryn und ich die einzigen Menschen sind, zu denen sie Kontakt hat. Heute trägt sie ein auffälliges blaugrünes Outfit und hat das Haar schick frisiert, als wolle sie sich später mit jemand Wichtigem treffen.

Mein Blick fällt auf die dritte Gestalt, die bei ihnen sitzt. Als ich näher komme, schaut der Mann in meine Richtung, bevor er schnell den Blick abwendet. Ich mustere ihn weiter, während ich auf die Bank zugehe, und es dauert nicht lange, bis er wieder zu mir hinsieht. Er richtet sich zu seiner vollen Größe auf, um mich zu begrüßen, und ich bin wie vom Blitz getroffen, als mich vertraute Augen betrachten.

Er ist groß. Dunkelhaarig. Attraktiv. Mit dunklen Augen mit dichten Wimpern, Augen, in denen man versinken möchte. Und Lippen, an denen man saugen möchte, als seien sie alles, was zwischen einem selbst und dem Himmel existiert. Ich bleibe stehen, höre auf zu atmen, denn … *er* ist hier.

Ein Moment verstreicht, und Bryn scheint meinen Schock zu bemerken.

Aber Schock trifft es nicht einmal ansatzweise.

Denn noch nie in meinem ganzen Leben hat mein Herz so heftig und schnell geschlagen. Es fühlt sich an, als würde es mir aus der Brust springen. Ich kann meine Beine kaum bewegen, aus Angst, dass sie wegknicken. Ich ringe um Atem, aber es fühlt sich so an, als hätte jemand meine Luftröhre durchtrennt.

Er trägt ein weißes Anzughemd und eine schwarze Hose, und sein kantiges Gesicht hat einen grüblerischen Ausdruck. Der wahre Schock rührt von der Intensität her, mit der er mich aus seinen dunklen Augen anstarrt. Mein Herzschlag beschleunigt sich erneut, als ich seinem Blick standhalte. Um uns herum herrscht hektisches Treiben. In dieser Millionenstadt stelle ich nicht oft Blickkontakt her, aber dieses Mal kann ich nicht wegsehen.

Die Erinnerung daran, ihn in mir zu haben, kehrt mit Macht zurück.

Bryn stellt uns vor. »Ähm. Ian, das ist …«

»Sara. Wir sind uns schon mal begegnet«, unterbricht mein heißer schmutziger Workaholic sie mit einem steifen Lächeln.

Unsere Blicke treffen sich, und für einen Moment fühlt es sich so an, als würde nichts sonst existieren.

Sein Name ist Ian.

Der verdammte Ian mit seinem ernsten, gut aussehenden Gesicht und seinem glänzenden schwarzen Haar. Er ist so anziehend, wie ich ihn in Erinnerung habe. Direkt aus einer Episode von *Suits*, und ich sterbe, so glücklich bin ich, sein megaheißes Gesicht zu sehen.

Plötzlich werde ich nervös, weil ich so durchschaubar bin, wende mich wieder Bryn zu und fürchte, dass ich mich übergeben muss, weil mein Magen sich zusammenkrampft.

Ich fühle mich ein wenig benommen und sehr gehemmt, und ich will nicht, dass er es bemerkt, daher versuche ich, mich so gut wie möglich zu verstellen. Ich bin selbstbewusst.

Nur dass mein sexy Workaholic mich unvorbereitet erwischt.

An dem Ausdruck in Bryns Augen erkenne ich, dass ihr gerade ein Licht aufgegangen ist. Sie *weiß*, dass ich meinen One-Night-Stand gefunden habe. Und sie wirkt ebenso schockiert darüber wie ich, als wer er sich entpuppt hat. Aber sie scheint erpicht darauf zu sein, uns miteinander ins Gespräch zu bringen. Ehrlich gesagt will ich diesen Mann rasch für mich allein haben und Bryn zu ihrem Christos scheuchen.

»Ian ist Mrs Fords Enkel«, erklärt sie mir. Dann sagt sie zu Mrs Ford: »Sara wird jetzt übernehmen, damit ich mich für heute Abend fertig machen kann. Wir reden ein andermal weiter.« Dann kann ich ihr nur noch hinterherschauen.

Was jetzt? Was sage ich? Er ist Mrs Fords *Enkel.* Ich kann nicht einfach seinen Schwanz packen und ihm sagen, wie oft ich davon geträumt habe. Und von ihm.

Milly bellt, und ich merke, dass auch Ian mich anschaut. Mit einem nachdenklichen Stirnrunzeln und einem verruchten, verschlagenen Schimmer in den Augen.

Denkt er ebenfalls an unsere Nacht in 1103?

»Komm, gib her«, sagt er schroff zu Milly, schnappt sich ihr Spielzeug und wirft es nicht allzu weit weg, bevor er ihr befiehlt, es zu holen.

Mir wird bewusst, dass Mrs Ford uns interessiert betrachtet.

Ich schenke ihr ein Lächeln und hoffe, dass es unschuldig wirkt, dann beschäftige ich mich schnell ebenfalls mit Milly.

»Wollt ihr zwei nicht mit Milly Gassi gehen, während ich mich entspanne?«, fragt Mrs Ford. »Dann könnt ihr euch kennenlernen. Sara ist eins meiner Lieblingsmädchen, Ian, und Ian ist mein Lieblingsenkel, Sara. Ich habe sonst keinen anderen Mann auf der ganzen Welt.«

»Ich bin dein *einziger* Enkel, Gran. Und ich würde Sara liebend gern näher kennenlernen.«

Er zwinkert mir zu und wirkt charmant und viel mehr wie ein guter Mann als der Typ, den ich in 1103 gevögelt habe. Mrs Ford kichert und holt ein Buch hervor, als sei der Fall damit erledigt. Als bedeute das Wort *näher* für mich nicht etwas vollkommen anderes, als es das wahrscheinlich für Mrs Ford bedeutet.

Ian – mein Workaholic, mein One-Night-Stand, mein perfekter Lover – beobachtet mich kühn, während er die Leine übernimmt. Unsere Blicke treffen sich, und er bedeutet mir, voranzugehen. Ich trete mit wackeligen Knien auf den Weg und nehme ihn und Milly, die mir folgt, deutlich wahr.

»Wie ist es dir ergangen?«, fragt er mit leiser Stimme.

»Gut. Ich freue mich, dich zu sehen.« Ich lächele.

Er lächelt ebenfalls, und mir tun beinahe die Augen weh, als ich das Gesicht meiner Träume wieder so nah vor mir sehe. »Ich kann nicht behaupten, ich hätte mich gefreut, als ich heute eingecheckt und erfahren habe, dass du nicht mehr da bist«, bemerkt er.

Seine dunklen Augen scheinen meinen erschrockenen Gesichtsausdruck regelrecht aufzusaugen.

»Ja, Sara. Es ist mir aufgefallen.« Er führt Milly zu einem schattigen, baumumstandenen Fleckchen. »Hatte ich irgendetwas damit zu tun, dass du gegangen bist?«

»Nein.« Ich will wirklich nicht, dass er sich Sorgen macht, und ich bin mir ziemlich sicher, dass es ihm nicht gefallen würde, wenn er eine solche Auswirkung auf meinen Job gehabt hätte. »Sie haben Sparmaßnahmen ergriffen, und ich war wahrscheinlich die schlechteste Empfangsdame, die sie hatten, daher haben sie mir gekündigt.« Ich verdrehe die Augen, als sei es dumm von ihnen, das getan zu haben.

»Das stimmt ja gar nicht.« Ian schnalzt mit der Zunge und schüttelt den Kopf. »Du hast dir für ihre Gäste ein Bein ausgerissen.«

»Nicht ganz. Nur für einen.«

Nachdem die Worte ausgesprochen sind, sehen wir einander plötzlich an, und zwischen uns brennt die Luft, so heiß, dass ich Angst um die Bäume in der Nähe habe.

»Ich sollte das Hotel wechseln«, meint er schelmisch, ein Funkeln in seinen dunklen Augen.

»Nein. Solltest du nicht.«

»Das werde ich auf jeden Fall tun. Wenn sie dich nicht zu schätzen wissen, bin ich nicht mehr interessiert.«

»Deine Firma bucht das Hotel für dich. Dich und die anderen Geschäftsleute.«

»Du denkst, ich könne meine Firma nicht überzeugen, das Hotel zu wechseln?«

»Mir würde es nicht gefallen, dich und die Aufträge deiner Firma zu verlieren. Aber!« Ich strecke die Hand aus und schnappe mir Millys Leine aus seinen Fingern, dann wirbele ich zu ihm herum, rücke von ihm ab und kneife die Augen zusammen. »Du bluffst doch, damit ich mich besser fühle. Aber es geht mir gut. Glaub mir. Ich habe alles unter Kontrolle. Und ich habe dies.« Ich zeige auf eine schnüffelnde schwanzwedelnde Milly. »Außerdem habe ich noch einen Job, ich helfe meiner Mitbewohnerin bei ihrem neuen Geschäft.«

»Findest du das befriedigend?«

»Ich finde meinen Lohn befriedigend.«

Mein Puls beschleunigt sich ein klein wenig, als er lächelt. »Und den Job?«, fragt er und legt neugierig den Kopf schräg.

»Ich bin dankbar dafür. Ich habe zwar die Suche nach Castings in der Stadt noch nicht aufgegeben, aber … es wird genügen.«

»Es dürfte nicht so schwer sein bei dem Riesenangebot. Wir sind schließlich in New York.«

»Ich weiß.« Aber es steckt mehr hinter meiner Geschichte, und ich bin selbst überrascht, als ich es laut ausspreche. »Vor einigen Jahren war ich so nah dran, den Auftritt meiner Träume zu schaffen. Mein Körper hat mich auf schreckliche Art und Weise im Stich gelassen. Böser Körper«, schimpfe ich.

»Was ist passiert?« Er runzelt die Stirn, aber der Blick, mit dem er mich betrachtet, straft meine Behauptung Lügen, dass mein Körper böse sei.

»Scheiße. Eine *Menge* Scheiße. Ich bin als Empfangsdame geendet.«

»Ich kann nicht behaupten, dass ich diese Entscheidung oder diese Wendung der Ereignisse bedauere.« Da ist wieder dieses Lächeln.

»Oh wirklich. Unser One-Night-Stand hat dir so viel bedeutet?«

»Ich bin drauf und dran, zwei draus zu machen.«

Während ich weiter zurückweiche und er wieder auf mich zukommt, ertappe ich ihn dabei, wie er auf meine Lippen schaut.

Er versucht nicht einmal, es zu verbergen.

Es törnt mich an.

Mein hungriger Körper erkennt in ihm den letzten Mann, der mir Vergnügen bereitet hat, und ich werde von Hormonen überflutet. Ich spüre das Schlagen meines Herzens und kann meine verrückte, unkontrollierte Reaktion kaum unterdrücken. Ich kann ihn beinahe schmecken, kann beinahe seine Berührung fühlen, so wie im Zimmer 1103.

Ich atme aus und wirbele herum, sodass Milly und ich einige Schritte vor ihm hergehen, und ich streiche mir das Haar hinters Ohr, versuche, meine launischen Hormone zu ignorieren.

Ihn wiederzusehen, sein attraktives Gesicht, seine sexy Designer-Hosen und dieses frisch gebügelte weiße Hemd, und seinen berauschenden Duft einzuatmen – all das erinnert mich daran, warum ich seit jener Nacht nicht aufgehört habe, an ihn zu denken.

Dieser Mann macht mich hungrig. Hungrig wie jemanden, der seit Tagen nichts gegessen hat und vor einem Schokoladen-Büfett steht und dessen Lieblingsspeise Schokolade ist.

Er holt uns ein und streckt die Hand wieder nach der Leine aus. Seine Finger streifen meine, und er greift so langsam nach der Leine, dass ich weiß, er macht es mit Absicht.

»So finde ich also deinen Namen heraus.« Ich schnalze kopfschüttelnd mit der Zunge.

»Ich scheine einen zu haben.«

»Und er ist ziemlich leicht zu buchstabieren. Du hättest ihn mir einfach sagen können«, füge ich mit einer hochgezogenen Braue hinzu.

»Mein Name war damals nicht relevant.«

»Und ist er es jetzt?«, frage ich.

Wir bleiben mitten auf dem Weg stehen.

Er lockert die Leine, während Milly einen großen Baumstamm beschnuppert. Wir sehen einander an. Er betrachtet meine Lippen und ich betrachte seine.

»Vielleicht.«

»Vielleicht was?«

»Vielleicht ist er relevant. Vielleicht ist er es nicht.«

Ich warte ab.

»Ian …« Ich probiere seinen Namen laut aus. »Er gefällt mir.«

Seine Augen werden dunkel, als habe es eine aphrodisierende Wirkung, seinen Namen laut ausgesprochen zu hören. Ich verfluche mich dafür, dass ich ihn mitten im Central Park gesagt habe. Nicht dass ich in diesem Moment etwas tun könnte, um unseren Durst zu stillen.

Ich frage mich, ob er mit einem Taxi ins Hotel zurückfahren wird.

Ich kann mich wieder auf ihn setzen … ihn wieder anmachen … ihn so sehr antörnen, dass er mich hart und schnell vögeln wird. *Noch einmal.*

Plötzlich vibriert Ians Handy in seiner Tasche, und er zieht es heraus und überfliegt eine Nachricht.

»Gran muss zurück nach Hause. Anscheinend hat sie vergessen, dass in dreißig Minuten ein Masseur kommt.« Er steckt sein Handy wieder in die Hosentasche und zieht Milly zurück auf den Weg.

»Du bist nett zu deiner Grandma«, bemerke ich.

»Im Bett bin ich noch netter.« Er grinst.

Ich lache, spüre jedoch eine verräterische Hitze in den Wangen. Was macht dieser Mann mit mir? Während unseres ganzen Rückwegs zu Mrs Ford verfliegt die Röte nicht. Wir überreichen ihr Milly, und nachdem Ian sie in ein Taxi gesetzt hat und ich ihr zum Abschied gewinkt habe, stehe ich mit vor Erwartung kochenden Adern vor ihm.

Er scheint zu zögern und sieht mich auf eine Art an, die ich nicht recht deuten kann. Es ist eine Mischung aus Frustration und noch etwas anderem.

»Nun. Auf Wiedersehen.«

Wow, habe ich die Zeichen falsch gedeutet? Wahrscheinlich ja. Ich hasse es, dass ich wieder rot werde, und wende mich in Richtung U-Bahn.

In der einen Sekunde marschiere ich los und versuche, das Hämmern meines verrückten Herzens zu ignorieren und die Tatsache, dass Ian Ford – mein One-Night-Stand – nur wenige Schritte von mir entfernt steht, und in der nächsten Sekunde packt er mich fest an meinem Unterarm.

»Sara.«

Ich drehe mich um.

Ich kann die Flammen in seinen Augen kaum ertragen.

Mit seiner freien Hand winkt er ein Taxi heran, und als es vor uns stehen bleibt, öffnet er die Tür für mich.

Ich weiß, was passieren wird, und ich will es so sehr, dass ich schnell auf den Rücksitz des Taxis klettere.

Ian steigt hinter mir ein.

»Wohin?«, fragt der Fahrer.

»Ins nächste Fünfsternehotel, das Sie finden können.« Ian sieht mich mit einem Stirnrunzeln an.

»Vier Sterne werden auch genügen«, füge ich rasch hinzu, und Ians Stirnrunzeln verwandelt sich in einen interessierten Blick. Er umfasst meine Taille und zieht mich an sich, und bevor ich Luft holen kann, hat er seine Hände – oh Gott, seine Hände – auf mir und schiebt mir die Zunge in den Mund, und, oh, *verdammt*, ich habe nicht halluziniert. Mein Gedächtnis hat mich nicht getrogen. Tatsächlich hat es mich nur dahin gehend getäuscht, dass ich nicht mehr genau wusste, wie er geschmeckt hat, wie er geküsst hat. Aber ich habe niemals vergessen, dass mir dabei das Herz stehen geblieben ist, meine Zehen sich eingerollt haben und mein Schlüpfer sich aufgelöst hat. Und auch nicht die herzzerreißende Art, wie er meinen Mund erobert hat, den Hunger und die verborgene Leidenschaft. Ich habe vergessen, *wie* unwiderstehlich ist.

Mein Schlüpfer ist durchnässt, und meine Lungen gieren verzweifelt nach Luft. Ich umfasse seinen Hinterkopf genauso aggressiv, wie er meinen festhält und drücke seine Zunge zurück. Ian senkt den Kopf, um an meinem Hals zu knabbern, und ich küsse und lecke sein Ohr. Und während New York draußen vorm Fenster vorbeizieht, klammern wir uns aneinander, als hätten wir nur diese eine Chance.

Sterne

Sara

Mein Mund fühlt sich wund an, als das Taxi vor einem modernen Hotel nur wenige Häuserblocks entfernt anhält. Ian zieht mich aus dem Taxi und führt mich an der Hand hinein. Ich warte in der Lobby, während er zur Rezeption geht, um einzuchecken. Dann kommt er mit einem Schlüssel in der Hand zu mir zurück.

»Ford!«, ruft jemand. »Verflixt! Du bist in der Stadt?«

Ian legt mir eine Hand auf den Ellbogen, und ein hochgewachsener blonder Mann kommt auf uns zu. Sein Freund scheint erschrocken zu sein, mich neben ihm stehen zu sehen, und mein Magen krampft sich zusammen.

Ich meine, ich bin im Begriff mit einem Fremden zu vögeln. Wie viel weiß ich über Ian?

»Ich sollte besser gehen«, flüstere ich und überdenke diese ganze Sache noch einmal.

Während ich spreche, fängt Ian meine Finger auf, um mich festzuhalten. Er beugt sich vor und flüstert mir ins Ohr. »Geh nicht. Oder ich werde dich aufspüren.«

Ich stelle mich auf die Zehenspitzen, um zu flüstern: »Bitte, tu das nicht. Ich glaube, das einzig Gemeinsame zwischen uns ist Chemie, und da bin ich in der Highschool durchgefallen – nicht mein Lieblingsfach.«

Er starrt mich nur an. Genauer gesagt, meinen Mund.

»Okay, schlechter Scherz. Aber du kapierst schon.«

Er dreht sich wieder zu dem Mann um, der ihn begrüßt hat. »Ich habe es eilig, aber wir reden später.«

»Ich … zum Teufel, ja. Lass uns zusammen zu Mittag essen«, entgegnet der Mann.

»Geht klar«, sagt Ian ihm. Dann wendet er sich wieder mir zu.

»Zum Ausgang geht es dort entlang.« Ich deute nervös hinter mich.

»Zum Zimmer geht es dort entlang.« Er schaut zu den Aufzügen hinüber.

Ich werfe ihm einen hochmütigen Blick zu und befreie mich aus seinem Griff. Ian packt eine Schlaufe meiner Jeans und dreht mich zurück in Richtung Aufzüge. Irgendwie gefällt es mir, dass er mich nicht gehen lässt. Es freut mich, dass er genauso daran interessiert ist, mich zu vögeln, wie ich daran interessiert bin, ihn zu vögeln. Dann höre ich die tiefste, erotischste Stimme hinter mir. »Läufst du immer in die entgegengesetzte Richtung, wenn du etwas siehst, was du willst?«

Ich werde nicht darauf antworten. Ich werde nicht zugeben, dass meine Brustwarzen hart sind und mein Schlüpfer feucht ist. Als ob er eifersüchtig auf den anderen Schlüpfer sei, der vor Monaten ein kleines Knäuel in Ians Händen war. »Du verstehst das total falsch, Kumpel. Ich lasse nur Platz für dein Ego.«

»Meinem Ego gefällt es ganz gut, wenn du in der Nähe bist.« Er schnurrt jetzt beinahe. »So wie du mich ansiehst, könnte es ihm nicht besser gehen.«

»Du bist wohl sehr von dir überzeugt?«

»So sehr, dass noch genug Überzeugung übrig ist, um auch dich in Sekundenschnelle zu überzeugen.«

Ich ziehe beide Augenbrauen hoch.

»Du brauchst nur etwas zu sagen – und wir werden allen anderen Frauen hier die Nachricht überbringen. Sie werden am Boden zerstört sein.«

Ich betrachte die Frauen in der Lobby. Offensichtlich ist er den meisten von ihnen aufgefallen, und ich hasse es, dass er es offensichtlich bemerkt hat.

»Sie werden mir Dankeschön-Karten schicken«, sage ich.

»Nun denn … ich hoffe, du hast einen großen Briefkasten.«

»Träum weiter.«

»Von dir.«

Ich schnaube, als ich sehe, dass er die Hand nach dem Aufzugknopf hinter mir ausstreckt. Sein Arm streift meinen, und meine Haut fängt an zu kribbeln.

Ich höre das schreckliche, aufregende, entnervende Bimmeln.

Mein ganzer Körper krampft sich erwartungsvoll zusammen.

Ian hebt die Hand, drückt sie mir ins Kreuz und führt mich in den Aufzug. Wir sind die Einzigen darin. Er drückt auf den Knopf für das oberste Stockwerk und gibt ein Passwort ein.

Wow. Eine Penthouse-Suite?

Seine Hand liegt immer noch auf meinen Kreuz, und er liebkost mit dem Daumen die Haut unter dem Stoff meines Tops.

Sein Blick hält meinen fest, und mein Magen zieht sich zusammen.

Die Hitze seines Blicks geht mir unter die Haut wie ein züngelndes Feuer zwischen den Beinen.

Wie dieser Mann schon dasteht, ganz selbstbewusst und mit einer unwirklichen Mischung aus Eleganz und Wildheit, sein Blick direkt und schamlos, eine Aura von Souveränität um sich herum.

Gott, ich will heute Nacht ein weiteres Stück von ihm.

Ich glaube nicht, dass irgendjemand diesem Mann jemals das Wasser reichen könnte, daher habe ich alle Einladungen, die ich seit unserer Begegnung bekommen habe, ausgeschlagen. Manchmal habe ich mir so sehr gewünscht, ihn wiederzusehen, dass es wehtat. Das ist nicht fair, oder?

Als wir unser Stockwerk erreichen, nimmt er meine Hand und führt mich den Flur hinunter, um die Tür zu der Suite zu öffnen. Ja. Es ist eine gigantische Suite.

Was bedeutet es, dass er für diese Begegnung nur das Beste wollte?

Bedeutet es, dass er mich beeindrucken will?

Und was bedeutet es, dass ich »einen Moment bitte« murmele und ins Bad renne, um mich frisch zu machen?

Dass ich *ihn* beeindrucken will?

Ich lasse mir viel Zeit damit, mein Gesicht, mein Haar und den Rest von mir im Badezimmerspiegel zu mustern. Gefällt ihm, was ich sehe? Meine Pupillen sind geweitet, meine Augen glänzend vor Verlangen. Meine Wangen gerötet. Ich sehe aus wie ein Mädchen, das gerade ordentlich gevögelt worden ist … oder kurz davorsteht, gevögelt zu werden. Während ich mein Haar gelöst und mich frisch gemacht habe, hat sich Ian auf einem Barhocker am gegenüberliegenden Ende der Suite niedergelassen. Die Fensterrahmen bieten Aussicht auf New York und sogar einen flüchtigen Blick auf den Central Park.

Er erhebt sich langsam, als ich zu ihm komme. Ich schmelze unter seinem Lächeln dahin, und er umfasst mich um die Taille und reißt mich an sich. Dominant. Das gefällt mir.

»Ich sollte sanft sein. Immerhin gehst du mit dem Hund meiner Gran Gassi.« Er betrachtet genießerisch meine Züge.

»Ich sollte Erbarmen mit dir haben. Du bist schließlich der Enkel meiner Kundin.« Ich mustere ihn meinerseits.

Seine Augen verdunkeln sich, seine Miene ist undeutbar. Ich kralle die Faust in sein Hemd. Er riecht so gut, dass mir schwindelig wird, und mein Gehirn stellt den Betrieb ein, als ich mich auf die Zehenspitzen stelle und seine Lippen berühre.

Er hebt den Mund, und meine Lippen gleiten über sein Kinn. »Bist du bereit für den Orgasmus deines Lebens?«, flüstert er mir ins Ohr und beugt meinen Nacken.

Ich nicke, und sein Gesichtsausdruck verändert sich.

»Komm her.«

Er zieht mich an sich und deutet auf den Flur der Suite, und ich gehe an ihm vorbei.

»Den Flur entlang.«

Ich tue wie geheißen, und als ich über meine Schulter schaue, bemerke ich, dass diese wunderschönen Augen meinen Hintern betrachten.

Er feixt, als ich ihm einen Blick zuwerfe, und ich eile durch den Flur.

»Letztes Zimmer.«

Ich öffne die Tür des großen Schlafzimmers, und am Bett angekommen drehe ich mich um.

»Ich brauche kein Bett. Oder eine große Suite, Mr Ford. Was ich von dir will, ist gleich hier.« Ich packe sein Hemd und ziehe ihn an mich, während ich mit der anderen Hand seinen Schwanz streichele.

Oh Gott. Er ist so hart. Ich will das hier so sehr.

Er packt mich an den Hüften und zieht mich noch näher heran, während er mir ins Gesicht schaut. »Du hast deine Meinung aber schnell geändert.« Ein selbstgefälliges Lächeln umspielt seine Lippen, als er eine Strähne meines Haars ergreift, sie mir über den Kopf hebt und sich vorbeugt.

»Ich werde gehen, wenn du es nicht willst«, knirsche ich.

Verlangen überkommt mich, als er mit den Lippen über meinen Hals fährt.

Es gelingt mir offenbar nicht zu sagen: »Wenn du *mich* nicht willst.« Das ist zu persönlich, und ich will nichts Persönliches von ihm. Nur Körperliches.

Meine Oberschenkel zittern, als er leise mit der Zunge schnalzt und den Kopf schüttelt, während er mit dem Daumen über meine Schläfe und mein Kinn streicht. »Wie kannst du den Eindruck haben, dass ich nicht darauf stehe?« Er zieht mir die Arme über den Kopf und presst mich mit seinem harten, sexy, stählern muskulösen Körper ans Fenster. Ich weiß nicht, was härter ist, er oder das Fenster oder die gigantische Erektion, die gegen meinen Bauch drückt, während sein Blick über meinen Körper schweift, als überlege er, was er als Erstes kosten will.

Meine Lippen, meine Kehle, meine Schultern, meine …

»Du fühlst dich unglaublich an, Sara«, sagt er mit rauer Stimme, umfasst meine Brust mit einer Hand und knetet sie.

Ein unverständlicher Laut kommt aus meiner Kehle. Dieser Mann macht Dinge mit mir. Ich habe plötzlich Angst, dass er mich irgendwie zerbrechen wird. Das erste Mal hat er mir nur eine Kostprobe gegeben; was wird beim zweiten Mal passieren?

»Nicht reden«, murmele ich und drücke meinen Mund auf seinen.

Meine Lippen werden unter seinen zerquetscht. Der Laut, den ich ausstoße, wird von seinem Mund verschluckt – seinem heißen fordernden Mund. »Gott, du schmeckst gut«, stößt er hervor.

»Du aber auch«, krächze ich.

Meine Lippen brennen.

Ich stelle mich auf die Zehenspitzen und streife abermals seinen Mund, während er stöhnt. »Küss mich noch einmal.«

Er tut mehr, als mich zu küssen – es ist, als führe er einen verdammten Krieg. Seine Zunge dringt in mich ein, unterwirft meine, saugt sie auf.

Verzweiflung erfasst mich wie ein Lebewesen, und ich presse mich an ihn. Er ist irrsinnig hart, und ich will mehr von seiner Kraft und seinem Geschmack und seinem Fleisch und seiner Leidenschaft.

Ich befreie eine Hand, und er lässt mich los, um an meiner Bluse zu zerren. Ich höre, wie etwas reißt, als ich den ersten Knopf seines Hemdes öffne.

Eine solche Raserei habe ich noch nie zuvor verspürt. Es ist, als müsste ich sterben, wenn ich ihn nicht sofort in mir spüre. Ich schaudere und schreie auf, als seine Hände meine nackte Haut und meine Brüste berühren, und als er eine in die Hand nimmt und an die Lippen hebt, packe ich sein Haar und presse ihn an mich. Er bedeckt eine harte, empfindliche Brustwarze mit dem Mund.

Er saugt. Das Ziehen schnürt mir auf angenehme Weise den Magen zusammen, und meine Pussy wird von Verlangen erfasst.

»Bist du bereit?«, fragt er heiser.

Atemlos erwidere ich: »Kein Vorspiel. Ich bin bereit.«

Er ignoriert diese Bitte.

Er saugt abermals an meiner Brust, als könne er nicht an sich halten. Die höchste Wonne rast durch meine Adern, spannt meine Muskeln an, kitzelt meine Knochen und lässt mich auflodern.

»Ich bin es nicht. Ich will, dass es noch länger dauert.« Er drückt die Lippen auf meinen Hals, und ich verstehe nicht, warum sein warmer Atem auf meiner Haut mich schmelzen lässt, warum seine Worte mich schmelzen lassen – wie dieser heiße, glühend heiße Fremde eine solche Wirkung auf mich haben kann.

»Ich will deinen Schwanz, Ian«, stöhne ich und liebkose ihn abermals durch seine Hosen hindurch.

»Und du bekommst ihn, Sara.«

Mein Magen schnürt sich zusammen, als unsere Zungen wieder aufeinandertreffen, und plötzlich wandern meine Finger über seine Brust, über sein halb geöffnetes Hemd, erspüren die Muskeln dort, während unsere Zungen sich wild umeinander schlingen.

Er umfasst mich um die Hüften, und sein Kuss wird fordernder, während er mich gegen das Bett drängt, den Reißverschluss und Knopf meiner Jeans öffnet und sie mir herunterreißt, ohne auch nur eine Sekunde seinen Mund von meinem zu lösen.

Ich schleudere Schuhe und Jeans von mir, und er schiebt mir die Hand zwischen die Beine. Ein hitziger Schauder läuft über mein Rückgrat, als er meinen Schlüpfer herunterzieht, mein Geschlecht umfasst und murmelt: »Da haben wir's. So warm und feucht. Du wartest nur auf mich.« Er schiebt einen Finger in mich hinein. »Tropfnass für mich. Glühend heiß für mich, Sara.«

Er führt zwei Finger ein, und ich stöhne auf, ein verzerrter Laut, während ich die Hüften vorstoße. »Mehr.«

Meine Hände zittern, als ich sein Hemd aus dem Taillenbund seiner Hose ziehe. »Ich will es jetzt«, keuche ich und schlucke hörbar, als er mir hilft, die restlichen Knöpfe zu öffnen. Er schlüpft aus seinem Hemd – und seine Brust ist prächtig. Heilige Scheiße, so prächtig, dass ich ihn anstarre, muskulös, gebräunt und glatt – so verführerisch, dass ich sofort anfange über seinen Nippel zu lecken.

Er zieht seine Hose und seine Boxershorts aus, und sein Schwanz springt hervor, ein Tropfen Sperma auf der Spitze.

Als er sich endlich eins meiner Beine über die Hüften legt und mit diesem riesigen dicken Schwanz in mich eindringt, schreie ich. Ich schreie und schreie und drücke den Mund auf seine Schulterblätter, damit es nicht so laut ist, während er stößt und stößt und mich härter vögelt als beim letzten Mal. Härter, als ich je im Leben gevögelt worden bin.

Meine Nägel kratzen über seinen Rücken, und ich balle die Hand, die er festhält, vor Wonne zur Faust.

Ich sehe Sterne, als ich in seinen Armen komme und seinen Namen in beinahe religiöser Inbrunst hervorstoße. Ich merke erst dann, dass ich ihn geschrien habe, als er verklingt, und er stöhnt meinen Namen in mein Ohr, leiser, aber genauso heiß.

Ich hätte nicht gedacht, dass irgendetwas an jene Nacht, die wir miteinander verbracht haben, heranreichen könnte. Aber natürlich – er kommt einfach und macht es noch besser. Sexy Hurensohn.

Ian

Sie kommt wie eine Rakete, und ich kann nicht aufhören, sie zu beobachten. Ich unterbreche den Kuss, bis sie sich beruhigt hat und wieder zu Atem kommt. Ihre Lippen sind wund von meinen. Feucht und rosa. Selbst die Haut über der Oberlippe ist gerötet von unseren Küssen.

Ich sollte Gewissensbisse haben.

Ich habe keine.

Ich wusste nicht genau, was ich mit ihr vorhatte, als ich sie sah. Vielleicht hatte ich geplant, sie an der Rezeption aufzusuchen und sie zu Daniel einzuladen. Zu fragen, ob sie diesmal frei hätte. Ein wenig reden. Mehr über ihr Leben erfahren. Ihr von meinem erzählen.

Vielleicht habe ich mir sogar Fantasien erlaubt, die uns wieder in Zimmer 1103 führen würden. Vielleicht hatte ich auch gar nicht irgendeinen Mist vor.

Womit ich nicht gerechnet hatte, war, dass sie nicht mehr an der Rezeption arbeiten könnte – ebenso wenig wie mit der Riesenenttäuschung, die mich überkam, als ich gestern eingecheckt und es erfahren habe.

Vor allem habe ich nicht damit gerechnet, sie heute im Central Park zu sehen. Zu sehen, wie nett sie zu meiner Gran war. Und zu Milly. Wie verdammt sexy und selbstbewusst und immer noch so unglaublich kühn sie ist.

Jetzt liegt sie nackt unter mir, und ich bin hart wie Stein. Ich kann an nichts anderes denken als daran, sie erneut am ganzen Körper zu berühren.

Ich weiß nicht, ob sie nach mir mit jemandem zusammen gewesen ist, aber todsicher wünschte ich, dass niemand sie angefasst hat. Wenn es jemanden gegeben hat, will ich, dass meine Hände die Erinnerung an ihn auslöschen. Ich will, dass meine Berührung die letzte auf ihrer Haut ist.

Vor wenigen Minuten, als wir durch den Central Park spaziert sind, habe ich mir vorgenommen, sie nicht anzufassen. Nicht heute Abend. Sie war nicht länger irgendeine Frau. Sie war die Hundesitterin meiner Gran.

Ich habe mir gut zugeredet, dass ich Zeit hätte. Ich könnte hierbleiben, während ich drehe und meinen Kram regele. Die Dinge langsam angehen lassen. Aber nachdem ich Gran in das Taxi geholfen habe, wollte Sara verschwinden, und sie erneut aus den Augen zu verlieren kam nicht infrage.

Bei der Vorstellung, ich hätte sie verloren, als sie in meinem üblichen Hotel gekündigt wurde, drehte sich mir der Magen um. Diesmal war ich aufgewühlt, weil ich ihr nachgeschaut habe, als sie fortging, genau in die verkehrte Richtung.

Ich will sie, und es gefällt mir nicht, etwas loszulassen, was ich will.

Und jetzt sind wir hier.

Ich strecke die Hand aus, und ihre Haut ist seidenweich. Eine einzige Berührung genügt, und ich weiß, dass mich nichts davon abhalten kann, noch einmal mit ihr zu schlafen. Diesmal will ich sie vernaschen. Vielleicht sogar meinen Schwanz in ihren Mund gleiten lassen. Ich kralle mich in ihr Haar und stöhne, als ihre Hand sachte über meinen Schwanz streicht.

»Du kleines Luder«, knurre ich und ziehe sie enger an mich. »Ich habe an dich gedacht.«

Sperma tropft aus mir heraus, und ich kann mich nicht erinnern, dass eine Frau, irgendeine Frau, das bei mir ausgelöst hätte, seit ich erwachsen bin.

Reiß dich zusammen, Ford. Das ist es nicht, was sie erwartet.

Aber ich sehe plötzlich ihre Augen vor Begeisterung funkeln, und ich beiße mir beinahe auf die Zunge und rufe mir ins Gedächtnis, dass ich ihr nicht mehr geben kann als dies, selbst als sie die Hände um mich schließt und näher kommt. Nah genug, dass ihre Pussy abermals gegen meinen Schwanz stößt. Ich hasse es, dass ich nicht den Mut habe, sie aufzuhalten.

Ich befinde mich in einem seltsamen Trancezustand, in dem ich alles tun werde, was sie von mir verlangt, alles, was sie sagt, nur um sie noch einmal meinen Namen schreien zu hören, wenn sie kommt. Ihren Körper zu spüren, wie er sich unter meinem windet.

»Willst du das wiederholen?«, flüstere ich ihr heiser ins Ohr und knabbere an ihrem Ohrläppchen. Ich bin hungrig. So hungrig.

»Ich will es nicht nur, ich habe auch vor, es zu tun«, wispert sie mir ins Ohr, bevor sie die Zunge hineingleiten lässt.

Mein Blut gerät in Wallung, als sie mich mit der Faust streichelt.

Ich atme aus und ringe um Kontrolle, dann schiebe ich die Hand wieder zwischen ihre Beine. Mit dem Daumen massiere ich ihre Klitoris, reibe sie in langsamen Kreisen.

Sie schaudert und stöhnt und umfasst meinen Schwanz fester. Ich knurre, als er zuckt, viel zu glücklich darüber, sie zu sehen. Er pulsiert in Erwartung, dass diese Finger ihn richtig packen. Dann ihre Pussy. Dann ihr Mund.

Ich schiebe zwei Finger hinein, und sie stöhnt, ein unverständlicher Laut, der sich ihr entringt, als sie die Hüften vorstößt, um sich mehr zu holen. »Gott, Ian, das fühlt sich unglaublich an.«

Sie genießt es. Kann nicht genug davon bekommen.

Ich genieße es noch mehr.

Ich bin ungeduldig. Ich ziehe ihre Beine auseinander und tauche zwischen ihre Schenkel, sauge, lecke und koste sie.

Ich könnte ohnmächtig werden, so geil bin ich. Sara schaut auf mich herab, auf meinen Schwanz, der bis zum Anschlag geschwollen ist, während ich an ihr sauge.

»Dreh dich um. Ich will dich in meinem Mund.« Sie fleht mich an, ihre Stimme butterweich vor Verlangen.

Ich rolle mich auf den Rücken und nehme sie mit, ihr Hintern auf meinem Gesicht, ihre Pussy in meinem Mund. Sara beugt sich herab, und im nächsten Moment hat sie ihn in voller Länge zwischen den Lippen.

»Oh, verdammt.« Ich stöhne. Meine Hüften kreisen; ich umfasse ihren Hintern und versenke meine Zunge noch tiefer in ihr. »Ich will mehr von dir. Ich will, dass du meinen Namen schreist.« Meine Stimme wird gedämpft von ihren Lippen, ihrem Hintern. Es ist mir egal. Ich sage es für mich selbst. Für wen auch immer.

Ich ziehe die Zunge zurück, dann fahre ich mit gleicher Wucht wieder in sie hinein, aber schneller diesmal. Ihre Zähne schließen sich um die Eichel meines Schwanzes, und Wonneschauder schießen über meinen Rücken, als sie sie zur Spitze zieht.

Ich stöhne und treibe meinen Schwanz tiefer und härter in ihren Mund, während sie in meinem kommt. Ich komme ebenfalls.

Sie kann nicht still halten, und das gefällt mir.

»Ian.«

Wir bewegen uns eine Sekunde lang nicht, beide gleichermaßen atemlos.

Dann drehe ich sie auf den Rücken und stoße in sie hinein. Überrascht keucht sie auf. Sie erwartet nicht, dass ich immer noch steif bin, nachdem ich in ihrem Mund gekommen bin. Zum Teufel, ich erwarte es auch nicht.

Ich ziehe ihre Hände hoch und gebe ein gnadenloses Tempo vor, während ich mich in sie hineinramme und Kräfte entfessele, die ich monatelang genährt habe.

Ich habe daran zurückgedacht, wie gut sie war, wie gut es war.

Die Erinnerung war gar nichts.

Wahnsinn …

Sie kommt abermals, zuckt unter mir. Ich folge ihr und lasse die Wellen über mir zusammenschlagen.

Selbst eine Minute danach bin ich noch vollkommen neben mir. Ich atme aus und sehe sie an, streichele ihre nackten Arme, während ich versuche, wieder zu mir zu kommen.

Sie glänzt von Schweiß, ungefähr so perfekt wie ein venezianisches Gemälde. Sie sieht zufrieden und sogar schläfrig aus, ein verdammtes Kätzchen, so viel steht fest. Ich erinnere mich an das Gespräch mit Jake in L. A. und frage mich, ob sie wirklich so eine Katze ist, die einen mit ihren Krallen verletzt und einem den Rücken zukehrt. Oder ob sie eine ist, die sich enger an einen kuschelt und mehr von dem Milchtellerchen will, das man ihr angeboten hat.

Du bietest ihr nichts an, nicht einmal Milch. Nur Sex, weil du vor dem Gesetz nicht einmal verfügbar bist.

Bei diesem Gedanken kühlt sich die Hitze in meinen Adern ab.

Als ich sie das letzte Mal in Zimmer 1103 gevögelt habe, habe ich mich zurückgezogen. Sie scheint das zu erwarten. Sie keucht überrascht auf, als ich mich vorbeuge und langsam um die gerötete, wunde Spitze ihrer linken Brust kreise. Ich sauge an ihr, sanft jetzt, und umfasse die Brust von unten. Dann mache ich das Gleiche mit der anderen Brust und höre sie seufzen, spüre, wie ihre Finger um meinen Hinterkopf sich entspannen.

Ich sauge eine Weile an ihr, dann sauge ich mich an ihrem Hals empor. Ich stöhne in ihr Ohr: »Ich kann nicht genug von dir bekommen, Kätzchen. Sollen wir es die ganze Nacht treiben?«

Sie kneift die Augen zusammen und sieht mich an. Ein gieriges kleines Lächeln erscheint auf ihrem Gesicht, und sie leckt sich die Lippen.

Gefunden

Sara

Das war's, ich bin tot. Er hat mich die ganze Nacht lang gevögelt, und jetzt bin ich tot. Und anscheinend bin ich gar kein so schlechter Mensch, denn ich bin im Himmel gelandet.

Ich will nicht nach Hause gehen. Ich will nur das Gefühl dieses großen warmen Körpers aufsaugen, der mit meinem verknäuelt ist, ebenso wie seinen köstlichen Duft auf meiner Haut. Mein sexuell befriedigter Körper schmiegt sich an seinen, und er entspannt sich. Er fragt, was ich gemacht hätte, seit ich nicht mehr als Empfangsdame arbeite, und hört zu, während ich ihm von Bryns neuem Geschäft erzähle. Es überrascht mich, dass Ian nicht die gleiche Nummer durchgezogen hat wie beim letzten Mal, als er mich gleich nach dem Höhepunkt weggeschickt hat. Diesmal haben wir tatsächlich einige Stunden geschlafen – etwas, was ich noch nie mit einem Mann getan habe –, bevor sein Mund mich geweckt hat, mit dem er sündhafte Dinge zwischen meinen Oberschenkeln machte. Jetzt liege ich in Löffelchenstellung neben ihm, und es ist *sooo* schön.

»Ich bin ihre persönliche Assistentin, und manchmal bin ich ihr Model für ihren Online-Katalog. Es ist nur vorübergehend, bis ich meinen Durchbruch schaffe, aber sie braucht alle Hilfe, die sie bekommen kann, um ihr Geschäft auf die Beine zu stellen, und es freut mich, dass ich sie unterstützen kann.«

Er mustert mich schweigend, die Hände hinterm Kopf verschränkt. »Wie heißt dieses Geschäft?«

»Ungezogen Angezogen.« Ich grinse und streiche mit einem Finger über seine Brust, an der Haarlinie entlang, die zu meinem Freudenspender führt.

»Deine Idee?«, fragt er.

»Nein.« Ich lache und stütze mich auf den Ellbogen. »Aber es gefällt mir.«

Er fährt mir mit dem Daumen über meinen nackten Arm. Alles in mir kribbelt. Gott, ich hatte noch nie im Leben derart umwerfenden Sex. Ich habe noch nie einen Mann so begehrt, wie ich ihn begehre.

»Ich hole uns vor Runde zwei einen Kaffee.« Ich grinse einfältig, erhebe mich vom Bett, schnappe mir die Laken und lasse ihm nur die Decke. »Wie lange bleibst du in New York?«

Er zieht die Brauen hoch.

»Damit ich einen Tag freihalten kann, um dich zu treffen.« Ich feixe. »Und ein wenig mehr aus dir herausholen kann.«

Er rutscht im Bett nach vorn, und seine Züge verdunkeln sich.

»Ich kann dir nicht mehr als das hier bieten.«

Ich starre ihn an. »Ich weiß«, flüstere ich. Weiß ich es wirklich?

»Wirklich, Sara?« Er beobachtet mich.

»Ja. Ich meine, du hast nie angerufen. Aber ich weiß, dass du es wolltest.« Ich zwinkere ihm zu. »Du hast mir einfach auf mannigfaltige Weise gezeigt, wie sehr du eine Wiederholung unserer Nacht in 1103 wolltest.« Ich drehe mich um, um den Kaffee zu holen.

»Ich stecke mitten in einer Scheidung.«

Ich erstarre und umklammere das Laken so fest, dass meine Knöchel weiß werden. Mein Blick fliegt zu seinen dunklen

Augen, die er zusammenkneift, während meine groß und rund sind. Meine Sicht trübt sich. Ich bekomme kaum Luft.

Ich betrachte meinen unanständigen Workaholic, sein zerzaustes Haar. Den von mir geröteten Mund. Zum Teufel, er hat Kratzspuren von mir auf seinen Armen und Schultern. Und er ist … vergeben?

»Was? Du bist verheiratet?«

Ich lasse die Laken los und falle vor Furcht und Entsetzen in mich zusammen. Bin ich so eine? Bin ich so eine, die mit den Männern anderer Frauen schläft? Oh mein Gott!

Er tritt die Decke weg und steht auf. »Nur technisch gesehen. In keiner Weise, die zählt. Nicht mehr seit anderthalb Jah…«

»Scheiße, du bist *verheiratet*?«, wiederhole ich und mache einen Satz nach vorn.

Ich will ihn irgendwie schlagen, aber er packt mein Handgelenk und hindert mich daran. Seine Stimme hat einen warnenden Unterton. »Sara.«

Ich drehe mich weg, bin so verletzt, dass ich sofort ein Brennen in den Augen spüre.

Er drückt sanft mein Handgelenk und zieht mich wieder zu sich herum. »Es tut mir leid«, murmelt er, seine Stimme leise, rau und entschuldigend. In seinen Augen schimmern Bedauern und Frustration. Seine Stirn schwebt über meiner, als er mich näher heranholt. »Genau genommen tut es mir *nicht* leid«, fügt er hinzu und sieht mir forschend in die Augen, als hoffe er festzustellen, dass es mir ebenfalls nicht leidtut. »Ich bedauere diese Nacht im Four Seasons nicht. Und ich bedauere auch die heutige Nacht nicht.« Er umfasst mein Kinn und reibt mit dem Daumen über meine Unterlippe, die anfängt panisch zu zittern.

Ich erinnere mich daran, wie schwer fassbar Ian war, als wir uns kennengelernt haben. Dass er »dies nicht tue«, hatte er gesagt. Ich bewundere, dass er keine falschen Versprechungen gemacht hat. Ich mag ihn immer noch. Aber ich habe Angst.

»Was tue ich hier?«, frage ich und drücke plötzlich gegen seine Brust. Ich bin wütend auf ihn. Auf mich selbst. Auf diese ganze Situation.

»Scheiße«, flucht er hinter mir, als ich in das erste Kleidungsstück schlüpfe.

»Ich kann das nicht.« Ich schüttele den Kopf. »Ich habe keine heißen Affären mit verheirateten Männern.«

»Ich bin nicht verheiratet – in keiner Hinsicht, die zählt.«

»Wow. Ich bin so eine dumme … pfui. Jetzt ergibt alles einen Sinn. Warum ich nie, warum *du* nie …« Ich schaue ihn an, und er wirkt bestürzt. Sein Kiefer ist verkrampft, seine Augen glänzen frustriert, und er hat die Hände an den Seiten zu Fäusten geballt.

Ich weiß nicht, warum, ich starre ihn nur an. Ian. Er hat jetzt einen Namen. Und warum macht es das nur noch schlimmer? Er ist der Mann, von dem ich seit einer Ewigkeit geträumt habe, jedenfalls fühlt es sich so an. Ich will mehr über ihn wissen, will alles über ihn erfahren. Aber ich bin mir nicht sicher, was zum Teufel passiert ist, dass ich hier gelandet bin und einen letzten flüchtigen Blick auf ihn werfe, denn meine Eltern lassen sich scheiden, und ich will nicht die andere Frau sein.

»Es tut mir leid, dass ich mich nie gemeldet habe. Ich kann dir nicht mehr bieten. Ich wollte dir keine falschen Hoffnungen machen.«

Meine Augen brennen ein wenig, aber ich blinzele gegen die Tränen an. »Ich hatte keine Hoffnungen. Oder besser gesagt, ich hatte jede Menge, aber du hast sie alle außerordentlich gut erfüllt.« Ich lächele und ziehe mich fertig an, und ich hasse es, wie aufgewühlt ich bin. Das bin nicht ich.

»Leb wohl, Ian«, flüstere ich und greife nach meiner Handtasche.

»Sara.«

Mit meiner Tasche in der Hand verlasse ich schnell den Raum und bete, dass er mir nicht folgt. Er hat es nach unserer ersten Nacht nicht getan, und ich bin mir sicher, dass es diesmal nicht anders sein wird.

Ich bin für ihn wahrscheinlich einfach eine Möglichkeit, über eine andere Frau hinwegzukommen.

Auf der Fahrt zurück nach Nolita zittere ich am ganzen Leib und spüre ihn noch immer auf der Haut. Auf meinen Geschmacksknospen. In meinem Geschlecht. In meinem dummen Herzen. Ganz gleich, wie zynisch das geschäftige Leben der Stadt eine Frau werden lässt, so bleibt doch wahrscheinlich immer ein winzig kleiner Rest einer Romantikerin übrig.

Nun, *blieb* übrig. Vergangenheit. Dank Ian Ford, der gerade bestätigt hat, was alle wissen. Wenn es zu schön ist, um wahr zu sein, dann ist das wahrscheinlich so.

Heiß. Ein harter Arbeiter. Interessiert. Und verfügbar?

Oh ja, ich habe ganz eindeutig geträumt.

Als ich in unserer Wohnung in Nolita ankomme, ist Bryn noch wach, und ich weiß nicht, was ich mit mir anfangen soll, so verwirrt und rastlos bin ich.

»Was ist passiert? Ist gestern Nacht die ganze Stadt verloren gegangen?«, schimpft Bryn und geht im Wohnzimmer auf und ab, nachdem ich die Tür hinter mir geschlossen habe. Sie mustert mich erwartungsvoll, und ich kann die Frage in ihren Augen deutlich lesen.

Sie will wissen, ob ich meinen One-Night-Stand-Mann gefunden habe. Ich verschanze mich hinter der kürzesten Erklärung, die mir einfällt, weil ich es nicht ertragen kann, laut darüber zu sprechen.

»Wir haben uns ein Hotelzimmer genommen. Wir hatten Sex, okay? Ende der Geschichte. Er ist wieder weg.«

Ich kann es nicht ertragen, ihr ausführlicher zu berichten, aber Ian ist definitiv aus meinem Leben verschwunden. Es sei denn, ich wäre eine Masochistin, was sehr gut möglich ist. Aber nein. Nicht heute. Ich will mein Leben in Ordnung bringen; diesen Vorsatz habe ich nicht vergessen.

»Sara!«, sagt Bryn aufgeregt, als ich entschlossen zu meinem Zimmer stapfe. Sie hört sich so an, als sei sie begeistert, dass ich ihn gefunden habe. »Du hast jetzt seinen Namen: Ian Ford.«

»Ja. Und ich konnte ihm nicht widerstehen, aber die Sache ist zu Ende.«

Ich gebe mein Bestes, ihn aus meinen Gedanken zu drängen, bleibe an der Schwelle zu meinem Zimmer stehen und betrachte Bryn genauer. Sie ist für einen Abend im Club gekleidet oder zumindest für ein elegantes Essen, und dennoch hat sie Ringe unter den Augen, als sei sie entweder nicht hingegangen oder hätte den ganzen Abend dort verbracht. »Was ist los mit dir?« Ich runzele die Stirn, irgendetwas stimmt hier nicht. Hatte sie nicht gestern Abend ein Date?

»Ich bin … ich bin versetzt worden.« Ihr Lächeln verblasst, und sie verschluckt sich beinahe an den Worten. »Gott, ich kann nicht glauben, dass er mich versetzt hat.« Bryn ist außer sich, so sehr, wie ich es nie zuvor bei ihr erlebt habe. »Irgendetwas stimmt da nicht. Ich spüre es.« Sie spricht ihre Befürchtung flüsternd aus und hält sich den Bauch.

»Du bist einfach paranoid. Er wird anrufen«, versichere ich ihr leise. Ich weiß, dass ein Mann eine Frau nicht so umwirbt, wie Christos Bryn umworben hat, nur um von einer Sekunde auf die andere vom Erdboden zu verschwinden.

Oder tut ein Mann das doch?

Scheiß drauf. Warum müssen Liebe und Romantik so verdammt kompliziert sein? Ich gehe in mein Zimmer und lege mich aufs Bett, nur um dann wie wild auf mein Kissen einzudreschen, denn offensichtlich kann ich im Augenblick nichts anderes tun.

Am nächsten Tag werden die Dinge nicht besser. Bryn geht, um Christos aufzusuchen, während ich mich auf den Weg zur Arbeit mache, und als sie ins Büro kommt, sind ihre Augen rot, und sie will nicht mit mir reden. Ganz gleich, wie sehr ich auch bitte, dass sie mir erzählen soll, was passiert ist.

Sie versucht, sich auf die Arbeit zu konzentrieren und die letzten Entwürfe zu überprüfen, aber als ich sanft sage: »Bryn. Rede mit mir«, wirbelt sie herum, klammert sich an mir fest und weint sich die Augen aus. »Wir haben Schluss gemacht.«

Fünfzehn Minuten später, nachdem sie sich ordentlich ausgeheult hat, sitzen wir beide missmutig auf der Schreibtischkante in ihrem Büro.

»Wie geht es *dir*?«, fragt sie und versucht, sich mir zuzuwenden. »Als ich im Central Park gesehen habe, wie ihr zwei euch angeschaut habt, wusste ich einfach, dass du deinen Mann gefunden hast.«

»Gefunden hatte. Vergangenheit. Ich werde ihn nicht halten. Ich kann nicht.« Ich seufze und versuche, die Prospekte mit den Entwürfen zu sortieren, die auf Bryns Schreibtisch verteilt liegen.

Sie hält meine Hand fest. »Während wir auf ihn gewartet haben, hat Mrs Ford mir erzählt, dass ihr Enkel eine hässliche Scheidung durchmacht. Im Grunde hat sie angedeutet, dass seine Ex ein totales Miststück ist. Er hat ihr sein Haus in der West End Avenue überlassen.«

»Kein Wunder, dass er im Hotel abgestiegen ist.« Ich drücke ihre Hand, dann ordne ich weiter die Papiere, bevor ich sie in ihrer Schublade verstaue und mir die Schläfen reibe.

»Sie ist ganz vernarrt in ihn«, bemerkt Bryn.

Da ist sie nicht die Einzige. Aber ich kann nicht zulassen, ihn kennenzulernen. Er hat nicht einmal gesagt, dass er mehr von mir will. Obwohl er frustriert wirkte, als ich gegangen bin, bin ich mir nicht sicher, ob er mich um *meiner selbst* willen will oder einfach jemanden braucht, um seine Frustration abzubauen.

Plötzlich spüre ich den Knutschfleck an meinem Hals. Die Hände meines heißen unanständigen Workaholics verweilen irgendwie auf mir.

»Genug über Ian«, flüstere ich und greife nach ihrer Hand. »Willst du die Arbeit nach Hause mitnehmen, statt hier zu sein, so nah bei …« Ich will seinen Namen nicht einmal aussprechen.

Bryn kommen erneut die Tränen. »Es ist wirklich vorbei.« Sie drückt sich die Handballen auf die Augen und lässt sie wieder sinken. »Ich bin in sein Büro gekommen und habe gefragt, warum er mich gestern Abend ohne ein *verdammtes* Wort versetzt hat, und er hat mit mir Schluss gemacht. Seine Ex ist schwanger.«

»Bah! Ich könnte einfach …« Ich schüttele den Kopf, zu schockiert, um noch irgendetwas zu sagen.

Berufstätige Frauen

Sara

»Du wirst das überstehen, Mom«, behaupte ich beharrlich, als ich an diesem Abend mit ihr telefoniere. »Es liegt nicht an dir. Es war dieses verdammte Flittchen.«

Ein Bild von Ian, wie er mich mit seinem heißen Mund liebt, und von seinen flammenden dunklen Augen drängt in meinen Kopf, und ich schüttele es mit aller Macht ab. »Sag mir, was du für dich selbst tust«, füge ich hinzu.

Denn ich kenne meine Mom. Ich habe meine Kindheit damit verbracht, ihre selbst gekochten Mahlzeiten zu essen, und immer wieder erlebt, wie meine Mom mir die Haare geflochten hat, während ich meine Hausaufgaben gemacht habe. Sie lebt für ihre Familie. Da ich ihr einziges Kind bin, ist sie fast zusammengebrochen, als ich eine Wohnung in New York gemietet habe. Alles, was sie hatte, war Dad – und den Wunsch, ihm ein warmes, freundliches Zuhause zu schenken.

Jetzt hat sie nicht einmal mehr das.

»Wie meinst du das?«, fragt Mom, als wäre ihr das Konzept völlig unbekannt.

»Triffst du dich einmal die Woche mit deinen Freundinnen zum Canasta, statt nur einmal in jedem Schaltjahr? Gehst du täglich mit Lico spazieren, statt es jemand anderem zu überlassen?«

»Oh ja. Ich gehe zweimal am Tag mit Lico Gassi.«

»Das ist gut! Mom, das ist *großartig.* Ich bin stolz auf dich. Tu Dinge, die dich glücklich machen. Dad wird es eines Tages bereuen, und du wirst so glücklich sein, dass du ihn nicht zurückhaben willst. Niemals.«

»Es ist nur so, dass …« Sie hält inne. »Wie konnte er, Sara? Wie *konnte* er nur? Ich habe alles richtig gemacht. Ich habe alles getan …«

»Ich weiß nicht, Mom«, flüstere ich. »Vielleicht hat er sich zu behaglich gefühlt. Er hatte niemals Angst, dich zu verlieren. Vielleicht … geschehen diese Dinge einfach. Meine Mitbewohnerin hat gerade mit einem Mann Schluss gemacht, mit dem sie zusammen war, und der Mann war verrückt nach ihr. Irgendein Miststück von Ex …« Ich unterbreche mich. *Irgendein Miststück von Ex ist schwanger von ihm*, denke ich. Bryn und Christos haben gestern Nacht Schluss gemacht. Christos ist nicht einmal zu ihrem Date erschienen. Und ich? Nun. Ich verliere ernsthaft den Glauben an das Universum.

Und einmal mehr frage ich mich, ob die Liebe wirklich für irgendjemanden funktioniert.

Ich bin so richtig deprimiert, als ich das Gespräch mit meiner Mom beende. Es ist nicht nur Mom, die mir Sorgen macht. Sondern auch Bryn.

Christos war der Junge aus ihrer Kindheit, der weggegangen ist, und plötzlich waren sie wieder zusammen und haben sich ineinander verliebt. Jetzt läuft sie schweigend umher und starrt manchmal ins Leere. Gestern hat sie die ganze Nacht geweint. Wenn sie im Büro abgelenkt ist, bemerke ich, wie sie versucht, sich zusammenzureißen und sich auf die Arbeit zu konzentrieren – aber es schmerzt und frustriert mich trotzdem, nicht zu wissen, was ich für sie tun kann. Und für meine Mom. Um ehrlich zu sein, weiß ich nicht einmal, wie ich mir selbst helfen kann.

Denn ich frage mich immer wieder, woran Ian Fords Ehe gescheitert ist. Ein Teil von mir hasst es, das nicht zu wissen. Ein Teil von mir wünscht, die Sache wäre erledigt, damit ich herausfinden könnte, ob es sich lohnt, fortzusetzen, was wir haben.

Am nächsten Tag treffe ich mich mit Jensen, einem guten Freund, den ich über Bryn kennengelernt habe und der uns bei der bevorstehenden Eröffnung von *Ungezogen Angezogen* hilft. Er ist Grafikdesigner und hat eine fantastische Souterrainwohnung in Gramercy Park, inklusive eines schwer zu ergatternden Schlüssels für den geschlossenen Park in der Nähe. Er hat jetzt seit langer Zeit einen festen Freund, ein gut gehendes Geschäft und das entsprechende Selbstbewusstsein. Ich frage mich, ob das Pech, das wir Mädels in Sachen Liebe gerade erleben, nur die Frauen der Welt betrifft.

»Also. Der Job. Bist du glücklich?«, fragt er, als wir den Irving-Palast entlang zu einem Café im Viertel gehen.

Ich brauche einen Moment, um zu begreifen, was er sagt. »Alles ist gut. Ich genieße es, mit Bryn zusammenzuarbeiten. Tut mir leid. Du hast mich in einem seltsamen Moment erwischt.«

»Einem guten Moment?«

Meine Wangen werden heiß. »Nein. Ich bin nur … ich stehe seit gestern Abend ein bisschen neben mir.« Ich tue die Sache mit einem Kopfschütteln ab.

»Was? Du bist nicht glücklich?«

»Doch, mit dem Job schon, es ist nur so, dass ich heute ein wenig … benommen bin.«

Ich bleibe draußen vor dem Café stehen, während Jensen unsere üblichen Kaffees bestellt. Dann kommt er heraus, reicht mir einen Becher und führt mich zu einem kleinen runden Tisch.

»Okay. Raus mit der Sprache, Frau«, sagt er.

»Ich habe den Namen meines One-Night-Stands herausgefunden. Mehr als das, ich habe herausgefunden, dass er der Enkel einer Kundin von mir und Bryn ist. Wir haben die Nacht in einem Hotel verbracht.«

»Herrgott, das ist ja ein Mordsding, Sara.« Er schlägt mit der Hand auf den Tisch, sichtlich begeistert.

»Nein, das ist es nicht! Verdammt, er ist verheiratet, Jensen.«

»Wie bitte?« Jensen rutscht auf seinem Stuhl nach vorn und schüttelt ungläubig den Kopf. »Scheiße. Okay.« Er fährt sich mit einer Hand übers Gesicht. »Egal. Es ist nie ein Fehler, wenn man einen Orgasmus hat, weißt du, was ich meine? Und du *hast* einen Orgasmus gehabt, nicht wahr?«

Ich stöhne. »Mein Gott! Mehrmals. Dieser Mann ist so gut, dass er mir nur durch seine Küsse Orgasmen bescheren könnte. Aber er ist verheiratet. Er steckt gerade mitten in einer Scheidung, aber das sagen sie alle, oder? Ich bin nicht so eine, Jensen!« Meine Frustration wächst, während ich darüber spreche, und ich nehme einen riesigen Schluck Kaffee, um mich zu beruhigen.

»Vergiss ihn. Sag ihm: ›Danke für den Orgasmus, aber das ist alles, wozu du taugst.‹ Und zieh weiter. Geh öfter aus. Darf ich dich einigen Freunden vorstellen? Ich kenne ein paar Leute, die sich um das Sex-Problem kümmern könnten, ganz ohne Verpflichtungen. Eine Art Fick-Freund.«

»Davon können sie nur träumen, Jensen!« Ich breche in Gelächter aus.

»Feucht träumen«, sagt er und drückt die Zunge in die Wange.

»Du bist ekelhaft.«

Er denkt darüber nach und kichert. »Wie ist seine Ehe in die Brüche gegangen? Weißt du das?«

»Keine Ahnung. Ich habe nicht danach gefragt.« Ich nestele an meiner Kaffeetasse herum. »Zwischen uns stimmt die Chemie total. Es ist *unwirklich*.« Ich runzele die Stirn. »Aber dann hat er mir von seiner Situation erzählt, und ich habe gesagt, es sei vorbei, und bin gegangen. Ich bin eifersüchtig, weißt du? Allein bei dem Gedanken, dass eine andere Frau ein Recht auf ihn hat …« *Aber letzte Nacht hat er dich mit wilder Besessenheit angeschaut, Sara. Pfui. Ruhe jetzt.*

»Ich will nicht, dass eine andere ihn hat, aber ich bin überhaupt nicht scharf auf etwas, was so komplex und … kompliziert ist. Ich habe Angst, dass er sich an mir abreagiert, wie Männer es üblicherweise machen, oder dass er mich vielleicht benutzt, um über die Ex hinwegzukommen, oder was auch immer.« Ich seufze trostlos.

»Beruht der Entschluss, sich scheiden zu lassen, auf Gegenseitigkeit?«

»Keine Ahnung. Ich hätte fragen sollen. Stattdessen schrillten bei mir die Alarmglocken, ich habe rotgesehen und bin gegangen.«

»Dann betrachte es als Abschluss und zieh weiter. Wenn ich schon nicht darf, erlaube wenigstens Bryn, ein Date für dich zu arrangieren.«

»Ich weiß nicht, Jen – die Sache mit Christos ist vorbei, und ich bin mir nicht sicher, ob sie so mühelos weitermachen kann«, antworte ich. »Diesmal hatte ich einen zweiten One-Night-Stand. Nenn mir einen einzigen Grund, warum es sich nicht wie ein Abschluss anfühlen sollte«, bitte ich ihn verwirrt.

»Ganz einfach.« Jensen fährt sich mit einer Hand durch seine perfekte Frisur und lehnt sich an die Rückenlehne seines Stuhls. »Du willst mehr von dem großen SCH.«

»Oh! Er hat einen *sehr* hübschen SCH, und ich hätte nichts

dagegen, mehr davon zu bekommen. Aber es ist einfach …« Ich schüttele den Kopf und bin plötzlich wütend auf ihn. Auf den verdammten *Ian Ford*. »Ich will, dass er mich will; das ist nicht typisch für mich. Normalerweise graut mir davor, dass sie wieder anrufen könnten, Jen.«

»Verdammt, das ist ein Problem.«

»Ich weiß.« Ich seufze und schaue auf meine Armbanduhr. »Okay. Ich muss ins Büro. Bryn wartet sicher schon auf mich, und mit Christos läuft etwas, das mir Sorgen macht. Ich werde dir Bescheid geben, wenn ich mehr weiß.«

»Ja, bitte. Ich bin kurz davor, Christos aufzuspüren und ihn zusammenzuschlagen, weil er ihr wehgetan hat.«

»Das ist mir klar. Ich weiß, dass du Bryn lieb hast.« Ich küsse ihn auf den Kopf und nehme meinen Kaffee mit.

»Sara. Was ist mit dem Vortanzen?«, fragt er.

»Ich warte immer noch auf den Anruf. Hoffe, dass sich etwas anderes ergeben wird. Je mehr Vortanzen, umso größer die Chancen, richtig?«

»Ganz genau. Hals und Beinbruch, Prinzessin«, antwortet er.

»Das habe ich schon hinter mir!«, rufe ich zurück und starre in meinen Kaffee.

Ich will gerade in die Bahn steigen, als ich eine SMS von meiner abgespeicherten Nummer bei Daniels bekomme.

François:

Ian Ford, Mademoiselle.

Gern geschehen.:)

Zitternd will ich gerade ein Dankeschön zurücksimsen, als ich einen Anruf von Robert bekomme.

»Sara, du wirst nicht glauben, wer gerade im Hotel ist. Er hat soeben den Zimmerservice bestellt.«

Ich schiebe mich in die Bahn, nehme Platz und umklammere mein Telefon, während das Bild von Ian, umringt von Büropapieren, mich verfolgt.

»Bis wann hat er sein Zimmer gebucht?«

»Leider nur bis morgen. Aber er wohnt wieder in 1103. Sein Name ist Ian …«

»Ford. Ich weiß. Ich habe es gerade herausgefunden.« Ich atme aus. »Danke, Robert.«

Meine Hand zittert, als ich den Anruf beende und auf mein Handy glotze. Ich frage mich, was ich mit dieser Information anstellen werde. *Er ist bis morgen in der Stadt.* Wenn er fortgeht, wird er jemals zurückkommen? Werde ich ihn jemals wiedersehen? *Will* ich ihn wiedersehen?

Ein berufstätiger Mann

Ian

»Mr Ford? Haben Sie mich gehört?«

Ich werde aus den Gedanken an die vergangene Nacht gerissen, als meine New Yorker Assistentin in der Tür erscheint. Ich drehe mich um. »Ich habe Sie gehört.« Genervt von mir selbst bedeute ich ihr, die Drehbuchkorrekturen auf meinen Schreibtisch zu legen.

Ich gehe um den Schreibtisch herum und überfliege die Seiten, außerstande, mich zu konzentrieren. Wir produzieren einen Dokumentarfilm über Müll. Super Thema, ich weiß, aber der Film ist mit Sicherheit gut. Ich bin stolz auf unser Konzept.

Ich kann nicht behaupten, dass ich stolz darauf bin, wie es gestern gelaufen ist.

In mir brodelt es, wenn ich an den Ausdruck auf Saras Gesicht denke, als ich es ihr gesagt habe. Schreckliche Gefühle haben sich in ihren Augen widergespiegelt, und der Grund dafür war ich. In diesem Moment habe ich mich gehasst. Ich dachte, ich sei das Opfer, als Cordelia mich betrogen hatte. Aber was tue ich Sara an?

Als die Tür sich hinter ihr schloss, hämmerte mein Herz wie wild, und meine Lungen, meine Beine und meine Arme spannten sich erwartungsvoll an.

Denn ich wollte ihr hinterherlaufen.

Ich habe immer noch vor, das zu tun.

Ich weiß, wie ich an ihre Telefonnummer herankomme. Meine Großmutter würde mir niemals etwas abschlagen. Wenn Sara mich nicht wiedersehen will, werde ich das verstehen. Aber ich werde es zumindest irgendwie bei ihr wiedergutmachen.

Ich bin gerade fertig mit der Lektüre des neuen Skripts, als mein Handy klingelt und Wahlbergs Name auf meinem Bildschirm erscheint. Ich lehne mich auf meinem Stuhl zurück und nehme den Anruf an.

»Ja.«

»Ich habe gute Neuigkeiten. Wir hatten das Gespräch mit Ihrem Steuerberater, wie Sie es wollten. Haben gedroht, ihn nicht länger zu beschäftigen, wenn er nicht mit der Wahrheit herausrückt. Und er ist bereit, seine Affäre mit Ihrer Frau zu bezeugen.«

»Gut. Endlich kommen wir weiter.« Ich fahre mir mit der Hand über den Nacken, der sich plötzlich verspannt. Ich muss diesen Zirkus endlich zu Ende bringen. »Rufen Sie Cordelia an. Informieren Sie sie über die Einzelheiten, und sagen Sie ihr, dass mein Angebot, ihr das Haus und die Hälfte meines Geldes zu überlassen, immer noch steht. Ich will diese Sache einfach endlich hinter mich bringen.«

»Ich werde Sie auf dem Laufenden halten.«

Ich lege auf, und kann es kaum glauben, dass diese Sache endlich zu einem Abschluss kommt.

Ich will frei von ihr und den Zwängen sein, mit denen sie mich an sich bindet. Ich will sie aus meinem Leben verbannen. Ich verzeihe Verrat nicht leicht. Ich habe nur mit wenigen Menschen Umgang, aber jene, die ich in meine Nähe lasse, bedeuten mir mehr als alles andere. Ich werde einen Verrat niemals vergessen. Und ich selbst würde niemals jemanden so verraten oder belügen, wie sie mich verraten und belogen hat.

Nachdem ich diesen Gedanken beiseitegeschoben habe, komme ich wieder auf das Thema zurück, das mich seit der vergangenen Nacht mehr beschäftigt als alles andere, und wähle die Nummer meiner Großmutter.

»Wie geht es meiner Lieblingsoma?«, frage ich, als sie den Anruf entgegennimmt.

»Oh, Ian.« Sie kichert. »Kommst du zum Abendessen, wie abgemacht?«

»Und ob.«

»Ich mache Fleischbällchen, deine Lieblingsspeise.«

»Mir läuft jetzt schon das Wasser im Mund zusammen. Hör zu, Gran. Wie wär's, wenn du die junge Frau, die deinen Hund Gassi führt, Sara, ebenfalls einlädst, damit sie und ich heute Abend mit Milly spazieren gehen können?«

»Sie wollte Milly heute Nachmittag ausführen. Ich hatte vor, deine Fleischbällchen zu braten, während sie weg sind.«

»Gut. Im Büro hat sich etwas ergeben, und ich habe früher frei.«

»Ian Ford!«, tadelt sie mich, bevor ich das Gespräch beenden kann.

Widerstrebend hebe ich den Hörer wieder hoch. »Was?«

»Glaub nicht, ich wüsste nicht, was du tust. Ich will, dass du weißt, dass du voll und ganz meine von Herzen kommende … Zustimmung hast.«

Ich lächele erleichtert und streiche mir übers Kinn. Ich will nicht, dass sie sich Hoffnungen macht. Ich bin immer noch nicht scharf darauf, mich wieder in eine Beziehung zu stürzen, nicht nach der letzten Beziehung, die ich hatte. Aber ich begehre Sara auf eine Weise, wie ich seit sehr, sehr langer Zeit nichts anderes als die Arbeit begehrt habe.

Ich bin es mir selbst schuldig, herauszufinden, warum sie diese Wirkung auf mich hat.

Irgendwie werde ich mir Zeit mit ihr verschaffen. Auf welche Weise auch immer.

Wenn Sara mich nur halb so positiv sehen würde, wie meine Großmutter es tut, wäre es vielleicht sogar einfach, sie einmal abends zum Essen einzuladen.

Verdammt, ich habe mich schon lange nicht mehr auf ein Date gefreut.

Mrs Ford

Sara

Heute Abend führe ich den Hund von Mrs Ford aus, und mir graut vor dem, was ich sagen muss. Aber ich habe wirklich keine andere Wahl, oder? Ich kann es nicht riskieren, ihm über den Weg zu laufen. Nicht, solange ich mir nicht sicher bin, was zwischen Ian und mir ist oder ob jemals etwas Ernstes zwischen uns *sein* kann. Ich brauche Raum, und ich muss nachdenken, und wenn ich eines mit Bestimmtheit weiß, dann dies: In Ians Anwesenheit kann ich nicht denken. Aber die Tatsache, dass ich ihn vielleicht nie wiedersehen werde, macht mir ziemlich zu schaffen. Gast in Zimmer 1103. Gut aussehend und beinahe wie ein Traum, fort, bevor ich mich recht daran erinnern konnte, aber er ist definitiv süchtig machend.

Es scheint, dass der Mann nicht nur mich beschäftigt, denn er ist das Erste, was Mrs Ford erwähnt, als ich an diesem Abend in ihre Wohnung komme. »Mein Enkel war seit einer Weile nicht mehr in der Stadt. Er macht eine sehr hässliche Scheidung durch.«

»Oh.«

»Es läuft schon seit einer ganzen Weile, aber dieses kleine Flittchen, das er geheiratet hat, kann einfach nicht loslassen.« Sie schüttelt den Kopf. »Das kommt davon, dass er eine Frau geheiratet hat, die sich mehr für sein Geld als für sein Glück interessiert hat.«

»Was macht er beruflich?«

»Er ist Filmproduzent. Größtenteils Dokumentarfilme. Er reist für seine Arbeit ziemlich viel durch die Welt. Ich gebe zu, dass er nicht mehr gern in der Stadt ist, und das aus gutem Grund!«

»Mrs Ford«, sage ich, während sie in einem geblümten Kaftan und genug Juwelen, um ihren eigenen Laden zu eröffnen, durch die Küche huscht.

»Ja, meine Liebe?«

»Ich weiß nicht, ob ich weiter mit Milly Gassi gehen kann. Bryn ist kurz davor, ihr eigenes Geschäft zu eröffnen, und als ihre persönliche Assistentin werde ich viel mehr zu tun haben. Außerdem arbeite ich nebenbei als Model, und das kostet mich auch viel Zeit.«

»Sie arbeiten als Model, Sara?«

»Ja«, bestätige ich und fühle mich gehemmt, als sie sich umdreht, um mich zu mustern, »aber ich habe sie gebeten, die Fotos ohne Gesicht zu veröffentlichen.«

»Warum um alles in der Welt tun Sie das?« Sie klingt entsetzt.

»Ich weiß nicht. Aber ich würde lieber etwas machen, was meinen Geist ein wenig mehr anregt. Posieren ist langweilig und macht mich verlegen.«

»Sie haben überhaupt keinen Grund, verlegen zu sein; Sie sind zauberhaft, Sara – zauberhaft genug, um Model zu sein, mit diesem Ballerina-Körper und diesen wunderschönen Augen. Sagen Sie mir den wahren Grund, warum Sie nicht mehr mit Milly Gassi gehen können.«

Ich halte für einen Moment inne, und mein Gehirn explodiert beinahe von dem einen Wort.

Ian.

Ian

Der verdammte IAN.

Sex mit IAN.

Verlangen nach IAN.

»Ich weiß einfach nicht, ob ich weiter kommen kann, das ist alles.« Ich gehe um die Theke herum, um ihr beim Gemüseschneiden zu helfen, während wir uns unterhalten. Ich achte kaum auf das, was ich tue, aber irgendetwas muss ich tun.

»Geht es um meinen Enkel?«

»Wie bitte?«

»Er hat mich gefragt, ob Sie auch kommen würden.«

»Hm?«

Es klingelt an der Tür, und Mrs Ford hebt ihre schwer mit Juwelen geschmückte Hand. »Das muss er sein«, sagt sie verschwörerisch und mit einem Augenzwinkern, und ich werde ganz steif, als ich einen Moment später höre, wie ein Schlüssel ins Schloss geschoben wird.

»Ian, Liebling!« Mrs Ford kreischt wie ein Mädchen, und ich höre Ians Stimme, die mir (unter anderem) in den Ohren kitzelt.

»Gran. Wie geht es meiner Lieblingsoma heute?«

Mein Mund wird trocken, ich lege das Messer beiseite und drehe mich um, um zu beobachten, wie er mit seiner sexy Ausstrahlung das Wohnzimmer erfüllt.

Der Gedanke, dass ich vielleicht Glück haben könnte und der Mann sich einer Gesichts- und Körpertransplantation unterzogen hat, erwies sich als Trugschluss. Er ist immer noch mein schmutziger Workaholic, das erotischste Wesen, dem ich je begegnet bin. Seine aufgestaute Energie scheint unter dem Stoff seiner schwarzen Hose und seines weißen Anzughemdes zu brodeln. So wie immer.

Ich versuche, meine Reaktion auf seine Anwesenheit zu unterdrücken, aber meine restlichen Körperteile stehen nicht im Einklang mit meinem Gehirn. Mistkerl.

Mrs Ford umarmt ihn stürmisch, und Ian erwidert die Geste. Vor seiner mächtigen Gestalt wirkt seine Großmutter zierlich und winzig. Sie gurrt leise, während Ian den Blick hebt und mich mit dunklen neugierigen Augen ansieht. Mein Herz gerät ins Stottern, als wir uns anschauen. Mir bricht der Schweiß aus, und ich zwinge mich, vorwärts zu gehen, Milly zu holen und zu machen, dass ich wegkomme.

»Ich sollte gehen«, teile ich Mrs Ford mit, bevor Ian ein Wort sagen kann. »Wenn Sie mich bitte entschuldigen würden. Komm her, Milly.« Ich schnappe mir die Leine aus der Küchenschublade und befestige sie an ihrem Halsband.

Ian tritt einen Schritt vor, um mir Millys Leine aus den Fingern zu nehmen. »Ich habe sie.« Dicht an meinem Ohr ist seine Stimme leise und tief und rumpelnd.

Ich richte mich auf, und seine Worte rollen über meine Haut wie ein rauer Kuss. Die Art, wie er in mich *hineinsieht*, hat etwas Einschüchterndes und Intensives. »Ich bin deinetwegen hergekommen«, flüstert er.

»Ich wüsste nicht, warum.«

»Ich werde alles fürs Abendessen herrichten!«, ruft Mrs Ford aus der Küche. »Ian, sei nicht so streng mit ihr; sie ist nicht Cordelia.«

»Danke, Gran. Ich habe verstanden«, antwortet er mit einem Grinsen und führt Milly zur Tür.

»Ich finde nicht, dass dies der richtige Zeitpunkt oder der richtige Ort ist«, warne ich den Mann, als er die Tür öffnet.

Ich verlasse die Wohnung und bleibe idiotischerweise zwischen Ian und Milly stecken.

Als Ian versucht, mich zu befreien, schnappe ich nach Luft. Unsere Körper stoßen zusammen, und ich werde von seinem Duft eingehüllt. Das führt dazu, dass mein Körper sich an die Stärke des seinen erinnert.

Als ich frei bin, trete ich von ihm weg und halte Distanz, während wir mit dem Aufzug nach unten fahren. Ich bete, dass er meine Grenze nicht überschreitet und ich erneut aus dem Gleichgewicht komme.

»Kann ich wenigstens die Leine haben?«, frage ich ihn. Ich klinge verärgert, und es liegt daran, dass ich verärgert bin.

Er reicht sie mir und beobachtet mich mit einem kleinen Lächeln auf den Lippen.

Ich weiß nicht, warum er heute Abend hier ist. Oder warum alles in meinem Magen flattert.

Ich will so tun, als sei das normal. Ich, wie ich, zusammen mit ihrem Enkel, mit dem Hund einer meiner Kundinnen spazieren gehe. Aber es ist nicht normal, genauso wenig wie die Art, wie dieser Mann mich ansieht.

Ich bemerke, wie immer, seine Arbeitskleidung.

Tut der Mann irgendetwas anderes, als zu arbeiten und zu vögeln wie ein Gott?

»Bist du direkt von der Arbeit hergekommen?« Wir durchqueren dabei die Lobby und treten hinaus auf die belebte Straße.

»Ja. Und du?«

Ich nicke, und als wir losgehen, betrachte ich die gut besuchten Cafés, um mich von ihm abzulenken. Die Sonne ist bereits untergegangen, und die Kunden, die normalerweise die Straßen von SoHo überschwemmen, strömen zum Abendessen in die Restaurants. Zu dieser Stunde ist es ruhiger draußen. Ich weiß nicht, ob ich das gut finde oder nicht. Normalerweise fände ich es gut. Aber mit Ian an meiner Seite ist mir jede Ablenkung willkommen.

»Warum wohnst du nicht bei deiner Großmutter, wenn du in der Stadt bist?« Ich versuche es mal mit Small Talk. Auf dem Weg in den Washington Square Park, während wir beide uns umschauen und die Umgebung betrachten, habe ich mich beruhigt.

»Sie hat ihr Leben. Ich habe meins. Ich will sie nicht stören.« Er lacht spöttisch. »Außerdem habe ich hier ein Haus. Ich nutze es nur nicht.«

Mir fällt ein, dass er ein Haus im West End hat, und ich weiche diesem Thema aus. »Kommst du oft in die Stadt?«

Ich mache nur Small Talk.

Oder na ja. Vielleicht habe ich doch danach gefragt, weil ich es wissen will.

»Einmal im Monat. Allerdings hatte ich in den vergangenen Monaten in L. A. ein Projekt, das mich von hier ferngehalten hat.« Er kneift die Augen zusammen und betrachtet mich mit einem eindringlichen Blick, als wolle er, dass ich seine Gründe erfahre, warum er weggeblieben war.

Ich schlucke und tue so, als würde ich nicht bemerken, dass sein Blick für einen heißen Moment auf meine Lippen fällt.

»Deine Eltern?«, dränge ich.

»Beide tot. Bootsunfall.«

Ich bleibe wie angewurzelt stehen, mit offenem Mund und Herzklopfen. »Das tut mir leid«, sage ich schließlich. Er nimmt meine Worte mit einem flüchtigen Lächeln zur Kenntnis, und es berührt mich, wie traurig seine Augen werden.

Wir verstummen für eine Weile. Wahrscheinlich hätte ich ihn umarmen sollen, aber dann hätte er meine persönliche Grenze überschritten. Er bewegt sich bereits an ihren Rändern.

»Als Teenager war ich besessen vom Tod«, erzähle ich.

»Warum?«

»Weil es mir Angst gemacht hat, mir vorzustellen, jemanden zu verlieren, den ich liebte, und dass diese Person eines Tages nicht länger … existierte. Ich hatte eine Freundin in der Schule, die gestorben ist. Sie hatte regelmäßig Migräne, und dann hat man bei ihr einen Gehirntumor entdeckt. Wir haben sie so schnell verloren.«

Ich zucke die Achseln. »Nach ihrem Tod konnte ich nur ans Sterben denken. Ich ging zu Schulpartys und sah Menschen lachen, und ich dachte, worüber lacht ihr alle? Wir werden alle eines Tages sterben! Ich habe die ganze Zeit darauf gewartet, dass es passierte. Erst als ich achtzehn wurde, habe ich endlich begriffen, dass wir alle auf dem Weg dorthin sind und dass es nichts daran ändert, darüber nachzudenken. Mir ist klar geworden, dass man genauso gut sein Leben leben kann, solange man noch lebendig ist.«

»Also bist du ein Hypochonder?«

Ich lache. »Nein! Aber ich will etwas Gutes hinterlassen, wenn ich gehe.« Ich beuge mich von ihm weg und seufze. »Ich habe dieses Buch gelesen, *Der Held ihrer Träume* von Jude Deveraux, über Wiedergeburt und dass wir wieder und wieder zurückkommen und die Menschen wiederfinden, die wir lieben. Danach ging es mir besser.« Ich kneife die Augen zusammen. »Wann hast du Geburtstag?«

»Am 18. April.«

»Widder. Feuer. Das erklärt es.«

»Du denkst also, wir seien uns schon einmal begegnet?«

»Ich klinge verrückt.«

»Nein. Einfach interessant.«

Ich lache. »Nun. Die Vorstellung, dass Seelen einander schon früher gekannt haben, ist in gewisser Weise ganz niedlich, aber ich schätze, es nimmt der Sache den Spaß, zu wissen, dass alles enden wird.«

»Ich denke, dass es das noch besser macht, dass dadurch jeder Augenblick noch mehr zählt. Gerade jetzt, diese Sekunde« – er schnippt mit dem Finger – »einfach weg.«

»Musst du mir alles verderben, Ian?«

Ich stoße ihn in gespieltem Ärger zurück, und er fängt mein Handgelenk auf, und bevor ich weiß, wie mir geschieht, zieht er mich an sich und überschreitet meine Grenze.

Verunsichert durch die Berührung winde ich mich aus seinem Griff und schaffe wieder dreißig Zentimeter Abstand zwischen uns, ohne Millys Leine loszulassen.

»Erzähl mir mehr von dir«, dränge ich ihn.

»Was willst du denn wissen?«

»Erzähl mir, was du beruflich machst.«

»Ich bin Filmproduzent. Mir gehören einige Produktionsfirmen – die meisten machen Dokumentarsendungen überall auf der Welt.«

»Hast du Kinder?«

»Nein.« Eine kleine Falte zieht sich über seine Stirn, und ein kurzes zynisches Lachen rumort in seiner Brust. »Zur Hölle, ich habe Gran gesagt, dass ich nicht wieder heiraten werde. Stattdessen schaffe ich mir einen Hund an, einen dicken fetten Kater und hinterlasse mein Vermögen ihm und Milly.«

»Oh, ich bitte dich!« Ich lache – aber nur kurz. »Ich bin mir sicher, dass du jemanden finden wirst.« Ich schaue ihm in die Augen und sehe Schatten. In diesen zauberhaften onyxschwarzen Augen. Ich will die Frau schlagen, die dafür verantwortlich ist. »Ich will nicht, dass du allein stirbst.«

»Es geht nicht ums Wollen – man kann die Zeit seines Todes nicht selbst bestimmen.« Und jetzt wirkt Ian wieder erheitert.

»Aber man kann die Art bestimmen, wie man lebt«, kontere ich.

Er schweigt.

»Ich wünschte, du hättest meine Eltern kennengelernt.« Diese Feststellung scheint ihn ebenso zu überraschen wie mich.

»Ich hätte sie auch gern kennengelernt«, antworte ich mit einem aufrichtigen Lächeln. Warum spüre ich erneut Schmetterlinge im Bauch? Dies sollte nur ein wenig Small Talk sein. Jetzt sind wir bei imaginären Bekanntmachungen mit Eltern angelangt.

»Meine Mutter hätte dich gemocht«, sagt er.

»Ich hätte sie zweifellos ebenso gemocht, wie ich Mrs Ford mag. Waren sie sich ähnlich? Sie und Mrs Ford?«

»Ja. Wie Mutter und Schwiegertochter eben.«

»Es tut mir leid, dass du sie verloren hast, Ian.«

»Mir auch«, sagt er und hält inne, damit ich ihm in die Augen sehe. »Und jetzt will ich mehr über dich wissen.«

»Da gibt es nicht viel zu wissen.« Ich zucke beiläufig die Achseln. »Ich bin ein Einzelkind. Meine Eltern befinden sich mitten in einer Scheidung. Es ist schwer für mich zu akzeptieren, kann man sagen.«

Er wirkt überrascht. Es scheint zu ihm durchzudringen, dass die Situation meiner Eltern seiner eigenen ähnelt, und seine Lautstärke sinkt um ein Dezibel. »Das tut mir leid.«

»Ich schätze, du kennst das auch, da du selbst mitten in einer Scheidung steckst.« Ich mustere ihn, als wir um die Ecke biegen. Ich will fragen, was zwischen ihm und seiner Frau vorgefallen ist, aber gleichzeitig bin ich mir nicht sicher, ob ich es überhaupt wissen will. »Ich glaube, das Leben überrascht uns, und nicht alles, was wir planen, endet planmäßig. Ich bin nach Manhattan gekommen, um an der NYU zu studieren. Alles, wovon ich geträumt habe, war der Broadway. Aber bei meinem ersten Vortanzen habe ich mir den Knöchel gebrochen, und voilà, seitdem war das Glück mir nicht mehr hold, bis ich …«

Er schaut mich mit eindringlicher Miene an. Ich spüre, dass mein Telefon vibriert, und es ist eine Nachricht von Bryns Freundin Becka.

Bin gerade gelandet. Werde bald da sein. Geht es Bryn gut?

Ja. Wir treffen uns gleich in der Wohnung.

Ich drehe mich zu ihm um. »Meine Mitbewohnerin hat gerade eine traurige Trennung hinter sich. Ihre beste Freundin aus Texas ist gekommen, um sie aufzumuntern.« Ich lecke mir die Lippen, und mir wird klar, dass es schon spät ist. »Wir sollten besser zurückkehren. Ich gehe dann nach Hause. Morgen bin ich im Einsatz für die Eröffnung des *Ungezogen Angezogen* in der Prince Street, und ich brauche meinen Schönheitsschlaf.«

Auf dem Rückweg zu Mrs Fords Wohnung reden wir nicht. Aber wir gehen dichter nebeneinander her, und es ist seltsam, dass ich mich irgendwie sicher fühle, wenn er meine Grenze überschreitet.

Woran liegt das?

Oben drücke ich einen Kuss auf Millys Kopf und lobe sie dafür, dass sie so brav war. Dann richte ich mich auf und bemerke, dass Ian mich die ganze Zeit beobachtet hat. Wir verabschieden uns. Mrs Ford besteht darauf, dass ich zum Abendessen bleibe, aber ich muss ablehnen.

»Wegen unseres Gesprächs, Mrs Ford …« Ich halte an der Tür inne. »Ich werde einen Ersatz für mich beschaffen.«

Bevor sie es mir ausreden kann, verlasse ich das Gebäude und mache mich auf den Weg zur Haltestelle, mit Ian in meinem Kopf und Bedauern in meinem Herzen. Und je mehr mich die Begegnung mit ihm aufwühlt, umso größer werden meine Sorgen und meine Angst, dass er mir das Herz brechen wird, wenn ich ihn noch näher an mich heranlasse.

Prince Street

Sara

Wir veranstalten einen Mädchenabend, an dem wir – Bryn, Becka und ich – einander verbieten, über Männer zu reden. Zu ihrem Glück ist Becka die Einzige von uns, deren Herz kein bisschen gebrochen ist, und das liegt nur daran, dass sie stattdessen so sehr auf den Kummer ihrer fiktiven Figuren konzentriert ist.

Wir haben uns auf Anhieb verstanden, als wir uns gestern Abend kennengelernt haben. Sie kommt aus Austin und ist seit einer Ewigkeit Bryns beste Freundin. Sie ist eine frustrierte Schriftstellerin, Schrägstrich Dichterin, Schrägstrich Romantikerin und hofft, ihr Manuskript fertigzustellen, während sie in New York ist. Sie schläft nachts auf der Couch und steht morgens früh auf, um uns ihre berühmten belgischen Waffeln zu machen.

Ich hoffe jetzt schon, dass sie für eine Weile bei uns bleiben wird.

Während Bryn die Lieferungen ihrer Modedesigns in das Warenlager koordiniert, um die Eröffnung des *Ungezogen Angezogen* vorzubereiten, versuchen Becka und ich, sie abends aufzuheitern, und verkaufen tagsüber in der Prince Street Musterstücke mit fünfzig Prozent Rabatt.

Alle, die an unseren Stand kamen, waren begeistert von Bryns neuen »Geständnis-T-Shirts«. Auf manchen steht »Schokoladensüchtig«, andere haben einen niedlichen kleinen Slogan mitsamt Logo. Auf der Vorderseite von einem steht: »Ich habe einen Frosch geküsst« und auf der Rückseite: »Oder zwanzig.«

»Miss Davies?«

Erstaunt sehe ich einen Mann hinter der letzten Kundin stehen. Er ist ein wenig jünger als ich, und er scheint zu wissen, wer ich bin, aber ich habe keine Ahnung, wer er ist.

»Mein Boss schickt Ihnen das.«

Er hält mir einen Papierbogen hin, aber wir sind schließlich in New York, und man vertraut den Leuten nicht so einfach. »Es tut mir leid, vielleicht verwechseln …«

»Sara Davies?« Er schüttelt den Kopf. »Er war ziemlich bedacht darauf, dass mir kein Fehler unterläuft.« Er reicht mir den zusammengefalteten Bogen erneut, und jetzt bemerke ich, dass eine Karte darin ist, zusammen mit einem Scheck. Ich lese schnell den Namen auf der Karte: *Ian Ford.*

Mein Magen schlägt unerwartet Purzelbaum. Was tut er?

»Ich bedauere, aber …«

»Für alles. Wir kaufen alles, was Sie auf Lager haben.«

»Aber warum?«

»Er wollte, dass Sie heute Nachmittag freihaben und sich heute Abend mit ihm auf dem Broadway treffen. Er hat Eintrittskarten für *Hairspray.*«

»Meine Güte, wirklich? Diese Show ist ausverkauft.«

Er rafft alle verbliebenen T-Shirts zusammen und sagt: »Der Scheck ist gedeckt.«

Ich habe offensichtlich meine Sprache verloren.

Becka ist genauso sprachlos, als wir den Stand dichtmachen.

»Du musst hingehen«, sagt sie.

»Ich bin mir nicht sicher, wohin das führen wird. Worauf genau lasse ich mich da ein?« Ich schaue auf die Eintrittskarte, während wir uns auf den Weg zur Haltestelle machen.

»Es ist nur ein Date – und wenn du mehr willst, wird es mehr werden.«

»Aber habe ich dir nicht gestern Abend erzählt, dass dieser Mann verheiratet ist?«

»Er ist bereits so gut wie geschieden. Und er ist interessiert.«

»Ich bin verwirrt. Ich wollte niemals etwas mit einem geschiedenen Mann anfangen. Ich werde nichts mit einem geschiedenen Mann anfangen.« Ich schüttele den Kopf, aber Becka ergreift meine Hand und drückt sie.

»Sara. Willst du dich dein ganzes Leben fragen, wie es gelaufen wäre? Geh einfach. Vielleicht wird es einfacher, über ihn hinwegzukommen, wenn du ihn besser kennenlernst. Oder dir wird klar, dass du diesen Mann wirklich willst und bereit bist, auf ihn zu warten.«

»Okay. Du hast Recht.« Ich nicke. »Du musst mir helfen, ein Outfit auszusuchen.«

»Verlass dich drauf.«

»Und erzähl es nicht Bryn. Sie hat genug eigene Sorgen, und ich will nicht, dass sie sich um mich Gedanken macht.«

»Keine Bange. Ich werde schweigen.«

Eine Stunde später gehe ich in das Theater und trage dabei ein tolles rotes Kleid. Ich schaue auf meine Eintrittskarte und beiße mir auf die Lippe, als der Platzanweiser mir meinen Sitz zeigt. Ich überfliege die vordere Reihe und entdecke Ians Hinterkopf. Er scheint meine Anwesenheit zu spüren und steht langsam auf, den Blick auf mich gerichtet, und meine Knie vollführen einen kleinen schlotternden Tanz. Zum Kuckuck mit diesem Mann. Er wird noch mein Ende sein.

Ich atme aus und gehe die Stufen hinunter, und er kommt mir auf halbem Weg entgegen, das Lächeln auf seinem Gesicht mehr als zum Anbeißen.

»Hallo Fremder«, sage ich.

»Ich freue mich, dass du gekommen bist.« Seine Augen leuchten, und ich freue mich ebenfalls, dass ich gekommen bin, und sei es nur, weil mir noch nie ein Mann begegnet ist, auf den ich so reagiert habe wie auf ihn. Ich habe gesagt, wenn ich Funken fände, würde ich das Streichholz entzünden, und hier bin ich. Ich schüre dieses Feuer, das vor Monaten auf einer Taxifahrt vom Flughafen in die Stadt begonnen hat.

Ian streckt die Beine aus, nachdem wir uns hingesetzt haben, und sein Knie berührt meins.

Ich schlucke und verkrampfe mich, will mehr.

Wir sehen uns die Show an, und es ist die reinste Folter, zwischen meinen beiden Lieben gefangen zu sein, die ich beide nicht haben kann. Tanzen … und mein Anzugträger. Es wird immer schmerzhafter, je länger die Show dauert und die Tänzer auf eine Weise auf der Bühne umherwirbeln, die meine Beine zucken lässt, sodass ich kaum hinschauen kann, ohne den Wunsch zu haben, mich zu der Musik zu bewegen. Ich spüre, dass er mein Profil betrachtet, und ich weiß nicht, was ich tun soll, was ich sagen soll, warum ich hier bin oder warum ich mir das antue.

Mein ganzer Körper schmerzt. Ich wünsche mir so sehr zu tanzen, dass meine Arme sich ganz schwer anfühlen von dem Drang, mich zu bewegen. Ich will auf diese Bühne hinauf tanzen. Zur Hölle, ich will irgendwohin tanzen.

»Sie suchen nach Tänzerinnen«, sagt er mir.

Meine Augen weiten sich.

»Ich wollte, dass du es dir zuerst ansiehst, falls du zum Vortanzen möchtest.«

Er hat es sich gemerkt?

Ich beuge mich zu ihm vor und flüstere ihm zum Dank ins Ohr: »Dafür könnte ich dir gleich hier zehnmal einen blasen.«

Er lächelt lüstern.

»Lass uns gehen. Es war vielleicht doch keine so gute Idee, dich hierher zu bringen«, sagt er und zeigt auf meine zappelnden Beine.

Ich stehe auf, und er führt mich hinaus und fragt leise: »Wohin?«

»Irgendwohin, wo ich mich bewegen kann«, flehe ich.

Ian ruft uns ein Uber-Auto, das uns zur Upper East Side bringt. Ich habe keine Ahnung, wohin wir fahren. Es ist mir egal; irgendwie vertraue ich darauf, dass er mich an einen Ort führen wird, der mir gefallen wird.

Eine halbe Stunde später springen wir vor einem rötlich braunen Stadthaus aus dem Wagen. Es überrascht mich zu sehen, dass Ian die Schlüssel hat. Er öffnet das Tor und führt mich die Treppe hinauf zur Haustür.

»Was ist das für ein Haus?«, frage ich, als er die Tür öffnet und das Licht anmacht. Das Stadthaus ist absolut zauberhaft, mit Hartholzböden und kunstvoll gestalteten Schnitzereien an der Decke. Es ist geräumig und elegant, und es riecht nach Lavendel und Teebaum, als sei es gerade gereinigt worden.

»Filmst du hier?« Ich betrachte den leeren Raum. Ich kann sogar mein Echo hören. »Hier ist so viel Platz. Sieh nur, der kleine Garten!«, rufe ich und wirbele glücklich durch das leere Wohnzimmer.

»Tob dich hier aus. Für mich.«

Ich begreife einen Herzschlag später, was Ian meint.

Für eine Sekunde starre ich ihn quer durch den Raum an. Mein schmutziger Workaholic hat die Hände in die Taschen seiner Hose geschoben, und seine Lippen sind leicht gewölbt.

Die Vorstellung, hier für ihn zu tanzen, ist so absurd, dass ich in Gelächter ausbreche. Aber er wirkt hundertprozentig entschlossen. Und so heiß. Ein Teil von mir, vielleicht der Teil, der ihn bis auf sein Adamskostüm ausziehen will, will auch für ihn tanzen. Will tanzen, *Punkt*.

In meinen Adern brodelt es vor Aufregung, als Ian einen Klappstuhl hinter der Küchentheke hervorzieht. Er trägt ihn zum hinteren Ende des Raums und nimmt mir zugewandt Platz.

Mein Herz trommelt immer schneller und schneller.

»Ich tanze nicht an der Stange, mach dir also keine Hoffnungen. Das Ballett ist meine erste Liebe, dann hat es mir Hip-Hop angetan, daher schätze ich … ich werde einfach so tanzen, wie ich es kann«, beende ich meinen Satz, als mir klar wird, dass ich fasele.

Ich schließe die Augen, um mich einzustimmen, und lockere die Schultern. Beuge die Knie. Entspanne mich. Dann stampfe ich auf. Bleibe stehen. Wiederhole das. Gleite zur Seite. Springe, lande und stehe langsam auf, während ich meine Hüften schwinge, und im Einklang Arme und Kopf bewege.

»Du bekommst den Job.« Er lächelt.

Ich lächele ebenfalls. »Ian.« Mir ist schwindelig.

Er rutscht auf seinem Stuhl nach vorn, etwas Intimes in den Augen, während er mich beobachtet, wie ich mich in dem stillen Raum bewege.

»Stimmt irgendetwas nicht?« Ich höre auf zu tanzen, und mein Magen krampft sich vor Nervosität zusammen.

Er schüttelt den Kopf, mit noch größerer Bewunderung in den Augen.

»Ganz und gar nicht.« Wieder dieses Lächeln. Nur eine kleine Wölbung seiner Lippen. Das ist alles. Aber es reicht, dass mir kribbelig wird.

»Musik«, sage ich und greife nach meinem Handy. Ich drücke auf »Stitches« von Shawn Mendes und beginne Hip-Hop zu tanzen. Ich fühle mich wohler dabei, zu etwas Witzigem und

Leichtem zu tanzen. Außerdem brauche ich die Bewegung, um meine Nervosität zu vertreiben.

Ich komme langsam rein in den Tanz, springe durch den Raum, vollführe während des Refrains schnelle Drehungen, komme hier und dort auf, und falle auf den Boden. Drei Mal lasse ich mich fallen, rolle, springe wieder auf die Füße, bevor ich wieder stoppe und aufschlage und meinen Kopf zur Seite drehe.

»Bravo, bravo, bravo.« Er klatscht langsam in die Hände.

»Ich habe den Job.«

»Du hast den Job.«

Ich lache, gehe zu ihm hinüber und lasse mich auf seinen Schoß sinken. »Wann fange ich an?«

Automatisch schlingen sich meine Arme um seinen Hals. Ian lässt die Hand über den Rücken meines scharfen roten Kleides gleiten und schiebt die Finger unter den Stoff, um mich am Bauch zu berühren. Ich kichere. »Ich bin verschwitzt, du willst nicht …«

Unerwartet drückt er seine Stirn gegen meine und atmet den Duft meiner Haut ein, während wir uns in dieser Position entspannen. »Sei für eine Sekunde still. Du bist höllisch heiß, und ich mag dich atemlos.«

Sein Blick fällt auf meine Lippen, und meiner auf seine. Mein Lächeln verblasst, und ich spüre das Verlangen nach ihm noch schmerzlicher.

»Was ist mit dir und deiner Frau passiert? Wenn ich fragen darf.«

Es folgt eine Pause, während wir einander wieder in die Augen schauen.

»Ich konnte sie nicht glücklich machen.«

»Das ist unmöglich«, flüstere ich.

»Glaub mir, es ist möglich.« Er lässt mich los, stellt mich auf die Füße und erhebt sich dann ebenfalls. Er streicht sich über den Nacken, seufzt und schiebt die Hände in seine Taschen. »Anscheinend habe ich meiner Arbeit mehr Aufmerksamkeit gewidmet als meiner Frau.« Er zuckt die Achseln und schaut mit starrer Miene aus dem Fenster. »Irgendwann habe ich aufgehört, sie zu lieben – und sie mich. Ich habe sie mit meinem Buchhalter erwischt.«

»Oh mein Gott, wie schrecklich!« Ich schaudere sofort um seinetwillen, entsetzt, dass seine Frau ihm so etwas antun konnte.

»Ja.« Wieder reibt er sich den Nacken, bevor er den Arm sinken lässt und die andere Hand zur Faust ballt. »Ich war lange sehr wütend.«

Wieder Blickkontakt. Ich spüre einen Hauch Zorn.

»Es tut mir leid, Ian.«

»Mir auch. Ich wünsche das niemandem.« Wir sehen uns weiter in die Augen. »Aber ich bin froh, dass ich sie erwischt habe. Ich hätte Jahre in einer halbherzigen Ehe verbringen können, ohne zu wissen, dass meine Frau mich betrügt. Wenn es etwas gibt, was ich nicht dulde, dann, zum Narren gehalten zu werden.«

»Der Verrat muss wehgetan haben.«

»Nicht mehr als jede andere Enttäuschung auch.«

Er öffnet seine Manschettenknöpfe und krempelt sich stirnrunzelnd die Ärmel bis zu den Ellbogen hoch. Er hat etwas Feuriges, Zorniges an sich, das mir unvertraut ist, und es weckt in mir den Wunsch, zu ihm hinüberzugehen und ihn zu trösten.

Ich kann mir nicht vorstellen, wie es ist, von der Person betrogen zu werden, die man liebt und der man geschworen hat, sein Leben lang treu zu sein. Es war furchtbar zuzusehen, wie meine Eltern das durchmachten. Vor allem weil weder meine

Mutter noch ich damit gerechnet haben. So fühlt sich der Verrat noch schlimmer an.

Meine Mutter konnte nicht anders, als sich zu fragen, was sie falsch gemacht hat. Ich habe das Gleiche getan. Habe sogar irgendwie gedacht, es sei meine Schuld, dass Dad sie nicht mehr liebt.

Für Ian muss es ähnlich sein.

Nahezu erleichtert stoße ich den Atem aus und begreife jetzt, dass die Situation klarer ist, als ich es mir hätte vorstellen können. Ian war nicht der Auslöser der Scheidung; er war hier das Opfer. Ich will zu ihm gehen und ihn umarmen, aber ein Teil von mir hält sich immer noch zurück, weil ich nicht weiß, ob ich mich mit einem Mann einlassen will, der so etwas durchmacht. Scheidungen sind schmutzige Verfahren, und man kann sich nicht sicher sein, wie die Dinge laufen, bis alles unterschrieben und wirklich vorbei ist.

»Danke, dass du es mir erzählt hast.« Ich zögere, bevor ich den Mut aufbringe, einige Schritte auf ihn zuzugehen. »Ich wollte nicht, dass du die Stadt verlässt, ohne dass ich die Chance hatte, dich danach zu fragen.«

»Wer sagt denn, dass ich die Stadt verlasse?«

Ich starre ihn sprachlos an, und mir fällt ein, dass Robert mir erzählt hat, dass er heute aufbrechen würde. Ich will mir die Faust in den Mund stecken, um mich zum Schweigen zu bringen. »Ich … nun … ich habe es von einem Freund aus dem Four Seasons gehört.« Ein nervöses Lachen kommt mir über die Lippen.

»Hast du dich nach mir erkundigt, Sara?« Der Schreck auf Ians Gesicht verwandelt sich in Erheiterung. Er verspottet mich. Der Teufel.

»Absolut nicht.«

»Ich werde in absehbarer Zeit nicht fortgehen, Sara.« Kopfschüttelnd betrachtet er mich noch ein paar Sekunden mit glänzenden Augen. »Ich werde in meinem neuen Haus wohnen.«

Verwirrt beobachte ich, wie Ian mich seinerseits beobachtet.

Gott, ich bin schwer von Begriff.

Mir klappt der Unterkiefer herunter.

Dies ist sein neues Haus?

»Gefällt es dir, dass ich in der Stadt bleibe, Sara?«

Die sexuelle Spannung erhöht sich, während wir einander in dem leeren Raum mustern.

Seine Nähe versetzt meinen Körper in höchste Alarmbereitschaft.

Sein Blick wandert gierig über mich, seine Augen leicht geschlossen und sehr dunkel.

Ich will mich nicht in Schwierigkeiten bringen oder in eine Position, in der der erste Mann, auf den ich tatsächlich reagiere, mir das Herz bricht. Aber Gott. Ian Ford. Schmutziger Workaholic. So heiß wie der heißeste Mann auf dem Planeten. Das Interesse in seinen Augen verwandelt meine Knie in Brei.

Ich weiche einen Moment lang aus. »Also wirst du hier wohnen?« Ich sehe mich in dem Stadthaus um.

»Von heute an. Ich habe den Vertrag gerade unterschrieben.«

»Nun, wenn du mir das gesagt hättest, hätte ich Wein mitgebracht. Führ mich herum«, verlange ich und versuche, die Lust aus meinen Adern zu schütteln.

Ich freue mich, freue mich wirklich, dass er einen neuen Anfang bekommt. Er verdient ihn.

»Für Wein habe ich gesorgt.« Er holt eine Flasche aus dem Kühlschrank, und ich bin begeistert zu sehen, dass er sogar zwei kristallene Weingläser gekauft hat.

Hat er die ganze Zeit über vorgehabt, mich hierher zu bringen?

Ich beobachte, wie er den Wein einschenkt, und sobald wir jeder unser Glas haben, hebe ich meins hoch.

»Auf dein neues Haus, Ian. Mögest du hier Glück finden.«

»Und auf deine zukünftigen Tanz-Gigs.«

Ich kichere leise und nehme einen Schluck in dem Bewusstsein, dass Ian mich über den Rand seines Glases hinweg beobachtet. »Du hast echt Talent, Sara. Als du für mich getanzt hast, war ich mir sicher, etwas Heiligem zuzusehen.«

»Du ziehst mich auf.«

»Ich ziehe gar nichts.« Er zupft sanft an meinem Haar, verführerisch, und mir wird wieder ein wenig schwindelig. »Willst du immer noch eine Führung?«

»Natürlich. Ich liebe es, mir Häuser anzusehen.« Er führt mich durch die Küche und das Esszimmer. Während wir uns das Erdgeschoss ansehen, trinke ich zwei Gläser fast direkt hintereinander, versuche mit dem Getränk meinen plötzlichen Hunger zu stillen. Wir haben nicht zu Abend gegessen, und normalerweise liege ich um diese Uhrzeit satt im Bett.

Dann bringt Ian mich in den ersten Stock, und ich bin bei meinem dritten Glas auf nüchternen Magen angelangt. Es gibt ein Gästezimmer mit einem Kamin und ein Fernsehzimmer mit jeder Menge leerer Bücherregale. Schließlich erreichen wir das große Schlafzimmer am Ende des Flurs. Er drückt die Tür auf, und ich spähe hinein.

Da ist überall dunkles Holz, ein steinerner Kamin, riesige Fenster und …

»Du hast ein Bett.«

»Eine Matratze. Auf dem Boden.« Er kichert und nippt an seinem Wein, während ich mich umsehe.

»Du bist wirklich seit einer ganzen Weile nicht mehr mit jemandem ausgegangen, oder? Wie lange warst du verheiratet?«

»Lange genug, um eingerostet zu sein.« Er zwinkert mir zu, aber ich bin mir nicht sicher, ob er eingerostet ist. Er ist auf natürliche Weise attraktiv. Zum Teufel, dieser Mann zieht Frauen an, wenn er nur still dasteht, indem er einfach er selbst ist. Während ich sein neues Schlafzimmer bewundere, lehne ich mich seufzend an seine Brust, und er streichelt meinen Arm.

Ein Schauder fährt mir über den Rücken, und ich verkneife mir ein Stöhnen, als ich die Augen schließe. Mir ist schwindelig, sowohl vom Wein als auch von ihm.

Er betrachtet mich stirnrunzelnd. »Bist du betrunken?« Er mustert mich, als versuche er, etwas Wichtiges herauszufinden.

»Nein. Ich schwöre. Ich habe einfach eine Menge getrunken und nur sehr wenig *gegessen*.« Ich antworte beiläufig, aber ich frage mich, warum es wichtig ist. »Warum?«, hake ich nach.

»Ich will, dass du alle fünf Sinne beisammen hast.« Seine Stimme ist kraftvoll und einlullend.

»Nur der Form halber, ich habe sechs Sinne, und sie funktionieren alle hervorragend. Und glaub nicht, nur weil es ein vergnüglicher Abend war, dass du schon irgendetwas bekommen wirst.« Ich mache ein finsteres Gesicht. »Es ist unkompliziert mit dir, aber ich bewahre gern den Zauber, also denk nicht, es würde immer unkompliziert sein.«

»Vertrau mir. Ich werde den Tag nicht vor dem Abend loben.« Er lacht mich mit den Augen an und lässt mich auf meinen zwei Füßen stehen.

Ich drehe mich um, und meine Zehen kribbeln bei dem glühenden Ausdruck in seinen Augen. Als er die Eintrittskarte geschickt hat, dachte ich, er wolle einfach mit mir ausgehen, damit wir uns besser kennenlernen. Ich war mir nicht sicher, ob er vorhatte, heute Nacht mit mir Sex zu haben. Aber jetzt bin ich mir fast sicher, dass ich ihn falsch gedeutet habe. Oder vielleicht der altmodischen Seite von Sara gesagt habe, dass nichts laufen würde, selbst wenn meine innere Schlampe das von Anfang an gewollt hat.

»Ich wusste nicht, ob du heute Nacht mit mir schlafen wolltest«, fasele ich. »Diese Schwingung war nicht bei mir angekommen, als du mich hierher eingeladen hast.«

Er küsst mich – hart und besitzergreifend und umfasst dabei mit einer Hand mein Gesicht. »Fühlst du diese Schwingung jetzt?«, fragt er mit leiser belegter Stimme.

Ich schlucke.

Er lächelt mich an, dieses unbefangene, wunderbare Lächeln, das jede Zelle in meinem Körper wärmt.

Er senkt den Kopf und flüstert mir ins Ohr: »Gut. Dann bleib über Nacht hier.«

Ich schaudere und sehe ihn an. Gott steh mir bei. Ich mag ihn wirklich. Ich meine, *wirklich.* Er ist so nett zu seiner Großmutter, klug, fleißig und ein wenig zu stolz, aber ich mag selbst das an ihm. Er ist lieb zu Milly, und die Art, wie ein Mann sich Hunden gegenüber verhält, sagt eine Menge über ihn aus. Er ist außerdem großartig im Bett, und er hat mir Eintrittskarten für den Broadway besorgt. Und mich für ihn tanzen lassen, etwas, wovon ich immer insgeheim fantasiert habe, dass es meinem Partner gefallen würde. Ich will bleiben. Aber ich habe Angst, zu viel zu erwarten, zu schnell, von einem Mann, der etwas so Lebensveränderndes wie eine Scheidung durchmacht.

»Ich bleibe für den Sex. Wir sollten versuchen realistisch zu bleiben, was das angeht, was du mir bieten kannst, bis du frei bist zu entscheiden, ob du mehr willst, und dann entscheide ich, ob ich mehr will.«

Eine Weile sagt Ian gar nichts. Aber sein Blick wird intensiver wie ein Sturm in der Nacht.

Für eine weitere Sekunde senkt er den Kopf und erobert wieder meinen Mund. Als hätte er selbst einen kleinen Sara-Davies-Kater.

Er nimmt mich in die Arme. Der Mann ist am ganzen Leib hart: Arme, Brust, Hände, Kiefer.

Mir ist so heiß, dass meine Handflächen schwitzen, als Ian sich zurückzieht und mein Gesicht betrachtet, als sauge er meine Reaktion auf seinen Kuss auf.

Und er war gut.

Seine Küsse sind immer so gut.

Ich lecke mir die Lippen, nervös, hungrig.

Verdammter Mistkerl, ich vermisse jetzt schon seinen Geschmack auf meiner Zunge. Seine Lippen auf meinen Lippen.

»Schau nicht so ungeduldig. Ich habe ja noch gar nicht angefangen.« Er lächelt mir zu, und mein Magen schlägt einen Purzelbaum, als er mich hochhebt. »Ich weiß, warum du mich vollquatschst.« Er trägt mich zu der Matratze. Und die ganze Welt dreht sich, und ich will, dass er mich niemals niederlegt. »Du hast Angst, und das ist in Ordnung. Ich habe damit auch nicht gerechnet. Nicht jetzt. Nicht in absehbarer Zukunft. Ich habe vor den gleichen Dingen Angst wie du. Hast du vor, mir wehzutun?«

»Nein«, stoße ich aus. »Natürlich nicht«, füge ich hinzu, als er mich auf das Bett legt.

»Gut. Ich habe auch nicht vor, dir wehzutun.«

Er zieht sich zurück, seine Nasenflügel beben, und seine Augen brennen, als er mein Kinn umfasst und meinen Kopf zurückdrückt. »Ich weiß, ich stecke mitten in einer Scheidung, und ich weiß, dass das dir gegenüber nicht fair ist. Ich werde Geduld haben, Sara.«

Dieses Eingeständnis überrascht mich so sehr, dass ich die Augen aufreiße. »Ich … danke.« Ich sitze auf dem Bett, lecke mir die Lippen und schmecke ihn. »Aber ich weiß nicht, ob es nicht schlimmer ist, wenn du dir Zeit lässt.«

»Warum?«

»Weil es mich verwirrt.«

Er lacht, dann wird er wieder ernst und mustert mich. »Du bist verwirrt, weil du betrunken bist, Baby.«

Ich schüttele den Kopf, aber er legt sich neben mich, drückt mich wieder an die Brust und hält mich direkt über seinem pochenden Herzen fest, eine Hand auf meinem Hinterkopf. »Nein. Ich bin verwirrt, weil ich nicht weiß, was du von mir willst«, sage ich.

»Das Gleiche, was du willst, Sara.«

»Was ist das? Es wäre schön, wenn du es mir sagen würdest, denn ich habe keine Ahnung«, antworte ich kopfschüttelnd, und mir ist wieder ein wenig schwindelig. Er kichert leise und steht vom Bett auf. Ich stöhne, als er verschwindet, bin aber erleichtert, als er mit einem Proteinriegel und einer Flasche Wasser für mich zurückkommt.

»Das ist alles, was ich im Moment habe.«

»Ich habe keinen Hunger darauf. Ich habe Hunger auf dich, Hurensohn.«

Er räumt die Sachen beiseite, kommt zurück ins Bett und zieht mich an sich, mit einem Kichern, das aus tiefstem Herzen kommt.

»Cordelia und ich sind seit anderthalb Jahren nicht mehr zusammen gewesen. Es ist vorbei. Ich habe ein Recht, neu anzufangen, nicht wahr, Baby?«, schmachtet er mir ins Ohr und drückt meinen Kopf nach hinten, sodass unsere Blicke sich abermals treffen.

»Ja.« Natürlich hat er das. Jeder hat ein Recht darauf. Vor allem nach dem, was er durchgemacht hat. »Du hat ein Recht darauf, Ian, sogar mehr als das.«

»Schön, dass du mir zustimmst. Denn du bist das Einzige, was in mir den Wunsch nach einem Neubeginn geweckt hat – von Anfang an.«

»Wirklich?«, keuche ich ungläubig.

Ian lächelt schweigend und herzerwärmend, bevor er mir einen Kuss auf den Kopf drückt. »Ahh, Sara.« Seine Stimme ist halb Murmeln, halb Stöhnen. »Sieht so aus, als würden wir heute Nacht nur schlafen, Baby. Nur weil du betrunken bist – und ich will, dass du alle fünf Sinne beisammen hast, wenn ich wieder in dir bin.«

Schluck.

Das klingt nach einem Versprechen.

Einem sehr aufregenden Versprechen.

Ich entspanne mich in seinen Armen und rutsche voll bekleidet über die Matratze. Wir haben keine Decken, nur seine Arme um mich und meine Arme, die gierig seine Taille umfassen.

Er flüstert mir ins Ohr: »Das Erste, was ich morgen besorge, sind Laken, Satinlaken. Du verdienst es, auf dem Besten gevögelt zu werden, nicht wahr, Peanut?«

»Träum weiter, aber es gibt keine Garantie, dass ich so schnell zurückkommen werde, außer um mehr von diesem Wein zu trinken.« Ich tue so, als sei ich schwer zu haben, denn wenn es mit diesem Mann eine Abmachung gäbe, was ein Wunder wäre (aber hey, ich versuche, daran zu glauben), dann will ich unseren Kindern eine Geschichte erzählen können, in der ich keine Schlampe war.

Sein Kichern gluckst unter meinem Ohr. »Ich besorge die Laken trotzdem.«

Ich nicke und drücke mich ein wenig enger an ihn, weil er sich besser anfühlt als jedes Laken, und wer hätte gedacht, dass ich jemals die Gelegenheit bekommen würde, mich so an meinen Anzugträger anzukuscheln? Er sieht so gut aus, dass ich ihn vernaschen und anschließend den verdammten Löffel ablecken könnte.

»Gute Nacht, Sara.«

Ich höre auf zu lächeln und konzentriere mich darauf, dass der Raum aufhört sich um mich zu drehen, und ich halte mich an Ian als Anker fest. »Gute Nacht, Ian.« Meine Stimme wird weicher, und ganz plötzlich möchte ich für einen winzigen Moment weinen. Ich war schon immer eine sensible Trinkerin und werde ganz emotional und weinerlich, wenn ich etwas getrunken habe.

In diesem Moment will ich jedoch nicht jammern. Ich bin … dankbar. Ich weiß nicht, ob ich ihm dankbar bin, dankbar dafür, dass er mir das Gefühl gibt, so lebendig zu sein, so heiß und so interessant. Oder ich bin dem Universum dankbar, dass es mir die Hoffnung geschenkt hat, dass die Liebe vielleicht doch einen Weg finden wird.

Nicht dass ich ihn liebe. *Nein.* Hey, ich kenne den Mann kaum.

Aber ich verspüre ein seltsames kleines Ziehen im Herzen, wann immer ich in seine Nähe komme, und ich kann es gar nicht erwarten herauszufinden, was sich dahinter verbirgt.

Fleisch und Blut

Sara

Als ich aufwache, bin ich kurz verwirrt, bis ich ihn unter halb geöffneten Lidern erspähe. Er hat noch immer seinen Anzug an. Seine Wimpern ruhen auf den Wangenknochen. Sein Arm umfängt mich, und ich liege an ihn gekuschelt da. Das ist wirklich schön. Ich sollte nach Hause gehen, aber ich will nicht. Ich will diesen Mann, obwohl ich ein dumpfes Dröhnen im Kopf verspüre. Ich kann nicht glauben, dass ein Mann aus echtem Fleisch und Blut – keine Figur auf einem Bildschirm oder in einer Zeitschrift oder einem Buch – mich dazu bringen kann, ihn so sehr zu begehren.

Ich höre, dass er sich bewegt und dreht, um das Kinn auf meinen Kopf zu betten. Er atmet mit einem leisen Stöhnen ein und aus, bevor er den Arm unter mir wegzieht und ins Badezimmer geht.

Ich höre das leise Schließen der Badezimmertür und dann das Plätschern von Wasser, als er die Dusche aufdreht.

Ich lächele perverserweise, weil ich weiß, dass er sich dort drinnen wahrscheinlich um sich selbst kümmert oder zumindest kaltes Wasser fließen lässt. Er lag die halbe Nacht hart an meinem Bauch, und ich habe es genossen, mich enger an ihn zu drücken. Es gefällt mir ausnehmend, dass er mich so sehr will.

Ich nicke immer wieder ein, und als ich das nächste Mal meine Augen öffne, steht er vor mir, in seiner ganzen feuchten

Pracht. Seine Brust schimmert nass, sein dunkles Haar ist aus dem Gesicht gekämmt, und er hat sich ein Handtuch um die Hüften geschlungen. Mein perverses Lächeln verblasst. Jetzt bin ich die Angeschmierte. Mir tut alles weh, von meinen Brüsten bis hinab zu der Stelle zwischen meinen Beinen. Und auch mein Herz schmerzt ein klein wenig.

Er ist unglaublich attraktiv, ja, aber er ist mehr als das. Er hat mich für ihn tanzen lassen, und es schien ihm sehr gut gefallen zu haben. Er hat mich zu einem traumhaften Date eingeladen, in eine Show. Er ist nett zu seiner Großmutter und ihrem Hund. Er arbeitet hart. Ich bewundere sogar, dass er keine falschen Versprechungen macht, nur um mich ins Bett zu bekommen. Das respektiere ich. Ich respektiere ihn.

Ich richte mich benommen im Bett auf und streiche mir das Haar aus dem Gesicht. »Ich hoffe, du hast die Dusche sehr kalt eingestellt, Ford.«

»Ich hoffe, du wirst dich daran erinnern, wie viele Stunden du mich mit deinem hübschen kleinen Hintern gepeinigt hast, wenn ich dir die Rechnung für die kalte Dusche präsentiere.«

Ich lache und senke den Blick, um den Rest von ihm zu bewundern. Gott, er hat sogar tolle Füße. Seine Waden sind muskulös und stark, bedeckt mit feinen Härchen. Alle Muskeln an seinem Körper sind wie gemeißelt und fest wie eine Granitskulptur. Seine Bauchmuskeln befinden sich auf meiner Augenhöhe, während er mit seinem Handy spielt.

»Ich bestelle uns Frühstück. Was möchtest du?«

»Frühstück im Bett? Für mich?« Ich grinse. Er lächelt nur und lässt den Blick über meine Gestalt auf seinem Bett wandern, und ich füge hinzu: »Nur Kaffee.«

»Zwei Espresso«, sagt er und tippt die Bestellung ein.

»Nein. Keinen Espresso. Am Morgen vertrage ich keinen Espresso. Davon bekomme ich Bauchschmerzen. Einfach einen ganz gewöhnlichen Kaffee mit Mandelmilch und einem Päckchen Stevia. Bitte.«

Lächelnd aktualisiert er die Bestellung, dann geht er zum Schrank, um sich anzuziehen.

»Hast du Kopfschmerzen?« Er lässt das Handtuch fallen und schlüpft in seine Boxershorts und seine Hose, und ich blinzele beim Anblick seines knackigen Hinterns, bevor er ihn bedeckt.

»Nein«, antworte ich und sehe ihm in die Augen, als er sich umdreht. »Hast du Kopfschmerzen?« Ich lasse meinen Blick auf der Stelle verweilen, an der sein Schwanz von der Hose verdeckt wird.

Er schnalzt mit der Zunge und schüttelt den Kopf, während er sich ein sauberes Hemd aus dem Schrank nimmt, hineinschlüpft und es zuknöpft. Abermals verschlingt er mich mit einem gierigen Blick. »Schwing deinen reizenden Hintern aus dem Bett. Ich werde dir etwas gegen den Kater holen.«

Als er den Schrank schließt, seufze ich und lege mich wieder hin. Ich habe ziemlich gut geschlafen, wenn man bedenkt, dass er mein einziges Laken war.

Ich zwinge mich aus dem Bett und gehe in sein Badezimmer, um mich frisch zu machen. Dann begebe ich mich nach unten in die Küche.

»Ich habe deine Zahnbürste benutzt. Ist das okay?« Ich zucke zusammen und sehe ihn entschuldigend an. »Ich weiß nicht, ob du der Typ Mann bist, der sich aufregt, wenn …«

»Ich war mir da auch nicht sicher.« Er runzelt die Stirn und denkt über seine Antwort nach. »Nein. Es regt mich nicht auf.« Wir entdecken den Lieferanten am Fenster. »Meine Frau hat sich aufgeregt, wenn ich ihre genommen habe«, fügt er hinzu, bevor er die Tür öffnet, sich die Tüte und den Kaffee schnappt und alles in die Küche bringt.

Er reicht mir zwei Excedrin, schnappt sich einen der Kaffeebecher und schiebt ihn über die Theke zu mir herüber.

Ich nehme ihn und puste hinein. »Ich habe mich gestern Nacht gut amüsiert. Danke, dass du ein Gentleman warst. Ich verfüge jetzt über drei Sinne, daher können wir reden«, sage ich und schlucke die beiden Tabletten.

Er schmunzelt und nimmt einen Schluck Kaffee, während ich mich auf die Theke hieve. Er kommt auf mich zu, und ich spreize schnell entschlossen die Beine, um Platz für ihn zu schaffen. Er ist heißer als der fast kochende Kaffee.

Unsere Blicke treffen sich. »Also, würdest du das gern wiederholen?« Er stellt seinen Kaffee beiseite und sieht mir in die Augen. »Wir können es langsam angehen lassen.« Er beobachtet mich, während er spricht, und ich grinse glücklich. »Du törnst mich an, Sara. Bringst mich in Schwung.«

»Ich weiß«, flüstere ich kess und versuche, meine Aufregung zu verbergen.

Er spricht ernst weiter, mit eindringlicher Miene. »Ich empfinde nichts mehr für meine Ex-Frau, aber ich muss die Sache juristisch zu Ende bringen. Lass uns eine Zeit lang Spaß haben ohne Verpflichtungen. Nur damit du Bescheid weißt, ich gehe mit keiner anderen Frau aus. Ich genieße meine Zeit mit dir. Lass uns sehen, wohin das führt. Was hältst du davon?«

Ich bin verwirrt und beeindruckt, versuche jedoch, es zu verbergen, und reagiere mit Ironie. »Hast du das einstudiert?«

»Vielleicht«, kontert er, nimmt mir meinen Kaffee aus der Hand und stellt ihn weg. Seine Stimme wird sanfter.

»Ich habe dir eine Frage gestellt, Sara.«

Ich schaue ihn an. »Ich werde darüber nachdenken«, entgegne ich leise. »Ich hatte nie vor, etwas mit einem Mann anzufangen, der mitten in einer Scheidung steckt. Ich muss wissen, worauf ich mich einlasse.«

»Wir können es locker halten. Es ist das Beste für uns beide.« Er drückt mein Kinn hoch, damit ich ihn ansehe.

Ich lächele und lege ihm eine Hand auf die Schulter, die Muskeln sind hart unter meinen Fingern. Sein ganzer Körper spannt sich an. Seine Augen werden dunkel.

Mein Atem rast, als wir gegenseitig auf unsere Lippen stieren.

Er zieht mich näher heran.

Er drückt meinen Kopf zurück und beugt sich über mich, und als ich keuche, bringt er dieses Keuchen, dieses Stöhnen zum Verstummen, kostet seine Zahnpasta auf meinem Mund.

»Denk schnell darüber nach. Wir haben lange genug gewartet, um das hier auszutesten. Ich will nicht mehr warten.«

Er wirkt entschlossen, als er sich zurückzieht, und ich lecke mir die Lippen. Ein Seufzen entringt sich mir, bevor ich ihm die Hände um den Hals lege und ihm das Gesicht entgegenrecke, um mir mehr zu holen. »Sexy Hurensohn, was machst du mit mir?«, hauche ich, und er umfasst meinen Kopf und nimmt den Mund, den ich ihm anbiete.

Eröffnung

Sara

Habe ich die heißen Küsse nur geträumt, die Ian mir heute Morgen gegeben hat? Habe ich sein Stadthaus geträumt? Davon, dass ich auf einer Matratze auf dem Boden geschlafen habe? Während mein Anzugträger … nun, praktisch seinen Anzug getragen hat?

Ich habe nicht geträumt. Ich lecke mir die Lippen, und sie schmecken eindeutig nach Ian. Auf der Zugfahrt zum Büro des *Ungezogen Angezogen* schnuppere ich an meinen Kleidern. Sie riechen nach Ians Eau de Cologne.

Ian ist überall auf mir, nur nicht in dem einen Teil, der sich immer noch schmerzlich nach ihm verzehrt. Meinen Schoß.

Oh, nun ja.

Vielleicht weiß er nicht genau, dass ich interessiert bin. Vielleicht glaubt er, gestern Nacht habe der Wein aus mir gesprochen. Und, oh ja, der Wein hat ziemlich deutlich gesprochen. Zum Beweis habe ich Kopfschmerzen. Aber es war nicht der Wein – ich habe gesprochen. Ich wollte ihn. Will ihn immer noch.

Aber dieser Mann steckt in einem erbitterten juristischen Prozess, und da meine Eltern gerade eine schreckliche Trennung erleben, bin ich nicht allzu erpicht darauf, in stürmisches Gewässer zu springen.

Als ich nach Hause komme, atme ich erleichtert auf, als ich

feststelle, dass Becka nicht auf dem Sofa sitzt und dass die Dusche läuft. Sie ist im Bad, Gott sei Dank.

Niemand wird wissen, dass ich unterwegs war und für Mr Ford einen privaten Tanz hingelegt habe. Ich schleiche mich in mein Zimmer und zerwühle mein Bett. Ich will Bryn nicht erzählen, was mit dem schmutzigen Workaholic passiert ist. Ich habe das Gefühl, dass sie die Stimme meines Gewissens sein wird. Und ich will nicht, dass sie mir sagt, was ich bereits weiß.

Also verlasse ich den Raum und tue so, als würde nicht der heißeste Mann mit dem größten Schwanz darauf warten, dass ich unverbindlichen Dates mit ihm zustimme, wenn ich das denn will. Ich tue so, als würde ich meine Antwort nicht bereits kennen.

Ich habe ihm gesagt, dass ich diese Woche viel zu tun hätte und darüber nachdenken würde, um ein wenig Zeit zu gewinnen, aber ich sehne mich jetzt schon danach, ihn wiederzusehen. Bryn hatte einige Dates von der Match.com-Website, bei der Becka sie angemeldet hat. Wenn es mit Ian zu chaotisch wird, werde ich mich vielleicht anschließen.

Aber bei dem Gedanken daran bekomme ich ein hohles Gefühl im Bauch. Monatelang konnte ich an niemand anderen denken als Ian. Es ist schwer vorstellbar, dass irgendjemand oder irgendetwas es schaffen wird, daran etwas zu ändern.

Mal sehen, ob du einige Tage ohne ihn aushalten kannst, Sara. Möglicherweise bist du stärker, als du denkst, und kannst einen Schritt zurücktreten und die Lage abschätzen, sage ich mir, als ich an diesem Wochenende mit Bryn mit einem Uber-Auto nach Brooklyn fahre, zu dem Lagerhaus, das offiziell das *Ungezogen Angezogen* werden wird.

Als wir ankommen, sind wir bereit für die Arbeit. Bryn sieht so aus, als wäre sie bereit, loszulegen, obwohl ich sie an diesem

Morgen habe weinen hören, genau wie an jedem anderen Morgen seit der *großen* Trennung.

»Du wirst schon über ihn hinwegkommen«, versichert Jensen ihr, als er den Raum betritt, um zu helfen. Er sieht ihre geröteten Augen und umarmt sie.

»Natürlich. Ich bekomme bereits Anfragen auf Match.com.« Bryn versucht, ihre Trennung abzutun, als sei sie nicht wichtig. »Ich bin so ein guter Fang.«

»Verdammt richtig, Käferchen.« Jensen verstrubbelt ihr das Haar.

Wir machen uns daran, Kisten auszupacken, schneiden mit Messern die Klebebänder durch, ziehen die Kleider heraus und hängen sie auf die Ständer.

»Du machst das gut«, brumme ich Bryn in gespieltem Groll zu. Sie ist bei ihrer dritten Kiste, und ich bin immer noch bei meiner ersten. Einer meiner Nägel reißt ein, und ich fluche. »Du schuldest mir eine Maniküre. Und auch eine Pediküre«, informiere ich sie, während ich an meinem abgebrochenen Nagel sauge.

»Du benutzt deine Füße nicht einmal!« Sie lacht. »Ich bin gut darin, weil wir das im Kaufhaus meiner Eltern immer gemacht haben.« Sie zwinkert mir zu, aber die Wehmut in ihrer Stimme ist deutlich zu hören.

»Und jetzt sieh dir an, was du ganz für dich allein haben wirst.« Ich deute auf das riesige Lagerhaus, das wir als ihr modernes Kleidergeschäft herrichten. Es wird fantastisch.

»Nicht ganz für mich allein. Ich habe einen Investor, vergiss das nicht.« Als sie Aaric Christos erwähnt, legt sich ein Schatten über ihre Augen.

»Und du hättest ihn ebenfalls haben können, wäre da nicht sein dummes Flittchen von einer Ex gewesen …«

Als Christos das Lagerhaus betritt, verstumme ich.

Bryn erstarrt, als sie ihn an der Tür stehen sieht. Wir alle gaffen ihn an, und obwohl ich ihn nur aus dem Internet kenne, weiß ich, dass dies der Mann ist, der ihr das Herz gebrochen hat. Das verrät mir die Art, wie er sie ansieht und wie sie ihn ansieht. Oh, er ist zum Anbeißen, keine Frage. Sieht machtvoll aus. Selbstbewusst. *Mein Workaholic ist heißer*, ertappe ich mich dabei zu denken und schiebe den Gedanken gleich beiseite.

Bryn blinzelt hektisch und öffnet weiter Kisten, allerdings unbeholfener jetzt, da er hier ist.

Als bemerke er, dass sie durcheinander ist, geht Christos auf Bryn zu und fragt: »Bist du okay?« Er wirkt aufrichtig besorgt.

Ich beobachte ihn interessiert und sauge dabei weiter an meinem Fingernagel.

»Ja.« Bryn schafft es, gut zu verbergen, wie nervös sie ist, aber weil ich meine Mitbewohnerin kenne, weiß ich, dass sie kämpfen muss, um die Fassung zu wahren.

»Gut. Pass auf dich auf. Wo willst du die hier haben?«

Sie schluckt und meidet jeden Blickkontakt, als Christos auf einige Kisten zeigt. »Drüben bei den Fenstern. Aber du musst sie nicht dorthin tragen. Ich kann sie hier öffnen und die Kleider auf die Ständer hängen«, spricht sie hastig weiter.

Ohne auf ihren Einwand zu achten, stemmt Christos eine der Kisten wie ein Profi und trägt sie quer durch den Raum. Dann kommt er zurück, greift nach Bryns Trennmesser und öffnet die Kisten für sie.

Ich bin schockiert. Er ist Geschäftsmann, und Geschäftsmänner machen solche Sachen nicht. Aber etwas daran, dass er niedere Arbeiten verrichtet, verrät mir, dass er nicht immer ein Geschäftsmann war.

Schon bald erscheinen ein Dutzend Männer unter Christos'

Kommando, um Kisten zu öffnen. Überall im Lagerhaus füllen sich die Ständer. Statt wie erwartet nach einem ganzen Tag sind wir nach ein paar Stunden fertig.

»Ich nehme an, wir werden morgen Abend doch noch Zeit für den Salon haben«, berichte ich Bryn glücklich. Aber sie beachtet weder mich noch meinen abgebrochenen Nagel oder schert sich um meinen Wunsch nach einer Pediküre und Maniküre. Sie beobachtet Christos.

»Danke für deine Hilfe«, sagt sie zu ihm.

Er zwinkert ihr zu. »Ich bin immer noch ein Mords-Kistenschlepper.«

Sie lächelt zum Abschied, und ich spüre förmlich, wie die Luft zwischen ihnen knistert. Ich trete zurück und schnappe mir Jensen, damit wir alle gehen können. Nachdem Bryn draußen ist, ziehe ich Jensen zur Tür und werfe Christos einen finsteren Blick zu, der sagen soll: *Wag es nicht noch einmal, mit meiner Freundin zu spielen.*

Bastard.

Ich bin so wütend, dass ich für den Rest des Tages schäume und mich frage, warum das Arschloch sie weiter so ansieht, als läge ihm etwas an ihr, obwohl es ihm offensichtlich egal ist, dass er ihr das Herz gebrochen hat.

Als ich am nächsten Abend mit Becka und Bryn im Salon ankomme, denke ich an meinen eigenen möglichen zukünftigen Kummer. Ich versuche, Ian sexy Anzugträger Ford aus meinem Kopf zu verbannen, aber er lauert immer irgendwo in meinen Gedanken. Sogar am Telefon, als ich mit einer anderen Hundesitterin einen Testspaziergang mit Milly vereinbare.

Jetzt sind wir für die Eröffnung in Brooklyn. Becka, Jensen und ich laufen kreuz und quer durchs Lagerhaus, helfen Menschen bei ihren Bestellungen und werben für die Verwendung von Stoffen, die schlichten Designs und die Kundenfunktionen auf der App.

Während ich mich eifrig um die Kunden kümmere, entdecke ich Christos und seine Freundin in der Menge. Die Frau hat ihm die Hand auf den Rücken gelegt, aber er hat seine Hand nicht auf ihrem. Interessant.

Mir wird ganz heiß, als ich mir vorstelle, wie es wäre, mit Ian in der Öffentlichkeit zu erscheinen. Wie würde sich das anfühlen? Statt über das Thema länger nachzugrübeln, suche ich mir eine andere Kundin, um mich abzulenken.

»Ich sah diese Stücke, als sie nur Zeichnungen waren. Jetzt kann ich sie anfassen«, flüstert Becka staunend, als sie zu mir kommt.

»Noch besser, du kannst sie anziehen.« Ich zwinkere ihr zu.

Wir grinsen uns an, und meine Brust schwillt vor Stolz auf Bryn. Sie hat ihre Vision aus dem Nichts erschaffen und sie mit Entschlossenheit und harter Arbeit umgesetzt. Ihr Erfolg macht mir Mut, meinen eigenen Traum weiterzuverfolgen.

Und was ist mit deinem sexy Workaholic, Sara? Was wirst du diesbezüglich tun?

Halt die Klappe, Schlampe. Du willst einfach mehr von seinem SCH…, brumme ich vor mich hin.

»Sara«, sagt Jensen und deutet auf einen Overall, der vom Kleiderständer zu rutschen droht.

»Ich kümmere mich darum.« Ich schaue mich um. Bryn ist nirgends zu sehen, aber es spielt keine Rolle. Ich bin hier, um zu helfen, und ich bin froh, dass ich genau weiß, was ich heute Abend zu tun habe. Dafür zu sorgen, dass niemand fortgeht, ohne eine Bestellung aufgegeben zu haben. Oder tausend.

»Bryn ist mit Christos nach draußen gegangen«, berichtet Becka.

Ich schaue zu den Türen – aber obwohl Bryn und Christos nicht anwesend sind, brummt das Geschäft.

Am Ende bestelle ich mir sogar selbst ein Outfit. *Workaholic wird es lieben!*, denke ich, als ich ein winziges Pailletten-Kleid aussuche, das sexy ist und meine langen muskulösen Beine schön zur Geltung bringt, aber mein Konto nicht sprengen wird.

Ich weiß nicht, zu welchem Anlass ich es tragen werde oder wann, aber ich weiß, dass es für diesen dummen sexy *Kerl* ist.

Es ist ein wenig festlich, aber sehr scharf. Ich hege Fantasien, es an einem Abend zu Hause für Ian zu tragen. Ich könnte barfuß in diesem Kleid durch sein megatolles Stadthaus tappen. Ohne Höschen und bereit, mich vögeln zu lassen.

Sara, wirklich, du weißt nicht einmal, ob du Ja zu einem Date sagen wirst!

Oder weiß ich es doch? Uff. Es widerstrebt mir zu denken, dass sowohl Ian als auch ich die Antwort bereits kennen.

Stunden später ist Bryn noch immer nirgends zu sehen. Ich bemerke Christos auf der anderen Seite des Raums, wo er nach allen sieht und sich davon überzeugt, dass die iPads funktionieren. Seine Freundin steht mit seinem Bruder an der Tür, und es sieht so aus, als hätte sie geweint.

Ich marschiere zu ihm hinüber und frage: »Wo ist Bryn?«

»Sie musste allein sein. Ich bleibe, bis die Gäste gehen.«

Ich schürze die Lippen und werfe ihm noch einen finsteren Blick zu, dann wirbele ich herum und stapfe davon. Ich will ihn dafür schlagen, dass er Bryn wehtut, aber ich verlangsame meine Schritte und denke über den Ausdruck auf seinem Gesicht nach. Er sah todunglücklich aus und hat sich auch so angehört. Zum ersten Mal habe ich den Verdacht, dass er genauso traurig über die Situation ist wie sie.

Ich schicke Bryn eine SMS, um sie auf dem Laufenden zu halten. Wenn sie einfach so verschwindet, muss etwas wirklich schiefgegangen sein. Ich frage sie, ob es ihr gut gehe.

Es geht mir gut, simst sie zurück.

Ich weiß, dass das nicht stimmt.

Aber dies ist nicht der richtige Moment, um darüber zu diskutieren. Das können wir später tun. Jetzt will ich, dass alles glatt läuft.

Becka ist bei ihrem vierten Glas Champagner angelangt, und sie benimmt sich so überschäumend wie der Alkohol, an dem sie sich gütlich tut. »Er liebt sie. Warum heiratet er dieses Flittchen?« Sie deutet auf Miranda, die unruhig wirkt, als sie mit Christos' Bruder fortgeht.

»Ich weiß nicht. Verantwortungsbewusstsein, schätze ich.«

Sie zuckt die Achseln und hickst.

Ich beschließe, für den Rest des Abends unsere gemeinsame Aufgabe allein zu schultern, und verschwinde, um mich wieder an die Arbeit zu machen.

Als die letzten Gäste gehen und Jensen uns eine gute Nacht wünscht, schließt Christos den Laden ab. »Kann ich euch irgendwo absetzen?«, fragt er uns.

Wir schütteln beide den Kopf. »Nein danke, und wir wollen dich auch nicht in Bryns Nähe sehen.« Ich lächele säuerlich, gehe davon und registriere, dass er hinter uns sarkastisch lacht, es klingt sogar fast frustriert.

Wir sind noch nicht am Straßenrand angekommen, als wir ihn in einen schwarzen Wagen springen sehen. »Wohin will er denn plötzlich so eilig?«, fragt Becka.

»Keine Ahnung.« Ich seufze.

»Ich spüre meine Zehen nicht mehr. Ich bin fix und fertig.«

»Du bist betrunken, Momma«, sage ich ihr liebevoll, und sie kichert.

Ich stöhne und erkläre ihr, wie sehr ich mich zu Hause auf ein schönes heißes Bad freue, während ich sie zur Bahn zerre. Der Gedanke an Baden führt mich zu Ian, und ich gebe mich der Fantasie hin, eines Tages zusammen mit ihm zu baden. Ich sehne mich fast schmerzlich danach.

Dann habe ich Christos' Miene vor Augen, als er Bryn erwähnt hat, und plötzlich schmerzen andere Stellen als die zwischen meinen Beinen.

Warum lässt dieser Gesichtsausdruck mich an Ian denken?

Warum sehe ich ihn in jedem Mann draußen auf der Straße? Als gäbe es nur einen einzigen Mann auf der Welt und als würden Teile von ihm überall umherwandern. Aber nur ein einziger Mann hat all diese Ian-Ford-Teile, und das ist Ian Ford.

Seufz.

Ich mag ihn. Er war ein solcher Gentleman, als ich mich bei ihm betrunken habe. Er hat sich an mich gekuschelt und mich mit seinem Körper gewärmt. Er war wirklich hart – das habe ich sogar in besoffenem Zustand gespürt –, aber er ist mir nie von der Seite gewichen und ist nie zu weit gegangen. Er ist ein kleines Alphatier, aber verdammt, ist es nicht genau das, was mir gefällt?

Er entfacht all meine Funken. Mistkerl.

Als wir unsere Wohnung erreichen, öffne ich die Tür, schleudere meine Highheels von den Füßen und sehe mich zusammen mit Becka verwirrt um.

»Wo ist Bryn?«, fragen wir beide die leere Wohnung. Wie zur Antwort klingelt mein Handy. »Ich bin bei Christos«, sagt Bryn. »Ich wollte nicht, dass ihr zwei euch Sorgen macht. Danke, dass ihr bis zum Ende geblieben seid. Es war ein langer … verrückter Abend.«

»Das haben wir gern getan. Aber geht es dir gut?«, frage ich.

»Wir sind wieder zusammen.« Sie hört sich an, als hätte sie geweint, aber ich bemerke das Glück in ihrer Stimme.

Ich stolpere beinahe rückwärts, so überrascht bin ich. Becka hört auf, sich die Füße zu massieren, und blinzelt mich an, als sie meinen Gesichtsausdruck bemerkt.

»Bryn, ich freue mich ja so für dich!«, platze ich heraus.

»Erzähl es Becka. Ich werde später vorbeikommen, um mir einige Sachen zu holen, aber wenn ich dich dann nicht sehe, treffen wir uns morgen.«

»Sie ist wieder mit Christos zusammen«, informiere ich Becka, nachdem ich aufgelegt habe.

Beckas Augen weiten sich, und wir machen uns über Pralinen her, um zu feiern.

Nach einer Praline zu viel schiebe ich den Karton weg. »Okay, keine Schokolade mehr. Ich will, dass mein schmutziger Workaholic weiter einen Steifen bekommt, wenn er mich sieht.«

Ich werfe die Einwickelpapiere beiseite und rolle mich auf dem Sofa zusammen, während Becka sich auf Bryns Match.com-Konto stürzt.

»Bedeutet das, dass ich dieses Ding löschen sollte?«

Ich zucke die Achseln. »Ich denke nicht, dass ein Mann wie Christos das Profil seiner Freundin auf einer Dating-Seite haben will.«

Becka lacht, während sie in die Tasten haut, um Bryns Konto zu löschen. »In Ordnung, das wäre erledigt. Ich gehe jetzt schlafen. Gute Nacht«, sagt sie und macht sich auf den Weg in Richtung Bett, während ich rastlos auf dem Sofa sitzen bleibe.

Nachdem ich mich minutenlang hin und her gewälzt habe, richte ich mich auf und schleppe mich ebenfalls ins Bett. Ich lege mich unter die Decke und schließe die Augen, aber man darf dreimal raten, wessen dunkle unergründliche Augen ich sehe, als ich meine schließe.

Man darf raten, wer meinen Körper kribbeln lässt, als ich mich an seine Berührung erinnere.

Man darf raten, wer mich – selbst jetzt, da ich seinen Namen kenne und erheblich mehr über ihn weiß – nach wie vor dazu bringt, ihn mehr und mehr zu wollen.

Ich tippe eine SMS.

Was machst du gerade? Willst du mich immer noch sehen?

Ich halte inne und lese meine Nachricht noch einmal durch, während ich mir auf die Unterlippe beiße.

Kopfschüttelnd lösche ich meine SMS, schalte mein Handy aus und stecke es in das Ladegerät. Es war eine verrückte Nacht. Ich brauche einen klaren Kopf, bevor ich noch über die Stränge schlage, wie ich das üblicherweise mit meinem schmutzigen Workaholic tue.

Vorsichtig

Sara

Ich habe mich die ganze Nacht im Bett hin und her gewälzt. Es ist Samstag und viel zu früh, um auf zu sein, und ich blinzele und beobachte, wie das Sonnenlicht durch meine Rollläden fällt. Schließlich kneife ich die Augen zusammen und drehe mich auf die andere Seite. Denke an Ian und will noch einmal seine schönen Lippen küssen. Natürlich rechtfertigt mein heißer Workaholic einen faulen Tag im Bett, um von ihm zu träumen. Um mich zu fragen, ob er alles ernst gemeint hat, was er gesagt hat. Ob er so besessen von unserer Beziehung ist wie ich. Ob wir eines Tages vielleicht etwas Beständigeres haben können. Ich habe ihm versprochen, darüber nachzudenken.

Ich habe nichts anderes getan, als darüber nachzudenken.

Und ich denke, meine Entscheidung wird keine Überraschung sein.

Ich hieve mich aus dem Bett und tappe in die Küche, erstaunt, Becka dort vorzufinden, die ihre Sachen gepackt hat und bereit ist abzureisen.

»Du gehst? Du bist gerade erst hier angekommen!«, sage ich.

»Ich weiß, aber …« Sie reibt sich mit den Fingerspitzen die Schläfen. »Ich brauche ein Abenteuer. Ich muss in die Stadt rausgehen und Erfahrungen sammeln, sonst bekomme ich nie, was ich brauche, um dieses Buch zu beenden.« Sie seufzt, und in dem Moment kommt Bryn herein.

Wir starren sie beide an.

»Seit wann bist du hier?«, frage ich.

»Seit einer Weile. Es gibt Neuigkeiten. Zuerst einen Kaffee.«

Wir trinken Kaffee und frühstücken, während Bryn uns erzählt, was gestern Nacht passiert ist, wo Christos sie erwischt hat, was er ihr gesagt hat, und ihre Augen werden glasig von Liebe und Glück, als sie uns die Einzelheiten erzählt. Als sie fertig ist und wir sie umarmt haben, fragt sie, was wir getrieben hätten. Während Becka darüber stöhnt, verkatert nach Hause zurückfliegen zu müssen, bin ich unnatürlich still. Ich will Bryn nicht verraten, was zwischen Ian und mir passiert ist. Ich habe das Gefühl, dass sie die Stimme meines Gewissens sein wird, und das kann ich im Moment nicht gebrauchen. Sie wird sich Sorgen wegen seiner Situation machen und dass ich verletzt werden könnte, und Sorgen mache ich mir bereits zur Genüge.

Nach dem Frühstück und während Bryn alle Bestellungen für *Ungezogen Angezogen* an ihrem Computer überprüft, gehe ich zu meinem Handy und scanne meine Nachrichten. Ich kann nichts dafür, mein Herz macht einen Satz, als ich seinen Namen lese. Mit hämmerndem Herzen starre ich darauf. Der verdammte Ian Ford. Meine gierige Pussy kräuselt sich selbst beim Anblick seines Namens! Pfui. Ich atme aus und schicke eine ziemlich lange, detaillierte SMS. Ich bin so eine geile kleine Schlampe. Ich lese noch einmal durch, was ich geschrieben habe, und nicke. Jawohl. Eine Schlampe. Aber ich bin nicht allzu betrübt darüber und ziemlich sicher, dass Ford es vielleicht sogar *gut* finden wird. Aber ich beeile mich beim Anziehen und kann seine Antwort nicht erwarten.

Ich will deinen Schwanz in meinem Mund. Ich will ihn AUCH in meinen Händen. Aber zuerst will ich dich in mir.

Ian Ford: Ich bin offen für Vorschläge.

Er schickt mir seine Büroadresse in Tribeca.

Eine halbe Stunde später betrete ich ein Gebäude, das ganz aus Glas gemacht ist, und eine Lobby, die ganz aus Marmor ist. Ich erkundige mich am Empfang nach ihm, und man teilt mir mit, dass er sich im neunundzwanzigsten Stock befindet. Am Aufzug wird mir klar, dass es der oberste Stock ist. Ich streiche mit den Händen über mein Kaschmirkleid. Ich trage Highheels und keinen BH und habe das Selbstbewusstsein einer Frau, die entschlossen ist, einen Mann zu verführen.

Als der Aufzug hält und sich öffnet, atme ich tief aus, dann gehe ich die Chefetage entlang. Verblüfft entdecke ich, dass sein Büro das am Ende ist. Das mit der Milchglastür.

»Ähm, ich bin hier, um Ian zu sprechen.« Ich nähere mich der Frau hinter einem großen Schreibtisch aus Carrara-Marmor. »Mr Ford, meine ich.«

»Er erwartet Sie.« Sie meldet mich an und steht auf, um mich zu seiner Tür zu führen. Als sie sie aufdrückt, schlüpfe ich nervös hindurch. Unsere Blicke treffen sich, und mein Herz trommelt wild.

Er sitzt hinter einem Schreibtisch, auf dem sich ein riesiger Mac-Computer und ein Haufen Papiere befinden. Sein Büro ist gigantisch und besteht ganz aus Glaswänden, bis auf die Wand hinter seinem Schreibtisch.

»Hübsches Büro.« Ich gehe auf ihn zu und zupfe dabei verführerisch an einer dunklen Haarsträhne.

»Hübsche … Schuhe.« Sein Blick wandert an meinen Beinen hinab.

»Du hast noch gar nichts gesehen. Meine Mitbewohnerin ist schließlich Modedesignerin. Ich habe vor, eine gute Kundin zu sein, und Werbung für ihre Arbeit zu machen.«

Während mich alle möglichen verrückten Gefühle erfüllen, als ich ihn ansehe, rufe ich mir ins Gedächtnis, dass ich mich bemühen werde, ihm nicht mein Herz zu schenken, sondern nur meinen Körper.

Gelegentliche Dates. Das wird so eines sein. Er hat mein Feuer entfacht, und niemand außer ihm kann es löschen.

»Hast du über unser letztes Gespräch nachgedacht?«

Ich nicke, als er um den Schreibtisch herumgeht. »Ich bin gekommen, nicht wahr?«

»Und du wirst wiederkommen.«

Ich nicke, dann presse ich mich an ihn. Ian krallt die Faust in mein Haar und hält mich nur Zentimeter von seinem Mund entfernt fest. Mit diesen dunklen Augen schaut er auf mich herab. Mir stockt der Atem, als er meinen Kopf zur Seite dreht und mir einen Kuss auf den Hals gibt.

Ich atme aus und zittere jetzt schon.

»Hast du mich vermisst?« Ich strecke die Hand aus, um seinen Schwanz unter seinem Reißverschluss zu streicheln, und es gefällt mir, wie hart er ist. Er stöhnt und zieht meinen Kopf zurück.

»Ich bin mir sicher, das spricht für sich selbst.«

Ich will seinen Schwanz so sehr, dass mir das Wasser im Mund zusammenläuft. Ich will ihn herausziehen und ihn lecken, daran saugen, aber ich kann die Hitze zwischen meinen Beinen nicht ignorieren. Ian scheint meine Gedanken zu lesen.

Er drückt mich gegen die Wand und schiebt mein Kleid hoch und meinen Schlüpfer herunter, und ich strecke den Hintern vor und winde mich rastlos, während er seinen Gürtel öffnet. »Beeil dich!«, rufe ich über die Schulter.

Ich erhasche einen Blick auf ihn – bekleidet mit seiner Hose und dem weißen Hemd, mit diesem wunderschönen, schlanken, athletischen Körper und dieser überlebensgroßen Wölbung hinter seinem Reißverschluss –, und ich bin so sehr davon überzeugt, dass er ihn mir jetzt hart und schnell geben wird, dass ich vor Verlangen fast platze.

Er schaut mir ins Gesicht, während er seine Hose öffnet, und ich schwitze, als diese tintendunklen Augen meinen Blick für einen langen Moment festhalten. Als er meine Ungeduld bemerkt, zieht er entzückt die Mundwinkel hoch.

»Du bist verdammt zauberhaft, du eifriges Mädchen«, sagt er. Er tritt näher heran, und ich drehe mich wieder um und strecke einladend den Hintern aus.

»Ahh. Tänzerin.« Seine Stimme ist hinter meinem Ohr – die Worte warm auf meiner Haut –, als er mich um die Hüften fasst und sein Dreiundzwanzig-Zentimeter-Organ der Wonne an mich drückt. Seine Finger bohren sich in meine Hüftknochen, als er den Schwanz an meiner Pospalte reibt. Und ihn dann in meine Pussy gleiten lässt.

Ich stöhne und drücke die Hände flach gegen die Hand.

Er stöhnt ebenfalls. »Gott, du bist so gut.«

»Gib es mir, so fest du kannst, Ian. Gib mir einfach … alles.«

»Ich halte niemals etwas zurück«, knurrt er mir ins Ohr. »Nicht bei dir.«

Er stößt zu, und ich ächze, und er presst mir eine Hand auf den Mund und flüstert: »Spar dir diese Geräusche nur für mich auf, ja?«

»Hmmm«, lautet meine Antwort. Ich lecke seine Finger ab und keuche auf, als er seine andere Hand um mich herum und zwischen meine Beine schiebt. Er liebkost mich. Und mein Stöhnen wird zu einem Wimmern. Er dreht mich um und tritt den Stuhl beiseite, dann legt er mich auf seinen Schreibtisch und schaut auf mich herab, die Stirn angespannt von Leidenschaft, während er langsam … so langsam … so quälend langsam … wieder in mich eindringt.

Wir sehen einander fest in die Augen, außerstande, Worte zu finden, während wir gemeinsam dem Höhepunkt entgegenrasen.

Ich wölbe den Rücken und unterdrücke meinen Aufschrei, als ich meinen Orgasmus erlebe. Er ist verheerend, überwältigend, erschüttert mich so heftig, dass ich denke, dass ich zerbrechen werde. Ian schiebt die Arme unter mich, damit ich mir auf seinem Schreibtisch keine blauen Flecken hole, aber seine Stöße werden nicht langsamer.

Wir nehmen uns einen Moment Zeit, um zu Atem zu kommen, bevor er mir aufhilft. Er zieht seine Hose zurecht, während ich mein Haar und mein Kleid richte.

»Bist du zu dem Casting gegangen, von dem ich dir erzählt habe?«, erkundigt er sich.

»Ich habe das Vortanzen verpasst, weil letzte Woche so viel Arbeit anstand. Ich habe angerufen, aber sie hatten die Stellen bereits besetzt.«

»Schade. Es wird sich etwas anderes auftun.«

Ich nicke hoffnungsvoll, dankbar für seine Ermutigung, und greife nach dem Schuh, der mir beim Sex vom Fuß gefallen ist.

»Lass mich das machen.« Er verzieht den Mund zu einem dunklen kleinen Lächeln, hebt mich hoch und setzt mich auf seinen Schreibtisch. Dann bückt er sich und greift nach meinem Schuh, aber bevor er ihn mir überstreift, hebt er mein Bein an und drückt einen Kuss auf den Spann meines Fußes.

Er stellt mich wieder hin. Ich bin atemlos. Will bereits mehr.

»Essen heute Abend.«

»Essen«, stimme ich zu. »Du bist so ein Workaholic, lässt du deine Leute selbst am Wochenende herkommen?«, scherze ich.

»Warum bis Montag warten, wenn wir es heute erledigen können?« Er zwinkert mir zu.

Ich gehe hinaus und spüre, dass Ian sich auf den Stuhl hinter seinem Schreibtisch setzt und mir nachschaut. Im Aufzug lächele ich noch.

Wir werden es vorsichtig angehen lassen. Ich werde mich bemühen, mich nicht mit ganzem Herzen hineinzubegeben. Nicht alles zu zerdenken, sondern es einfach zu genießen, während er sein Leben in Ordnung bringt. Spaß mit ihm haben, solange es anhält. Er ist so heiß, dass ich mir diese Chance nicht entgehen lassen kann.

Ich steige gerade aus dem Aufzug, als ich seine SMS bekomme.

Einundzwanzig Uhr bei Daniels.

Ich kann mein Glück nicht fassen, als ich zu Hause entdecke, dass meine Bestellung vom *Ungezogen Angezogen* bereits eingetroffen ist. Wir haben einen tollen Service, das muss man sagen. Ich eile nach oben und stelle fest, dass Bryn nicht zu Hause ist und Beckas Koffer verschwunden sind. Da ich allein bin, nehme ich eine lange Lavendeldusche. Ich rasiere und öle meine Beine und hülle meine Haut in einen leichten süßen Duft. Dann lasse ich mich in mein enges goldenes Kleid gleiten, schlüpfe in ein Paar High Heels und föhne mir das Haar.

Ich bin um Punkt einundzwanzig Uhr im Restaurant und sehe Ian an der Tür stehen, die Hände in den Taschen. Ein pechschwarzer Anzug von der Farbe seines Haares schmiegt sich perfekt an seinen Körper. Während er mich begrüßt und mir einen Kuss auf die Wange haucht, erinnere ich mich an den Abend, an dem Ian allein hier gegessen hat.

Beim Hineingehen entdecke ich François, den Oberkellner, dem ich vor nicht allzu langer Zeit eine SMS geschickt habe, und der hochgewachsene dunkelhäutige Franzose macht große Augen, als er mich sieht.

»Miss Sara?« Sein Blick wandert zu Ian. »Und Mr Ian Ford.« Er lächelt vor sich hin und bedeutet uns, voranzugehen. Als wir uns unserem Tisch nähern, drehe ich mich diskret um und werfe François einen warnenden Blick zu. »Kein Wort *darüber*«, zische ich leise. Ian sieht mich stirnrunzelnd an, während ein lächelnder François mir den Stuhl herauszieht.

»Ihr zwei habt vertraut ausgesehen.« Ian schüttelt seine Serviette aus und legt sie sich auf den Schoß. Ich greife nach meiner eigenen Serviette. »Ich habe mein Französisch ausprobiert.«

Unser Kellner erscheint, stellt sich als Jacques vor, reicht uns unsere Speisekarten und beschreibt die Spezialitäten des Abends. Ian bestellt beim Sommelier eine Flasche Wein, und wir vertiefen uns in die Speisekarte.

»Was nimmst du?«, fragt Ian.

»Ich bin noch nie hier gewesen. Ich habe tausendmal Tische reserviert, das Restaurant selbst aber nie besucht.« Ich schaue mich im Raum um und staune über die elegante Einrichtung.

»Keine Sorge. Ich helfe dir.« Er liest seine Speisekarte, dann sagt er auf Französisch einige Worte zu mir.

»Wie bitte?«

»Ich probiere mein Französisch aus.« Er zieht herausfordernd eine Braue hoch.

Ich stöhne. »Ich habe ihm vor Kurzem eine SMS geschickt. Ich wollte deinen Namen. Und eine Wiederholung. Und jetzt wollte ich nicht, dass er erzählt, ich sei dir nachgelaufen.«

Seine Augen lodern kaum merklich auf, und das Feuer in ihnen scheint plötzlich zu heiß für den Raum zu sein. Für die Stadt. Für die ganze *Erde.*

Ian beugt sich vor, während er mein Geständnis verarbeitet, und senkt die Stimme um ein Dezibel. »Wolltest du eine Wiederholung deines zusammengeknüllten Schlüpfers in meiner Tasche oder von dem, was danach passiert ist?«

»Beides.«

Er betrachtet mich herausfordernd mit diesen dunklen Augen. »Warum fangen wir nicht damit an, dass du mir deinen Schlüpfer als Knäuel überreichst?« Er streckt die Hand aus.

Ich ziehe unter meinem Kleid meinem Schlüpfer aus und drücke ihn ihm in die Hand.

Er nimmt ihn entgegen und riskiert einen kurzen Blick, bevor er ihn in seine Anzugtasche gleiten lässt.

Ich beiße mir auf die Lippen und erröte am ganzen Körper, während ich innerlich lache. »Also, es scheint, dass lockere Dates auch hemmungsloses Flirten beinhalten.«

»Alles, was mit dir zu tun hat, ist keineswegs locker, Sara.«

Unser Wein kommt. Nachdem Ian ihn für gut befunden hat, schenkt der Kellner mir ein Glas ein. Ich lächele und trinke, genieße den Abend. Bei Daniels. Mit dem *besten* Wein. Und dem heißesten Mann in der Stadt.

»Sei vorsichtig mit dem Wein. Ich möchte nicht, dass du vor dem ersten Gang schon betrunken bist.« Er zieht mich auf, nachdem ich zwei Gläser intus habe.

»Natürlich nicht – du willst, dass ich beim letzten Gang betrunken bin.«

Er lacht und schnalzt anzüglich mit der Zunge, und ich lache ebenfalls. Ein klein wenig zu beschwipst.

»Du warst an diesem Abend ein Gentleman«, gebe ich zu und klimpere mit den Wimpern. »Vielleicht auch in deinem eigenen Interesse. Ich wette, du bist so überzeugt von dir, dass es dir nicht gefällt, mit einer Frau zu schlafen, wenn sie dich anschließend vergisst. Das würde dich in deinem Stolz kränken.«

»Das stimmt, Tänzerin. Wenn ich mich an den Abend mit dir erinnere und ihn ein wenig zu schätzen weiß, kannst du dich wenigstens ebenfalls daran erinnern und das Gleiche tun.«

Sein Lächeln ist lüstern und sein Blick durchdringend, und

ich genieße dies viel zu sehr, als dass es locker sein könnte. Wie Ian gerade bestätigt hat, ist dies hier kein lockeres Verhältnis. Ich versuche, mich nicht allzu sehr von den Blicken einfangen zu lassen, die er mir zuwirft. Und von den Blicken, die auf mir ruhen.

»Wie gefällt dir dein neues Zuhause? Gefällt es dir besser als das Four Seasons?«, frage ich ihn.

»Das kann ich nicht behaupten. Keine sexy Empfangsdame, die ich in mein Schlafzimmer locken kann.«

Ich lächele abermals. Wie macht dieser verdammte Mann das?

»Wie war die Geschäftseröffnung deiner Freundin?« Er klingt interessiert und wird wieder ernst, als er sich auf seinem Stuhl nach vorn beugt.

»Phänomenal«, antworte ich glücklich. »Die Bestellungen haben unsere Erwartungen übertroffen, und der Service ist spektakulär. Ich habe dieses kleine Kleid bestellt, und dreimal darfst du raten, was passiert ist: Heute war das Päckchen schon da.«

»Lass mal sehen.«

»Als hättest du es nicht bereits betrachtet.«

Ich erröte, stehe aber trotzdem auf und drehe mich; dann schaue ich mich um, um zu prüfen, ob ich nicht zu viel Aufmerksamkeit erregt habe, und setze mich wieder hin. Ian lächelt und greift über den Tisch nach meiner Hand. Sie ist so warm und groß im Vergleich zu meiner, dass ich das Gefühl habe, als hätte er mich im Ganzen umschlungen.

»Hast du es gekauft, weil du es gerne tragen wolltest oder mit dem Hintergedanken, dass ich es dir ausziehen würde?« Seine Stimme ist jetzt heiser, intim. Wie das Restaurant.

»Eine Lady verrät niemals ihre tiefsten Fantasien.«

»Ach nein?« Sein Daumen liebkost meinen, während Ian vor sich hin lächelt und auf meine Antwort wartet.

»Wem mache ich etwas vor? Ich bin keine Lady. Ich will, dass du es mir heute Nacht ausziehst«, flüstere ich sinnlich. Ich hebe seine Hand an die Lippen und küsse den Knöchel seines Daumens, dann lecke ich ihn spontan ab.

Was soll ich sagen? Ich bin hungrig.

»Hände? Zunge? Zähne? Wie soll ich es dir ausziehen?« Er streicht mit dem Daumen über meine Unterlippe, und die Liebkosung lässt meine Temperatur ansteigen.

»Mit allem«, erwidere ich.

Er schiebt den Daumen erneut in meinen Mund und zieht ihn wieder heraus, als der Kellner mit unserem ersten Gang erscheint.

»Bon appétit«, sagt François, der den Kellner an den Tisch begleitet hat. Er beugt sich über Ian. »Die Lady lässt Sie kaum aus den Augen.«

»François!« Mir fällt die Gabel klappernd auf den Salatteller.

»Ich sage es nur deshalb, Miss Sara, weil der Gentleman Sie ebenfalls nicht aus den Augen lässt. Verstehen Sie, ich erkenne so etwas.« Er zwinkert uns zu.

Ich schüttele stöhnend den Kopf. »Offensichtlich ist das die Quittung dafür, dass wir so offen miteinander flirten. Die Leute denken, es sei etwas Ernstes.«

»Das ist ihr Problem. Nicht unseres.« Er betrachtet mich. »Aber es ist mir ernst, was dieses Kleid betrifft.«

»Ich habe dich heute Abend sehr genossen.«

»Gleich wirst du mich noch mehr genießen«, verspreche ich, als wir durch die Straßen von New York gehen. Es ist kühl, und ich drücke mich an seine Seite, als er ein Taxi heranwinkt.

»Ich habe die Laken, die ich dir versprochen habe. Töpfe und Pfannen, damit du mir morgen früh Eier machen kannst«, flüstert er mir ins Ohr, während wir zum Straßenrand gehen.

»Richtig. Du wirst *mir* Frühstück ans Bett bringen.«

»Es ist *mein* Bett. Kleine Sara.«

»Stimmt, und ich bin der Gast. So sollte man Gäste behandeln.«

Wir lächeln beide, und er öffnet die hintere Tür des Taxis.

Als wir auf der Rückbank Platz genommen haben, streiche ich mit den Fingern über seinen muskulösen Oberschenkel. »Ich will dich kopfüber vögeln und von der Seite und auf jede nur mögliche Weise, Sara«, sagt er und dreht mein Gesicht zu sich.

Ich schnappe nach Luft und streichele seinen Ständer, während ich die Brüste an seinen Oberkörper presse. »Ja, bitte, und danke«, murmele ich.

Er umfasst mein Gesicht und stöhnt, während er eine Hand zwischen meine Schenkel gleiten lässt und mich überrascht, indem er mit einem Finger mein feuchtes Geschlecht streichelt, was mich daran erinnert, dass mein Schlüpfer sich in seiner Tasche befindet. »Ich könnte dich gleich hier nehmen, gleich jetzt, Kätzchen. Aber es wäre eine Schande, wenn ich dir dieses verführerische kleine goldene Kleid nicht ausziehen würde.«

Als er die Tür seines Stadthauses hinter sich schließt, sind wir beide verrückt vor Lust. Er zieht den Reißverschluss meines Kleides auf, und es sinkt als ein Häufchen aus Gold auf den Boden.

»Jetzt zeig her, was in diesem Goldschatz steckt.« Sein Atem kitzelt mich am Ohr, während er an meinem Ohrläppchen knabbert und meine nackten Schultern streichelt. Er fährt mit den Händen an meinen Armen hinab, hinab, hinab, um mich hochzuheben und nach oben zu tragen, wo er mich auf sein Bett wirft und wir einander bis zur Besinnungslosigkeit vögeln.

Ian

Ich erwache mit Rückenschmerzen, einem steifen Hals und einem fetten Grinsen auf dem Gesicht. Dann richte ich mich auf, lasse meinen Nacken knacken und entdecke den Grund: Sara. Sie sieht aus wie ein feuchter Traum, wie sie da auf meiner Matratze liegt und sich an mich schmiegt, den Kopf unter meinem Arm, das dunkle Haar über meinen Bizeps drapiert. Ich streichele ihr mit einer Hand über eine seidige Haarsträhne und wickele sie mir dann um den Zeigefinger.

Es ist lange her, seit ich in der Wärme einer Frau neben mir geschlafen habe. Ich erinnere mich, dass ich als Teenager erpicht darauf war, Cordelia in mein Schlafzimmer zu locken und ihre Wärme zu spüren, ihre Liebe.

Ich habe mich seit langer Zeit nicht mehr nach ihrer Liebe gesehnt. Nach der Liebe irgendeiner Frau.

Jetzt bin ich mir da nicht mehr so sicher.

Diese junge Frau steht auf mich. Ich kann es sehen. Es fühlen.

Ich bin süchtig danach. Ich bin süchtig nach ihr.

Wie zur Hölle ist das passiert?

Habe ich nach ihr gesucht? Wollte ich nach Cordelia etwas mit einer anderen Frau anfangen?

Nein. Aber jetzt erweckt mich ihr Duft zum Leben. Die Taubheit ist fort, und stattdessen sind Feuer und Hoffnung da.

Sara ist jetzt da. Keine Ahnung, wie sich das hier entwickeln wird. Ich habe mich zuvor als schlechter Menschenkenner erwiesen. War zu konzentriert auf meine Arbeit, als dass ich wahrgenommen hätte, was in meinem eigenen Haus vorgegangen ist. Aber ich weiß, dass sich so Glück anfühlt.

Ich hatte es nur vergessen.

Hatte vergessen, wie es ist, mehr in meinem Leben zu erreichen als einen weiteren Film, ein weiteres Skript, ein weiteres Projekt. Aufzuwachen und das Leben zu lieben, so wie ich die Frau lieben will, die neben mir liegt.

Ich rücke stöhnend meinen Schwanz zurecht, bevor ich aus dem Bett steige.

Ich kann nicht genug von ihr bekommen.

Von der Art, wie sie mein Flirten erwidert, wie sie ständig mein Feuer entfacht.

Sie liegt im Bett, und ich kann es nicht erwarten, mehr von ihr zu bekommen.

Nachdem ich den Raum verlassen habe, rufe ich Jake an, um mich nach den Projekten in L. A. und nach seinem bevorstehenden Flug nach New York zu erkundigen.

Ich hinterlasse eine Nachricht und gehe unter die Dusche. In der Kabine massiere ich mir den Nacken und entspanne die Muskeln, spüre die kleinen Katzenkrallenmale auf meinem Rücken. Ich drehe das kalte Wasser auf und versuche, den Ständer abzukühlen, der allein deswegen entstanden ist, weil ich neben ihr aufgewacht bin und sie nackt auf den Laken lag und göttlich roch. Ich steige aus der Dusche, schlinge mir ein Handtuch um die Hüften und kehre ins Schlafzimmer zurück. Als ich die Badezimmertür hinter mir zuziehe, wacht sie auf, und ihr Lider öffnen sich flatternd.

Ihr stockt der Atem, bis sie klar sieht. Dann atmet sie schneller, während wir einander in die Augen schauen.

Ich betrachte ihre Lippen, sauge in mich auf, wie sie mich von meinem Bett aus anlächelt. Dieses entzückende, unschuldige Lächeln und diese honigsüßen Augen haben es in sich. Verdammt, ich bekomme kaum Luft.

»Guten Morgen«, sage ich.

Sie richtet sich auf und zieht das Laken um sich. Ich betrachte abermals ihre lächelnden Lippen, bin süchtig nach dem Anblick.

»Guten Morgen.« Ihre Stimme ist heiser von Schlaf und Verwirrung.

Hölle, ich bin genauso heiser und genauso verwirrt wegen alldem hier.

Eine ganz lockere Sache. Ich bin immer noch verheiratet – nicht dass das noch lange so bleiben würde. Aber trotzdem.

»Ich werde mich um das Frühstück kümmern.« Ich deute mit dem Kinn auf den Flur, über den man nach unten kommt.

Sie kaut auf ihrer Unterlippe, und ihre Augen glänzen freudig. »Auch Kaffee?«

»Espresso.« Ich ziehe sie auf.

Sie zuckt zusammen und beobachtet, wie ich in schlichte graue Boxershorts, eine schwarze Hose und ein frisch gebügeltes weißes Hemd schlüpfe. Ich ziehe den Reißverschluss hoch, schließe die Knöpfe und nehme mein Handy vom Nachttisch.

»Ich trinke keinen …«

»Espresso. Weiß ich doch.« Ich lächele sie an, und sie kommt unter dem Laken hervor. Ich beobachte ihre Überraschung, als sie merkt, dass sie nackt ist, dann lacht sie schnell und schiebt sich eine Haarsträhne hinters Ohr. »Hast du ein Sweatshirt, das ich anziehen könnte, oder …«

»Nimm dir irgendetwas aus meinem Kleiderschrank. Ich schaue nach der Kaffeelieferung. Wir treffen uns unten.«

Ich gehe in die Küche und beschließe, mit meinem French Toast anzugeben.

Als sie dazukommt, sage ich zu ihr: »Da du so sehr auf alles Französische stehst, werde ich dir French Toast machen.«

Sie lächelt und späht in den Kühlschrank. »Gut. Ich werde meine perfekten, hart gekochten Eier kredenzen.«

Ich schmunzele und schüttele den Kopf, während wir alles zubereiten. Wir füllen zwei Teller, stellen sie auf die Küchentheke und frühstücken schweigend, Saras Bein um einen meiner Oberschenkel drapiert, meine Hand auf ihrem Knie.

»Du machst einen tollen French Toast«, sagt sie. Sie nimmt einen Schluck Kaffee, schiebt ihren leeren Teller beiseite und hievt sich auf die Theke. Ich stehe auf, stelle mich zwischen ihre Beine und spreize sie.

Unsere Blicke treffen sich. »Also, würdest du dies gern wiederholen?« Ich stelle meinen Kaffee weg.

Sie wirkt verwirrt, aber typisch Sara, versucht sie, es hinter einer frechen Bemerkung zu verbergen. »Vielleicht, wenn du den Abwasch erledigst.«

Ich kontere. »Ich habe Personal, das das erledigt.«

Sie lacht. Ich nehme den Kaffee aus ihren Händen, stelle ihn beiseite und schlage einen sanfteren Tonfall an. »Antworte mir, Sara.«

Sie sieht mich an. »Ich habe mich gestern Nacht großartig amüsiert«, sagt sie leise.

»Ich auch.« Ich lege ihr die Hände um die Taille. Sie lächelt und streckt die Hand aus, um sie mir auf den Arm zu legen, und meine Muskeln spannen sich an.

Mein ganzer Körper spannt sich an. Zur Hölle, ich bin in einem seltsamen verwirrten Zustand, in dem ich alles tun würde, was sie sagt.

Ihre Atmung geht schnell, sie wirkt erregt und bereit, sich lieben zu lassen, und Hitze steigt in mir auf, als sei ich ausschließlich dafür geschaffen, sie zu befriedigen.

Wir wechseln einen Blick.

Ich bin still, aber angetörnt.

Ich will sie, wie in der vergangenen Nacht, völlig von Sinnen, keuchend. Unsere Zungen ineinander verschlungen.

Die Vorstellung, dass ein anderer Mann ihr etwas geben könnte, was ich ihr nicht geben kann, trifft mich.

Bilder, von ihr zusammen mit jemand anderem, zucken auf und bohren sich wie ein eiskalter Splitter in meine Magengrube. Nein. Verdammt noch mal, nein.

Ich ziehe sie näher heran. Dann umfasse ich ihr Kinn und drehe ihr Gesicht zu mir, sie keucht auf. Ich senke den Kopf und nehme dieses Keuchen, diesen Mund und das folgende Stöhnen. Schmecke meine Zahnpasta in ihrem Mund.

»Dann sehen wir uns heute Abend. Sei brav, Sara.«

»Ich bin immer brav, außer bei dir.« Sie hüpft von der Theke und zwinkert mir über ihre Schulter hinweg zu, und ich beobachte, wie sie die Treppe hinaufgeht, um sich anzuziehen.

Scheiße, du bist erledigt, Ford.

Bei irgendeiner anderen Frau, wäre ich vielleicht extrem besorgt. Aber es ist Sara. Die Frau, die dieses Lächeln auf mein Gesicht zaubert, das ich irgendwie nicht loswerde.

Neuigkeiten

Sara

»Wo bist du gewesen, Miss Teufelsbraut?«, frage ich Bryn, als sie ins Wohnzimmer kommt, wo ich mir nach einer glückseligen Nacht und einem nicht minder glückseligen Morgen mit meinem sexy Hurensohn die Zehennägel lackiere.

»Das errätst du nie.« Sie hebt die Hand, und ich runzele die Stirn, weil nicht wahr sein kann, was ich sehe.

Was an Bryns Finger aufblitzt, kann unmöglich ein großer funkelnder Klunker sein. Oder?

»Wir werden heiraten«, sagt sie und lächelt wie ein Honigkuchenpferd.

»Was zum …? Wann ist das passiert?«, frage ich schockiert, stelle die Füße auf den Boden und stehe auf.

»In der Nacht, in der wir uns nach der Eröffnung des *Ungezogen Angezogen* wieder versöhnt haben. Es ging alles so schnell. Ich habe diese Woche einen Ring ausgesucht.«

Benommen gehe ich zu ihr hinüber und starre auf den eleganten geschliffenen Smaragd an ihrem Finger. Er ist schlicht, aber zauberhaft. »Bryn! Oh mein Gott!« Ich halte mir den Mund zu, um mein entzücktes Kreischen zu unterdrücken. »Das ist toll!«

»Ja.« Sie ist euphorisch, ihre Stimme zittrig, während sie auf den Fußballen wippt.

»Weiß Becka Bescheid?« Wir laufen zum Sofa hinüber und

setzen uns, und ich betrachte noch einmal voller Verwirrung und Aufregung den zauberhaften Ring.

»Ich habe es ihr erzählt, nachdem du am Morgen nach der Eröffnung gegangen warst; du warst so still … ich wollte es dir nicht erzählen, bevor du wieder normal warst. Ist alles in Ordnung? Du bist gegangen, bevor ich fragen konnte.«

Auf meinen Zügen steht mein eigenes Grinsen. »Ich schwebe auf Wolke sieben.«

»Wow … das merke ich! Also, was hat dich auf Wolke sieben und diesen Schwung in deine Schritte gebracht? Abgesehen von meinem fabelhaften Verlobungsring natürlich.«

»Natürlich.«

»Hattest du ein Vortanzen?«, hakt sie nach.

»Nein. Aber ich bin wirklich gut gevögelt worden.«

»Sara!«

Ich lache. »Mehrmals. Mein Workaholic ist gierig. Sexy Hurensohn.« Ich versuche, mich zusammenzureißen, aber dafür bin ich heute zu entspannt und zu glücklich.

Nachdem ich mich davon überzeugt habe, dass meine Nägel trocken sind, trete ich ans Fenster. Bald gehen die Lichter der Stadt an, und sie knistert bereits von den Möglichkeiten, die sie bietet. Ich habe vor, dieses Versprechen anzunehmen. Ich meine das Versprechen der Stadt auf Abenteuer.

»Also, was ist der Plan? Gehst du aus?«, fragt sie mich und holt ihren Laptop hervor.

»Ja«, antworte ich.

»Wohin und mit wem? Wer ist dieser Mann?«

Ich bin mir nicht sicher, ob ich schon bereit bin, ihr zu erzählen, dass ich mich mit Ian getroffen habe, dass ich es nicht geschafft habe, damit aufzuhören. Aber andererseits – mit wem kann ich sonst über ihn sprechen, wenn nicht mit Bryn und Becka?

»Möglicherweise treffe ich mich mit Mr Ford«, gestehe ich widerstrebend.

Sie hört auf, die Einzelhandelsbestellungen auf ihrem Computer zu überfliegen, und schiebt den Laptop beiseite. »Du machst Witze.«

»Tue ich nicht.«

»Ist die Scheidung schon durch?«

»Noch nicht, aber ich weiß, dass er und seine Frau miteinander fertig sind und dass es nur eine Frage der Zeit ist. Ich mag ihn wirklich, Bryn.«

»Das weiß ich – und mag er dich auch?«

»Er ist nicht der Typ Mann, der um Dinge herumschleicht. Er will, dass wir sehen, wohin dies führt, dass wir locker zusammen sind und in der Zwischenzeit wunderbaren Sex haben.« Bei den letzten Worten strahle ich.

»Sara! Wann ist das passiert?«

»Erst vor Kurzem. Nach der Eröffnung von *Ungezogen Angezogen* und während du und Christos wieder zusammengekommen seid …«

Sie springt auf und packt mich an den Schultern. »Wage es niemals wieder, *niemals*, mir wichtige Dinge vorzuenthalten, weil du denkst, ich hätte zu viel um die Ohren. Habe ich nicht. Wir sind Freundinnen; ich will für dich da sein.«

»Und das bist du auch. Wir reden gerade miteinander, nicht wahr?«

»Ja! Aber jetzt will ich die Einzelheiten hören, angefangen von … diesem Tag im Central Park und jedem Treffen danach.«

Ich stöhne, dann muss ich lachen und verspreche, ihr alles zu erzählen. »Nur wenn du mir genau von deiner Versöhnung mit Christos berichtest. Am einen Tag warst du am Boden zerstört, und am nächsten wirst du heiraten.«

»Ich weiß. Ich kann es immer noch nicht glauben!«

Wir verbringen zwanzig Minuten damit, einander auf den neuesten Stand zu bringen. Ich höre, wie Christos ihr einen Antrag gemacht hat und wie aufgeregt, verängstigt und ungläubig Bryn sich immer noch fühlt.

Ich erzähle ihr von Ian – dass ich ihm regelrecht verfallen bin, besessen von und süchtig nach ihm.

»Genieße ihn, Sara. Warum auch nicht? Er steht auf dich; das habe ich gespürt, als ich neulich im Central Park miterlebt habe, wie ihr euch begegnet seid.«

Ich seufze. »Ich versuche, mich nicht mit ganzem Herzen hineinzustürzen, verstehst du? Ich will der Sache Zeit lassen.«

Bryn nickt. »Das ist eine gute Idee. Sobald seine Scheidung durch ist, wirst du weniger Angst vor dem haben, was immer das zwischen euch beiden ist. Sei einfach vorsichtig«, rät sie mir. »Und rede mit mir. Ich bin für dich da.«

»Versprochen. Wir sehen uns bald, und ich bin ebenfalls für dich da«, antworte ich, bevor ich eine Tasche packe und zur Upper East Side fahre, wo Ian und ich uns vorgenommen haben, unsere Kochkünste auszuprobieren. Ich weiß, dass ich über Nacht bleiben werde. Und während wir unschuldig trautes Heim spielen, kann ich es nicht erwarten, mit dem Herrn des Hauses selbst zu spielen.

Möbel und Filmen

Sara

Ich verbringe eine fantastische Woche, in der ich mit meinem Anzugträger Möbel kaufe. Wir gehen zu Restoration Hardware, Room and Board und Safavieh Home. Dort gibt es die schönsten Lampen, die ich je gesehen habe. Ihre Kronleuchter sind zauberhaft. Die Sofas sind himmlisch. Ich liege auf einer Couch, die so toll ist, dass ich beschließe, nicht wieder aufzustehen. »Süßer, ich habe dein perfektes Sofa.«

Er lässt sich neben mich fallen, streckt die Arme aus und runzelt die Stirn, während er das Meisterwerk bewundert.

»Sag mir, dass es nicht fantastisch ist«, fordere ich ihn heraus.

»Was ist das?«

»Es ist wie eine Wolke! Aus lauter Federn! Spürst du nicht, wie weich die Kissenfüllung ist – und man kann daran anbauen, also kannst du bestellen, so viel du willst.« Ich rolle mich auf dem Sofa zusammen und habe das Gefühl zu schweben. »Es ist mein Traumsofa.«

»Tänzerin.« Er verdreht die Augen. »Alles, was wir bisher gesehen haben, war dein Traum.«

»Nun, es ist ein großes Haus! Ich mache das alles honorarfrei, wie du weißt. Mein Geschmack ist treffsicher.«

Ians klingelndes Handy unterbricht unseren Flirt.

Er schaut auf den Bildschirm. »Da muss ich rangehen.«

Ich seufze und versuche, ärgerlich zu tun, obwohl ich es nicht bin. Er ist ein viel beschäftigter Mann. Er muss arbeiten.

Ich beobachte ihn, während er der Person am anderen Ende der Leitung zuhört, seine Miene grimmig, seine Antworten kurz. Als er das Gespräch schließlich beendet, frage ich: »Was ist passiert?«

»Der Kameramann ist krank.«

»Was filmst du gerade?«

»Einen Dokumentarfilm. Willst du mitkommen?«, fragt er nach einem Moment.

»Liebend gern.«

»Dann werde ich dich mitnehmen. Sobald wir fertig sind.«

Er dreht sich zu der Einrichterin von Restoration Hardware um, die uns beim Einkaufen beraten hat, und fragt, welche Farben für eine Lieferung noch in derselben Woche vorrätig sind.

»Ihre Freundin liebt dieses Sofa wirklich.«

Ich öffne den Mund, um der Frau zu erklären, dass wir noch nicht so weit sind, weil er eine Ehefrau hat, aber Ian lächelt mich nur mit dunklen Augen an, als er mich auf dem Sofa betrachtet. »Das tut sie.«

Am Freitag ist sein Kameramann wieder fit, und Ian fährt mit mir zum Filmset.

»Hey, Jake.« Er begrüßt einen hochgewachsenen blonden Mann, den er mir als einen seiner Regisseure aus L. A. vorstellt.

»Mein Regisseur ist hergeflogen, um mit dem Filmen anzufangen«, erklärt er, während Jake einen neuen Stuhl neben den des Produzenten stellt. Erst dann bemerke ich, dass der für mich ist.

Sie alle reißen sich für Ian ein Bein aus, kriechen ihm unverhohlen in den Hintern und schmeicheln ihm, als sei er eine große Nummer.

Ich kneife die Augen zusammen, und langsam dämmert es mir. »Klär mich auf, Ford. Wer sind all diese Führungskräfte, die im Four Seasons absteigen?«

»Meine Angestellten.«

»Ah.« Das muss ich erst einmal verdauen.

Er ist der Boss. Ich betrachte die Logos einiger Blockbusterfilme auf dem Rücken der Stühle des Regisseurs und des Produzenten. »Die hast du produziert?« Ich deute auf die Actionthriller.

»Meine Blockbuster finanzieren meine Dokumentarsendungen.« Er schenkt mir ein überhebliches, stolzes, schiefes Lächeln, bei dem sich aus unerfindlichen Gründen meine Brustwarzen verhärten.

Okay. Also … man lernt jeden Tag etwas Neues, richtig? Zum Beispiel, dass der Mann, in den man verschossen ist, ein Teufelskerl von einem Kinofilm-, Dokumentarsendungen- und Fernsehfilm-Mogul ist. Was zum … Kuckuck?

»Von oben«, verkündet Ian.

Der Kameramann schiebt sich von einer Seite auf die andere, während die Kamera nach oben, nach unten, nach vorn und nach hinten rollt.

Als Aufnahmen und Interviews über Müll jeglicher Art erscheinen, bleibt Ian zurück und nimmt das Ganze mit seinem Handy auf. Ich gehe um das Set herum, drehe mich und übe meine Tanzschritte für kommende Vortanzauftritte. Nach einer Weile merke ich, dass Ian seine Handykamera auf mich gerichtet hat.

»Mr Ford«, warne ich ihn mit einem funkelnden Blick.

Er hört nicht auf zu filmen, sondern schenkt mir sein typisches sarkastisches Lächeln hinter vorgehaltenem Handy. Ich schlage die Hände vors Gesicht. Ian winkt mich mit dem Zeigefinger heran. Ich seufze, gehe auf ihn zu und sehe ihn durch das Auge der Kamera hinweg an, dann lecke ich mir verführerisch die Lippen. Er hört auf zu filmen, lässt sein Telefon sinken, schnalzt mit der Zunge, lächelt jedoch und schüttelt den Kopf. »Hast du Hunger?«

»Einen Bärenhunger.«

Er greift in die Kühlbox hinten im Van der Crew und reicht mir ein Lunchpaket.

Ich stöhne. Es war ein Irrtum zu hoffen, dass er mich zum Essen ausführen würde. Das wird ein langer Tag werden.

Es ist Abend, und ich habe drei Hühnchensandwiches gegessen, Ian in Aktion beobachtet, all meine Tanzschritte geübt und eine Menge über Müll gelernt. Auf dem Weg zurück zu seinem Stadthaus rolle ich mich auf dem Beifahrersitz von Ians Mercedes SUV zusammen.

Er fährt mit einer Hand am Lenkrad, das Fenster halb geöffnet, um die kühle Luft hereinzulassen. Nachdem er nur zwei Häuser von seinem entfernt eine Parklücke gefunden hat, hilft er mir beim Aussteigen. Ich bin müde, aber ich will noch nicht nach Hause. Ich genieße es zu sehr, mit ihm zusammen zu sein, und ich lechze nach seiner Berührung wie nach Sauerstoff. Er führt mich hinein, und ich schmelze dahin, als mich im Wohnzimmer ein brandneues Sofa erwartet. Eine Wolke.

Ich lächle ihn überrascht an, und als er mir zuzwinkert, verblasst mein Lächeln, und mein Herz beginnt vor Sehnsucht wie verrückt zu schlagen. »Ich habe mich heute gut amüsiert«, gestehe ich.

»Mich hat es gefreut, dass du da warst.« Wir gehen zur Couch, und er betrachtet mich eindringlich. »Ich konnte kaum den Blick von dir wenden.«

»Weil ich die einzige Irre bin, die anfängt, ohne Musik zu tanzen.«

»Ich bin der Irre, der nicht genug davon bekommen kann.« Dann überlegt er es sich anders. »Nein. Kein Irrer. Ich fühle mich, als sei mein Verstand klarer als je zuvor in meinem Leben.«

Wir sehen einander an.

»Das hier fühlt sich richtig an.«

Ich nicke und schaue ihm fest in die Augen. Plötzlich kann ich den intimen Moment nicht länger ertragen. »Du meinst dein Sofa. Fühlt sich richtig an.«

Er neigt leicht den Kopf und kräuselt lächelnd seine Lippen. Wir wissen beide, dass wir nicht von dem Sofa sprechen.

Seine Miene wird ernst, und seine Augen glimmen intensiv, als er mir mit dem Daumen über die Unterlippe streicht.

»Ich habe mich nach dem hier gesehnt.«

»Ich auch.« Meine Zunge schnellt hervor, um über seinen Daumen zu lecken.

Es gefällt ihm, denn er lächelt. Ich schmelze innerlich unter der Macht dieses Lächelns.

Ich bin mir nicht sicher, ob dieses lockere Verhältnis für mich funktioniert. Ich denke ständig an ihn, und nicht nur an das Eine – obwohl *das Eine* das einzige Ventil für meine Gefühle zu sein scheint.

Ich strecke die Hand aus, sehne mich nach seiner Berührung, und das Verlangen, ihn anzufassen, ist zu groß. Ich ziehe sein Hemd aus dem Hosenbund; dann schiebe ich den Stoff an seiner Brust nach oben, und Ian streift es sich über den Kopf. Dabei zerzaust er sich das Haar, und am Ende steht er strubbelig und zauberhaft in nichts als seiner Hose vor mir.

»Komm. Gib mir das«, sagt er, umfasst mein Kinn mit Daumen und Zeigefinger und drückt meinen Kopf nach hinten, um sich von meinen Lippen zu nehmen, wonach er hungert. Ich weiß nicht, was es ist, wonach er hungert – mein Geschmack oder meine Lippen oder meine Lust oder die Art, wie ich, ohne zu zögern, auf ihn reagiere. Vielleicht hungert er einfach danach, mich wild zu machen. Aber ich gebe ihm alles, weil ich all das auch von ihm ersehne.

Die Art, wie er mich kostet, als sei ich ein Leckerbissen. Die Art, wie er mich küsst, als verbrenne er vor Leidenschaft und als sei ich der Grund dafür. Die Art, wie er mein Gesicht umfasst hält, sodass ich weder seinem Kuss noch seiner Leidenschaft entgehen kann.

Als er den Mund von meinem löst, atmet er schwer, und ich japse. Ich öffne die Schnalle seines Gürtels. Dann zeichne ich mit den Fingern seine harten Muskeln auf Bauch und Brust nach.

Er drückt meinen Kopf noch weiter nach hinten, sodass er sich vorbeugen muss, um Küsse über meinen ganzen Körper zu verteilen. Ich biete ihn ihm bereitwillig an, seufze nur leise, als seine Küsse auf gut Glück über mein Kinn und meine Wangen, meine Nase und meine Stirn streifen.

Er schiebt mir mein Sweaterkleid hoch. Anschließend streift er es mir über den Kopf und beugt sich vor, um meinen BH, der vorn geschlossen wird, zu öffnen.

Er drückt mir einen Kuss auf die Nase. Dann aufs Kinn. Dann zwischen die Brüste. Bevor er mit der Zungenspitze einen heißen kleinen Kreis um eine Brustwarze leckt. Meine Zehen kribbeln, als er meine Brust mit der Hand umfasst und mich zur Gänze in den Mund saugt. Mein Kopf fällt nach hinten, und Ians Arme schließen sich um mich, damit ich nicht umkippe. Ich zittere, während er weiter an mir saugt, und gebe einen leisen wimmernden Laut von mir.

Ian lächelt. Er zieht mich an sich, geht mit mir zum Sofa, setzt sich hin und mich daneben.

Ich bin atemlos und hektisch, schlinge ihm die Arme um den

Hals, als ich mich rittlings auf ihn setze, meine Lippen auf seine drücke und mit meiner Zunge seine umkreise.

Er verlangsamt das Tempo seiner Zunge, streichelt mir den Rücken, was mich vor Wonne schaudern lässt.

Ich schaue zu ihm auf und in seine glühenden dunklen Augen, dann senke ich die Finger zwischen uns und schiebe sie in seine Hose. Sein Schwanz ist geschaffen für Sex und Vergnügen, und in diesem Moment kann mir niemand ausreden, dass er nicht für mich allein erschaffen wurde.

Ich lege die Finger um ihn, während Ian seine eigenen zwischen meine Schenkel schiebt, unter meinen Schlüpfer.

»Wie hart willst du es?« Er drückt seinen Mund auf meinen und küsst mich träge zwischen den Worten.

Ich schiebe die Hüften unter seiner Berührung nach oben. »Hart«, wimmere ich.

Er beugt sich vor und leckt eine meiner Brustwarzen, dann die andere. Danach bläst er darauf, der Hurensohn. Und mein ganzer Körper krampft sich zusammen und wölbt sich wie ein Bogen, während meine Hüften seinen Fingern entgegenstoßen. »Hmm, mehr.«

Ich schaukele ihm entgegen. Er umfasst meinen Hinterkopf und atmet hinter meinem Ohr, dann bedeckt er mich bis hinab zu meinen Brüsten mit Küssen. »Du riechst gut, Tänzerin.« Seine Augen funkeln gierig, als seine Zunge hervorschnellt, um meine Brustwarze zu kosten. Ich schnappe nach Luft und kralle die Finger in sein Haar.

»Wie Müll?« witzle ich, nachdem ich den ganzen Tag mit ihm auf dem Set gewesen bin.

»Nein, Schätzchen. Du riechst wie du.«

Er rollt mich auf die Seite, um mich auf dem Sofa auszustrecken, und hebt mich mit den Armen an, um mich nicht unter sich zu zerquetschen. Ich lege ihm ein Bein um die Hüften und ziehe ihn tiefer herab, will sein Gewicht auf mir spüren. Will ihn überall auf mir haben.

»Zieh die aus.« Ich zerre an seiner Hose.

Er steht auf, streift seine Schuhe ab und entledigt sich seiner Boxershorts zusammen mit seiner Hose.

Seine Haut ist so warm, als er sich auf mich legt, dass ich abermals leise wimmere. Ich streiche mit den Händen über seine Rückenmuskeln und spüre, wie sie sich anspannen, als er sich auf mich legt, um seinen Angriff auf meinen Körper fortzusetzen.

Sein Duft trifft mich mit jedem Atemzug. Es macht nicht den Eindruck, als hätte er es eilig. Es grenzt an Folter, und ich weiß nicht, ob ich ihn dafür schlagen oder ihn küssen will, daher beschließe ich, ihn dafür einfach wirklich hart zu vögeln.

Sobald er aufhört, mich zwischen meinen Schenkeln zu lecken, zieht er mir den Schlüpfer wieder hoch, um mein feuchtes Geschlecht zu bedecken, und er erhebt sich, leckt sich die Lippen und fährt sich mit der Zunge über die Zähne, als genieße er mich.

»Ich kann es kaum fassen, wie stark du reagierst. Wie biegsam dein süßer Körper ist. Es macht mich wahnsinnig zu beobachten, wie du alle Hemmungen verlierst.«

Er drückt meinen Kopf nach hinten, sodass unsere Blicke sich treffen. Dann legt er mir die Hand um den Nacken und packt mit dem Daumen meinen Hinterkopf, während er mich küsst.

Sein anderer Daumen liebkost meine Schamlippen. Er macht mich verrückt vor Verlangen.

Er zieht mir den Schlüpfer aus, schiebt ihn langsam über die Beine. Ich bebe hilflos und beobachte, wie Ian meine Beine weiter spreizt und hineinstößt.

»Bitte!«, keuche ich und schlinge die Beine um ihn. Ich presse meine Schenkeln hart um ihn zusammen und drücke den Mund auf sein Kinn, als er sich zurückzieht. »Bitte. Bitte«, fasele ich gedankenlos, und Ian stößt wieder hinein, hält mich um die Taille umfangen.

»Ich will das hier genauso sehr wie du.« Seine Augen glänzen, während sein Gesicht sich vor Verlangen verkrampft.

Schön und ungezähmt, bewegt er sich machtvoll über mir. Wir sehen uns in die Augen, während er das tut, seine Hand an meinem Knöchel, mit der er mein Bein um seine Hüften hält. Es gelingt ihm, genau meinen G-Punkt zu treffen. Niemand hat mich je so gevögelt, wie er es tut.

Ich stöhne und bohre ihm die Nägel in seine muskulösen Schultern, hinterlasse Kratzspuren und finde nichts dabei. Ich will ein Zeichen hinterlassen. Er soll wissen, dass er jetzt mir gehört.

Er betrachtet meine üppigen Brüste, meine geröteten Brüste, und stöhnt laut, als ich mit den Fingern über seinen knackigen Hintern streiche.

Ich bin so feucht, dass er mühelos hineingleitet, aber ich fühle mich vollkommen ausgefüllt und bin wie von Sinnen vor Verlangen, wann immer er mich bis an die Grenze bringt. Ich winde mich, umklammere ihn, um mehr zu bekommen.

»Zauberhaft. Du bist zauberhaft, Sara. Scheiße, ich liebe es, dich zu ficken. Ich liebe es, mit dir zusammen zu sein. *In* dir zu sein.« Ian, der mich mit unverhohlen heißem Blick beobachtet, schnippt mit der Daumenkuppe gegen meine Klitoris.

Ich schreie, als mein Orgasmus mich erfasst.

Er nimmt mich mit sich wie eine krachende Welle, ertränkt mich.

Ich halte die ganze Zeit die Luft an, während das Beben mich durchläuft. Ian hält mich an den Hüften unten und pumpt weiter in mich hinein, beobachtet, wie ich mich drehe und winde und keuche. Dann erreicht er den Höhepunkt, und ich betrachte das Aufblitzen in seinen Augen, als er ihn weiter erklimmt.

Und in diesem Moment umfasst er mein Gesicht, um mich zu küssen. Er küsst mich hart und leidenschaftlich, als wolle er, dass ich diejenige bin, die alles empfängt, was er entfesselt hat, als er kommt.

Ich schmiege mich an ihn, während das Nachbeben mich durchläuft. Ich fühle mich unglaublich, unsere Körper sind entspannt und wir beide schweißbedeckt.

Er wirft den Kopf in den Nacken und seufzt zufrieden, als er zur Decke emporschaut und meinen Hinterkopf streichelt.

»Mmmh«, sage ich lächelnd an seiner Brust.

Ich schaue zu ihm auf und bemerke, dass er die Augen geschlossen hat und dass ein schwaches Lächeln seine Lippen umspielt.

»Das war schön«, sage ich.

»*Schön* trifft es nicht.« Er öffnet die Augen und streichelt mein Kinn. »Lass uns etwas essen und wieder zu Kräften kommen, damit wir es noch einmal tun können.« Er küsst mich kurz auf die Lippen, und ich stöhne, als wollte ich das nicht. »Okay, aber du kochst uns etwas.«

Er tätschelt mir den Hintern. »Nein, dafür haben wir Uber Eats.«

Zeitungen

Sara

Ian, Ian, Ian, scheint mein Herz zu schlagen, als ich aus dem Büro auf die Straßen von Brooklyn trete, um nach Hause zu gehen.

Die vergangenen zwei Wochen waren stürmisch gewesen, und ich bekomme nicht genug von ihm.

Ich stehe draußen und ringe mit mir, ob ich mit der Bahn fahren oder mir ein Taxi nehmen soll, als eine Seite aus der *New York Times* vorbeifliegt und an meinen Füßen hängen bleibt. Ich versuche, sie abzuschütteln, aber sie bleibt an meinem Knöchel haften. Ich greife danach, wische mir die Finger ab und lese:

Vortanzen für demnächst stattfindendes Broadway Musical …

Plötzlich peitscht mir der Wind die Zeitung aus den Fingern. Ich renne hinterher und schnappe sie mir, dann lese ich die Annonce noch einmal und schaue, wo das Vortanzen stattfindet. Es ist eine der neueren Produktionsfirmen – ALA Inc. Und ich frage mich, wie groß die Firma ist und wie ihr Budget aussieht.

Ist das wichtig, Sara? Es ist eine Chance!

Was kann es schon schaden? Ich habe als Bryns persönliche Assistentin zwar ein festes Einkommen, aber ich bin bereit, für das zu arbeiten, was ich will. Nachdem ich meinen Job an der

Rezeption verloren hatte, habe ich mir versprochen, nicht so leicht aufzugeben. Logischerweise wird nicht aus jedem Vortanzen ein Auftritt, aber ich brauche auch nur eine Chance. Nur eine einzige Gelegenheit, um zu zeigen, was ich draufhabe, und das hier könnte sie sein.

Auf dem Weg zur U-Bahnstation will ich gerade den Safaribrowser auf meinem Handy aufrufen und das Datum für das Vortanzen notieren, als meine Mom anruft.

»Momma.«

Sie weint.

»Mom, was ist passiert?«

»Ich habe die Papiere bekommen«, flüsterte sie.

Es bricht mir das Herz. Ich blinzle gegen Tränen an und versuche, sie mit meinem Haar zu verbergen.

»Oh, Sara«, sagt sie, als sie mein Schluchzen hört.

Ich kann nicht antworten. Mein Dad liebt meine Mom nicht mehr. So viele Male hat er sie vor mir geküsst. So viele Male hat er zu mir gesagt: »Ich liebe deine Mutter.« Also, was bedeutet das? Dass er sie nie geliebt hat? Oder dass die Liebe stirbt?

»Er hat bereits unterzeichnet«, berichtet sie. »Aber ich kann sie nicht unterschreiben.«

Ich räuspere mich und halte nach dem Ausgang der U-Bahnstation Ausschau. »Doch, kannst du. Ich werde am Telefon dabei sein.«

Ich gehe nach oben und versuche, ein stilles Fleckchen zu finden, um mit ihr zu reden, wobei ich mir vollkommen der Stille am anderen Ende der Leitung bewusst bin. Ich lasse mich auf eine Bank fallen und ermutige meine Mutter. »Ich bin da, Mom. Ich werde dich niemals verlassen«, verspreche ich.

Ein Moment des Schweigens. Und dann: »Ich habe unterschrieben. Es ist vorbei.«

Die Worte »Es ist vorbei« hallen in mir wider wie ein letzter Glockenschlag. Ich breche in Tränen aus. Sie weint ebenfalls.

»Weine nicht, Sara.«

»Ich weine deinetwegen. Und wegen dieser totalen … Enttäuschung, die ich verspüre.«

»Hör mir zu, Sara«, sagt meine Mom und hebt die Stimme. »Hör nie, niemals auf an die Liebe zu glauben, trotz unserer Trennung. Hör niemals auf, daran zu glauben.«

Nachdem ich aufgelegt habe, versuche ich erst einmal, mich zu fassen, bevor ich zum U-Bahnhof zurückkehre. Als ich in die Bahn steige, habe ich einen Ozean an Tränen vergossen. In Nolita angekommen stelle ich fest, dass Bryn nicht zu Hause ist. Also setze ich mich für einen Moment ins Wohnzimmer und starre auf den Boden.

»Scheiß drauf.« Ich nehme mir meine Handtasche und meine MetroCard und gehe wieder aus dem Haus. Zur Upper East Side.

Ich weiß nicht, warum ich mich danach sehne, ihn zu sehen, obwohl er mich in die gleiche Situation bringen könnte, in der meine Mutter sich befindet. In eine Situation, die mich mit gebrochenem Herzen zurücklässt. Aber etwas an diesem Mann zieht mich auf einer urtümlichen Ebene an. Seine Stärke, sein Selbstbewusstsein. Das brauche ich jetzt. Dringend.

Und ich könnte auch die Ablenkung gebrauchen.

Auf der Zugfahrt wische ich mir über die Augen und richte mein Make-up so weit wie möglich wieder her, sodass ich vorbereitet bin, als ich an seine Tür klopfe. Als er nicht sofort reagiert, klopfe ich wieder und wieder, bis ich ein verärgertes Brüllen höre: »Ich komme!«

Schlecht gelaunt reißt er die Tür auf, aber als er mich sieht, reißt er die Augen auf und zieht die Brauen hoch. Er trägt nichts als eine seidene Pyjamahose und hält etwas in den Händen, bei dem es sich um ein Skript zu handeln scheint.

»Was ist passiert?«, fragt er, zieht mich herein und führt mich zum Sofa.

»Alles. Nichts. Ich wollte dich einfach sehen.« Ich lasse mich auf das Sofa fallen, und als er das Skript beiseitelegt, kuschele ich mich an seine Brust und atme ihn ein. Er riecht nach einer frischen Dusche und Gewürzen, ein Duft, den ich jetzt mit Ian Ford verbinde. »Meine Mom hat gerade die Scheidungspapiere unterschrieben. Es ist vorbei.« *Fang nicht wieder an zu weinen, Sara! So schwach bist du nicht.*

»Das tut mir leid.« Ian streicht mir über den Hinterkopf, sein Ton leise und traurig.

»Ich weiß nicht, warum … es will mir einfach nicht in den Kopf …« Ich schaudere und frage mich, warum es so wehtut, obwohl es absehbar war. Habe ich gedacht, Dad würde seine Meinung ändern? Dass die Dinge irgendwie wieder in Ordnung kommen würden?

Ich denke an Ian und die Enttäuschung seiner eigenen Ehe, und ich frage mich, wie schwer es für ihn war. Ich sehe ihm in die Augen, und mein Blick trübt sich abermals. »Warum sollte jemand das der Person antun, die er liebt? Mein Dad hat meine Mutter geliebt. Und deine Frau? Ich würde *niemals* einen anderen als dich wollen. Ich würde niemals einen anderen Mann so ansehen, wie ich dich ansehe. Du hast nicht verdient, was sie dir angetan hat!« Ich bin aufgewühlt und versuche, mich zusammenzureißen.

Ian fasst mich um die Handgelenke und zieht mich auf die Füße.

»Was machst du da?«

Er legt die Arme um mich und bewegt sich. »Ich tanze mit dir.«

Er drückt mich an seine feste Brust und wiegt sich hin und her.

Als mir klar wird, was er tut, drücke ich meine Wange gegen seine Brust und bewege mich mit ihm. Es ist das Beste, was jemals jemand für mich getan hat. »Danke.«

»Nicht der Rede wert. Das war die einzige Möglichkeit, die ich kannte, um dich aufzumuntern.«

Ich lache und lasse mich von ihm herumwirbeln, und mir wird leichter ums Herz, während mein Körper den ganzen belastenden Stress herauslässt.

Wie kann er mich bereits so gut kennen?

»Siehst du, das ist etwas, was du über mich weißt.« Ich kneife die Augen zusammen und blicke zu ihm auf. Sein Haar ist zerzaust nach seiner kürzlichen Dusche, und ich ziehe die Finger hindurch. »Aber ich weiß das nicht über dich. Wie könnte ich dich aufheitern?«

Er wirkt überrascht, als sei ich ein Dummkopf, weil ich es nicht besser weiß. »Du munterst mich die ganze Zeit auf.«

»Wie?«, frage ich.

»Ich weiß es auch nicht. Du tust es einfach.« Er schüttelt den Kopf, und ein Lächeln umspielt seine Mundwinkel. Seine Augen füllen sich mit einer seltsamen tiefen Sehnsucht.

Mir kommt eine Idee. »Ich werde dich filmen! Oder mich selbst, wenn ich etwas für dich tue. Um dich aufzumuntern.«

»Bleib einfach da stehen. Das ist genug.« Seine Stimme wird heiser, als er mich umherwirbelt und beinahe gegen seine Brust fallen lässt. »Oder tanze. Genau so.«

Ein Kichern steigt in seiner Brust auf, und er legt die Arme wieder um mich. Wir wiegen uns hin und her, langsam und ohne Musik. Da ist nur das Rascheln unserer Kleidung, und es fühlt sich so an, als könne mich nichts anderes berühren als mein Anzugträger.

Der Tag des Vortanzens

Sara

Ich wache tierisch nervös auf, weil heute dieses Vortanzen ist, das ich am selben Tag entdeckt habe, an dem Mom die Scheidungspapiere bekommen hat. Ich habe mir bei der Arbeit die Fingernägel komplett abgekaut, und Bryn schimpfte mit mir, weil ich wie ein Nervenbündel herumgetigert bin.

»Sara. Ich rate dir, trink nicht so viel Kaffee. Und geh spazieren. Bereite dich vor. Du wirst es nicht hinkriegen, wenn du so nervös bist!«

»Na schön«, erwidere ich trotzig und drücke das Kinn hoch. »Ich schau mal, ob mein schmutziger Anzugträger mir helfen will, eine effektive Methode zur Entspannung zu finden.«

Ich habe ihn nicht mehr gesehen, seit ich mir die Augen aus dem Kopf geheult und dann in seinen Armen getanzt habe, aber ich weiß, er hatte vor, den Rest des Tages zu Hause zu bleiben, zu lesen und dieses Skript fertigzustellen.

Er weiß, wie er mich aufmuntern und meine Nerven beruhigen kann. Er wird nichts gegen eine Ablenkung haben, wenn ich ihm einen Überraschungsbesuch abstatte. Aber um sicher zu sein, schicke ich ihm eine SMS.

Ich: Hast du Lust auf eine Quickie-Pause? Bist du noch zu Hause?

Er: Fast fertig. Noch zu Hause.

Ich lese gerade noch seine letzte Nachricht, als schon eine neue hereinkommt.

Und interessiert.

Allein bei diesen zwei Worten werde ich innerlich zu Brei, und ich nehme ein Taxi in die Upper East Side, hole den Schlüssel aus seinem Versteck (das er mir gezeigt hat, bevor ich gegangen bin) und trete ein.

Am anderen Ende des Wohnraums blafft Ian ins Telefon. Sein Wohnraum sieht mit all den brandneuen Möbeln super schick aus. Ian trägt keine Krawatte und hat sich die Ärmel seines weißen Hemdes bis zu den Ellbogen aufgekrempelt. Die beiden obersten Knöpfe sind offen, und sein Haar ist ein wenig zerzaust. In der Hand hält er einen Drink.

Er dreht sich um und bemerkt mich. »Richtig. Sobald wie möglich«, blafft er ins Telefon und legt auf.

Mein Magen schlingert, weil ich mich frage, ob er mit seinem Anwalt telefoniert hat. Wegen seiner Scheidung. Ich will mich danach erkundigen, aber andererseits will ich vor meinem Vortanzen nicht in schlechte Stimmung geraten.

»Ich kann nicht lange bleiben – ich habe in knapp zwei Stunden ein Vortanzen«, sage ich und nähere mich ihm. Ich greife nach seinem Drink und stelle ihn beiseite. Er zieht überrascht die Brauen hoch, und ein äußerst verruchtes Lächeln umspielt seine Lippen, als ich nach dem Kragen seines Hemdes greife. Er umfasst mich um die Hüften und zieht mich an sich – an seine feste Wand von einem Körper – und die köstliche, schockierend große Wölbung, die sich gegen den Reißverschluss seiner Hose drückt. Er fühlt sich so gut an, dass ich stöhne und mit den Fingern über seine Brust fahre, weil ich ihn spüren will.

»Ein Vortanzen?«, fragt er interessiert.

Ich lächele und nicke bestätigend.

Er lächelt zurück.

Ein Lächeln, das meine erogenen Zonen stimuliert.

»Ich muss selbst wieder zurück zur Arbeit. Ich werde dich fahren.«

Er sieht unglaublich aus. Meine Hände zittern, und ich beiße mir auf die Lippen, bevor ich mit den Händen an seiner Brust emporfahre. Er beäugt mein leichtes Outfit interessiert, zupft die Bluse aus dem Bund meiner Kakihose und schiebt die Hand darunter. Er streicht mit den Fingerspitzen über meine Haut, während ich mich enger an ihn presse und ebenfalls die Fingerspitzen unter sein Hemd schiebe.

»Warum lächelst du so?«, frage ich stirnrunzelnd.

»Ich freue mich, dich zu sehen. Ist das falsch?«

Hitze schießt durch meine Adern allein von dem Ausdruck in seinen Augen. »Es ist gut.«

»Du bist gut, und das hier« – er drückt einen Kuss auf meine Lippen, langsam und gründlich – »ist besser«, fügt er hinzu, umfasst meinen Hintern und hebt mich hoch.

Als er mich auf die Theke hebt, mir die Schuhe auszieht und meine Knöpfe öffnet, schlinge ich begeistert meine Arme und Beine um ihn. »Es gefällt mir nicht, wenn du deine Kleider anbehältst. Dafür sehe ich dich viel zu gern an. Ich will nicht, dass irgendetwas zwischen dir und mir ist – ganz besonders dann nicht, wenn wir ficken.«

»Du hast einen schmutzigen Mund.« Ich klinge nicht tadelnd, wirklich, denn irgendwie gefällt er mir, und ich knabbere bereits genüsslich darauf herum.

»Er ist nur schmutzig, wenn er nicht damit beschäftigt ist,

andere vergnüglichere Dinge zu tun. Wie an deinen bezaubernden Titten zu saugen.« Er zieht mir den BH aus und macht sich daran, an meinen Titten zu saugen, und ich schlinge die Beine um ihn und ziehe ihn enger an mich.

»Welche anderen Dinge kann dieser wunderbare Mund tun?«, flüstere ich, ziehe den Kopf ein und umfasse sein Kinn, und als er aufhört, mit der Zunge meine Brustwarze zu lecken – nachdem sie rot, hart und empfindlich geworden ist –, küsst er mich auf eine Weise auf den Mund, die alle meine Gedanken zerstreut. »Ich kann noch tiefer gehen. Aber ich warne dich, wenn mir dein Geschmack gefällt, werde ich es stundenlang tun.«

Ich weiß bereits, dass mein Geschmack ihm gefällt. Dass er Stunden weitermachen kann ... Stunden ... und Stunden.

Mir stockt der Atem, mein Herz hämmert so sehr vor Aufregung, wie es nur hämmert, wenn ich in seiner Nähe bin. Er gleitet abwärts, und ich gerate in Panik, als mir mein Vortanzen einfällt. Ich kralle die Hände in sein Haar und ziehe ihn wieder hoch. »Ich habe nicht stundenlang Zeit, du köstlicher Mann. Ich habe nur Minuten für dich übrig.«

»Dann lass uns das Beste daraus machen, ja?« Er öffnet meine Hose und zieht sie mir mit einem einzigen Ruck herunter. Mein Schlüpfer folgt.

Und wenn ich gedacht hatte, ich würde etwas versäumen, wenn ich seinen Mund nicht zwischen meinen Oberschenkeln spüre – oh mein Gott! Oh mein Gott.

Stöhnend wölbe ich den Rücken. Denn Ian hat ihn in mir versenkt. *Versenkt.* Seinen verdammten Mund zwischen meinen Schenkeln. Und oh! Wie geschickt er ihn einzusetzen weiß. Die Zunge zwirbeln lässt. An mir saugt. Leckt, kostet, fickt. Mein Geschlecht auf eine Weise vögelt, wie ich noch nie gevögelt worden bin.

Ich lasse die Hüften kreisen, vor und zurück. Ich habe es immer geliebt, wenn Männer mir mit dem Mund einen Orgasmus verschaffen, aber einige ziehen es vor, nur zu ficken. Ich nehme an, sie wollen, dass der Schwanz das volle Programm bekommt. Aber dieser Mann? Meine Güte. Er kostet mich, als habe er ein Leben lang darauf gewartet. Als sei ich sein Lieblingsgeschmack. Seine Lieblingstextur. Sein Lieblingsduft. Sein Lieblingsvergnügen.

»Wenn ich nicht zu diesem Vorstellungsgespräch eingeladen werde, bist du schuld, weil du mich zu locker gemacht hast«, erkläre ich ihm, als er mich zur 43. Ecke 8. zum Vortanzen fährt.

»Sex ist gut für die Nerven.«

»Sex ist gut vor einem Nickerchen, Ian. Nicht vor einem Vortanzen.«

»Vergiss nicht, wer die ganze Arbeit gemacht hat!«

»Es ist harte Arbeit, nicht zu schnell zu kommen, wenn du dich in mir vergräbst.« Ich erröte, und er sieht mich dunkel an. Hungrig.

Ich schürze die Lippen und bemühe mich, das Ziehen in meinem Magen abzuschütteln.

»Hier, sexy Hurensohn.« Ich ziehe ihn quer durch den Wagen, um ihn zu küssen und dafür zu danken, dass er mich mitgenommen hat. »Viel Spaß beim Filmen von Müll.«

»Den werde ich haben. Das gibt mir einen Kick.«

Ich kichere, steige aus dem Wagen und lasse die Hüften kreisen, denn ich will ihm etwas mitgeben, damit er an mich denkt.

Eine Frau, die gerade das Gebäude betreten hat, sieht mich direkt an, bevor sie den Blick zu dem Wagen wandern lässt, wo Ian sitzt und uns beide anstarrt.

»Kennen Sie Ian?«

Ich höre ihre Stimme, aber ich bin nicht bei der Sache. Das Vortanzen ist für ein Stück, das mich mit Aufregung erfüllt, die Geschichte eines Mädchens, das sich selbst findet. Und es gibt drei Hauptrollen, was die Chancen erhöht, eine davon zu ergattern. »Ja«, bestätige ich, tauche aus meinen Gedanken auf und konzentriere mich auf die Frau vor mir.

»Interessant.«

»Woher kennen Sie ihn?«, frage ich sie.

»Wir sind uns über den Weg gelaufen. Was ist er für Sie?«

Ich habe das Gefühl, er gehört mir. Ich richte mich auf. »Mein Freund.« Ich gehe an ihr vorbei, öffne die Tür und denke, ich hätte das letzte Wort gehabt, als ich höre: »Wirklich?«

»Er scheint es zu denken.« Ich drehe mich wieder um, schenke ihr ein Lächeln und gehe weiter, um mich bereit zu machen.

»Cordelia«, ruft jemand hinter ihr. »Ein Telefongespräch für dich. Es ist dein Mann.«

»Ach wirklich. Er hat keine Zeit, meine Anrufe entgegenzunehmen? Nun, jetzt habe ich keine Zeit für seinen Anruf.«

Die Sache am Vortanzen ist, dass man nicht nur mit anderen konkurriert. Man konkurriert mit sich selbst. Es spielt keine Rolle, was man frühstückt und ob es einen aufbläht oder ob man sich vielleicht einen Bazillus einfängt. Man muss die beste Version seiner selbst sein, denn diese Menschen wollen nur das Beste, und sie sehen eine Menge. Sie wissen, wenn man selbst aufgehört hat, das Beste zu geben, und eine halbherzige Leistung bringt. Ich will nicht halbherzig sein oder voller Sorge, ich könne mir abermals den Knöchel brechen. Ich habe vor, alles zu geben. Als sei der Mann, der mich beobachtet, mein *schmutziger* Workaholic und als hinge mein Leben davon ab, dass er mich auswählt.

Hm. Warum dreht sich mir dabei der Magen um?

Wie dem auch sei. Zurück zur Sache. Wir sind 48. Und wir alle wollen diese Rolle. Tänzer können Furcht aus einer Meile Entfernung riechen, und das Gleiche gilt für die Regisseure.

»Von vorn«, sagt einer der Besetzungschefs.

Ich habe als kleines Mädchen Gymnastik belegt. Es hat mir auf mannigfaltige Weise beim Tanzen geholfen, aber es hat mir vor allem die nötige Muskelkraft für Rückwärtssaltos und Akrobatik verschafft, die man in einem normalen Tanzkurs nicht bekommt.

Für dieses Casting ist es von Vorteil, weil man einige Gymnastikfertigkeiten braucht.

Nach dem Vortanzen spricht mich die Blondine, die mir an der Tür begegnet ist, mit einem knappen »Sie da« an. Sie kommt herüber, und ihre Aufmerksamkeit lässt mich das Kinn ein wenig höher nehmen. Mich hat während eines Castings noch nie jemand so unverhohlen zornig angesehen. »Ihr Name?« Sie zieht eine Braue hoch.

»Sara.«

»Sara was?«, blafft sie.

»Sara Davies.«

Sie schürzt die Lippen und kehrt wieder zu ihrem Gespräch mit den Regisseuren zurück.

Sie scheinen zehn Minuten lang ihre Entscheidungen intensiv zu erörtern.

»Wir verkünden jetzt die zehn Kandidaten für die Schlussrunde«, sagt die Blondine, Cordelia. Der Mann neben ihr verliest Namen, und mir wird flau im Magen, als wir die Nummer zehn erreichen. Auf der Liste steht keine Sara Davies.

Ich bin am Boden zerstört und zwinge mich, meinen Hintern zu bewegen und von der Bühne zu steigen, als der Mann zögert. »Elf«, sagt er und sieht mir direkt in die Augen. »Sara Davies.«

Was?

Meine Augen weiten sich. Ich habe es in die Gruppe der Finalisten geschafft?

»Von vorn«, ruft er und klatscht in die Hände.

Als ich zu Ende getanzt habe, bin ich vollkommen erledigt. Selbst meine Knochen schmerzen. Dies war eine emotionale Herausforderung, aber ich gehe hinaus, ziehe meine Tanzschuhe aus und werfe sie in meinen Tanzbeutel. Zum ersten Mal, seit ich mir den Knöchel gebrochen habe, habe ich nach einem Vortanzen ein gutes Gefühl.

Ich nehme an, dass ich morgen wieder hier sein werde.

Bitte, mach, dass es diesmal klappt.

Ian

Ich bin maßlos wütend auf Cordelia, dass sie daraus etwas Persönliches macht. Wütend auf das Leben, das es zugelassen hat, dass Sara hier landet, ein Lamm, das sich in die Höhle des Löwen begibt.

»Du hast sie zurückgerufen, damit du sie unter deiner Fuchtel hast. Erzähl mir nicht, dass du nicht weißt, wer sie ist«, blaffe ich sie an, und mir ist vollkommen klar, was Cordelia geplant hat. Aber Sara hat keinen blassen Schimmer, dass die Show, an die sie ihr Herz gehängt hat, nichts Geringeres ist, als die erste Produktion meiner Frau, mit der Firma, die mit meinem Geld finanziert worden ist.

»Ich weiß genau, wer sie ist, und ich weiß genau, warum du sie magst. Sie ist irgendwie frech, Ian.«

Ich knirsche mit den Zähnen und raufe mir frustriert die Haare, während ich im Wohnzimmer »unseres« Hauses auf und ab gehe. »Was willst du, Cordelia?«

»Ich werde sie engagieren. Das ist alles, was dieses Mädchen will – sie würde in einen Beutel pinkeln, wenn ich sie bitten würde. Aber ich werde ihr nur eine Rolle geben, wenn du sie vergisst und nach Hause kommst, Ian. Für einen Neuanfang.«

»Ich liebe dich nicht mehr.«

»Ich weiß. Aber du hast Gefühle für dieses Mädchen – ich meine, komm schon, du hast sie zu dem Vortanzen gefahren und sie geküsst, als wolltest du sie auffressen!«

Sie lacht, aber nicht fröhlich. »Also, wenn du es nicht für mich tust, dann tu es für sie.«

Sie zieht die Brauen hoch.

»Ich habe deine Broadway-Produktionsfirma unterstützt …«

»Das hast du, aber sie war ein Geschenk von dir, und sie schreibt schon schwarze Zahlen. Ich brauche deine Unterstützung nicht mehr. Ich habe alles unter Kontrolle.«

»Du hast mich schon einmal betrogen; denkst du, ich werde zulassen, dass du mich noch einmal betrügst? Da irrst du dich gewaltig.«

»Ian.« Sie beeilt sich, vor mich zu treten. »Sie ist ein junges kleines Ding. Aufgeregt. Denk darüber nach. Ich werde ihr die Rolle geben – FALLS du mir noch eine Chance gibst.«

Ich werfe einen langen harten Blick auf meine beinahe Ex-Frau und frage mich, was ich je in ihr gesehen habe. In ihren Augen ist Gier und in ihrem Herzen sehr wenig, was für sie spricht.

»Die Arbeit mag unsere Ehe zerstört haben, aber mein Geld hat dich zerstört.« Ich schüttle warnend den Kopf und kneife die Augen zusammen. »Sie hat Talent. Sie wird den Durchbruch schaffen, und wenn nicht, hätte sie zumindest nicht ihre Seele verkauft oder jemand anderen, um ihn zu bekommen.«

»Denk darüber nach, Ian!«, ruft sie, als ich aus unserem Haus im West End stürme. »Du tust so, als sei es dir gleichgültig, aber schauen wir mal, wie du dich fühlst, wenn sie am Boden zerstört ist, weil sie die Rolle verloren hat und du etwas hättest tun können, um ihr zu helfen. Du bist kaputt, Ian. Ich meine, lass uns realistisch sein. Was hast du ihr zu bieten?«

Ich drehe mich zu ihr um. Kaputt? Keine Ahnung, wie sich das anfühlt. Nicht jetzt, da ich Sara habe. »Das bin ich nicht, nicht mehr«, antworte ich voller Aufrichtigkeit.

Ein schockierter düsterer Ausdruck gleitet über Cordelias Züge, als hätte ich sie geohrfeigt. »Du kannst dich für nichts anderes als die Arbeit erwärmen. Es ist das, worin du gut bist, und das weißt du.«

Ich schüttele den Kopf. »All diese Jahre. Und du kennst mich kein bisschen.« Ich reiße die Haustür auf. »Wir sehen uns bei Wahlberg.«

Und mit diesen Worten verlasse ich das Haus.

Finalisten

Sara

Mein zweiter Tag beim Vortanzen, und diesmal sind wir elf Finalisten, und die zickige Blondine ist zu spät gekommen. Jetzt beobachtet sie mich mit einem Stift zwischen den Lippen und schmalen Augen, während ich auf der Bühne tanze.

»Super gemacht, ihr alle. Wir werden euch anrufen«, erklärt uns einer der Regisseure, nachdem wir mit dem Auftritt fertig sind.

Mit einem Schnaufen steige ich von dem Podest, schnappe mir meine Tasche und tausche meine Tanzschuhe gegen meine Sneakers ein.

»Sara.«

Ich drehe mich um und sehe das blonde Miststück.

»Sie sind bisher unsere erste Wahl für die Hauptrolle. Das wollte ich Sie nur wissen lassen.«

Ich blinzle vollkommen verdutzt von dem beinahe blendenden Megawattlächeln auf ihrem Gesicht. »Wirklich?«

Die Blondine schenkt mir wieder dieses gewinnende Lächeln. »Wirklich. Ich habe von der höchsten Instanz erfahren, dass Sie drin sind.«

Es haut mich derart um, dass ich befürchte, mir platzt gleich der Schädel, als ich nach draußen trete. Ich habe die Hauptrolle. Ich habe die Hauptrolle in einer Broadwayshow. Auf der Straße ist mir danach zumute, zu springen, zu schreien, mich auf den Boden zu legen und vor Freude um mich zu treten. Aber natürlich tue ich nichts von alledem. Ich reiße nur die Faust hoch und versuche dann, mich zu fassen, als ich mich auf den Weg zur Haltestelle mache. In dem Moment entdecke ich Becka, die gerade die Straße überquert. »Becka, was machst du hier?«

»Ich wandere durch die Straßen und lasse mich inspirieren.«

»Du bist verrückt. Wo schläfst du überhaupt?«, will ich wissen.

»Keine Sorge – ich habe den besten, unglaublich heißen Mitbewohner gefunden. Einen Mann, der ebenfalls seinen Flieger verpasst hat. Es stellte sich heraus, dass wir die Familien des jeweils anderen kennen, und er hilft mir, meine Muse zu finden.«

»Welcher Mann?«, frage ich, argwöhnisch wegen des Funkelns in ihren Augen. Und das ist der Moment, in dem mein Blick auf eine Gestalt hinter ihr fällt. Eine Gestalt, die an einem schwarzen SUV lehnt. Eine Gestalt in einem Anzug. Eine Gestalt, die ich berührt, geküsst und abgeleckt habe.

Ian Ford, mein schmutziger Workaholic und Filmmogul der Extraklasse, steht neben einem Hund. Neben *Milly.* Mit großen Augen gehe ich auf ihn zu. »Was machst du hier?«

Ian bricht nicht einmal der Schweiß aus. »Milly vermisst dich. Du hast gesagt, du würdest für Ersatz sorgen. Stellt sich raus, dass ich heute dieser Ersatz war.«

»Ian.« Ich lache und rüge ihn kopfschüttelnd, kann nicht verhindern, dass mein Herz Rückwärtssaltos schlägt. »Es ist so gemein von mir, dass ich deiner Gran das angetan habe.«

»Ist schon gut. Ich weiß bereits, wie gemein du bist.« Er öffnet die Hintertür seines SUV. Milly hüpft auf den Sitz, und Ian öffnet mir die Beifahrertür.

»Du bist noch schlimmer. Du wirkst total seriös, aber ich weiß, wie schmutzig du bist«, flüstere ich und stelle mich auf die Zehenspitzen, um ihm einen Kuss auf die Wange zu drücken. Er hebt den Kopf und sieht zu Becka hinüber.

Mist, habe ich wirklich vergessen, dass sie dort steht und uns angestarrt hat?

»Will deine Freundin mitfahren?«

»Becka, komm her.« Ich winke ihr. »Becka, das ist Ian.«

Sie ist sprachlos, als sie einander die Hand schütteln. »Sie brauchen mich nicht mitzunehmen, vielen Dank.« Sie klingt Ian gegenüber total verhuscht und süß, aber dann nimmt sie mich zur Seite und bedenkt mich mit einem schwindelerregenden Todesblick.

»Miststück!«

»Ich weiß.« Stöhnend betrachte ich Ian hinter mir. »Er ist vergeben, okay.«

»An dich?«

»Nein. Vergiss nicht, er ist verheiratet – lässt sich aber gerade scheiden. Und ich bin die Nächste.« Ich trete grinsend nach ihrem Fuß, dann füge ich hinzu: »Jetzt erzähl mir von diesem Mann.«

»Ich kann nicht, er wartet auf mich …« Sie zeigt auf die andere Straßenseite, und jetzt ist es an mir, die Gestalt anzustarren, die da an einem Laternenpfosten lehnt und uns beobachtet. Hochgewachsen und schlank, mit sandfarbenem zerzaustem Haar und bekleidet mit Jeans und einer Lederjacke und einer silbernen Manschette am Handgelenk.

»Wer ist er?«, murmele ich.

»Mein Held. Mehr ein Antiheld. Du wirst alles darüber in meinem Buch lesen, falls meine zickige Muse zurückkommt.« Sie scheucht mich grinsend weg. »Ich melde mich, versprochen.« Dann geht sie über die Straße zu dem attraktiven Mann hinüber, von dem ich beinahe den Verdacht habe, dass er ein Filmstar ist. Er kommt mir seltsam bekannt vor.

Ich sehe, wie er sie angrinst, als sie ihn erreicht, und beobachte die beiden neugierig, während ich zurück zum Wagen gehe und auf den Beifahrersitz klettere. »Wie geht es meinem kleinen Lieblingshündchen?« Ich drehe mich um und kraule Milly hinterm Ohr.

Sie leckt meine Hand, und ich kichere. Da ich mir bewusst bin, dass mein heißer Workaholic mich mit einem Lächeln auf den Lippen betrachtet, wird mir am ganzen Körper warm. Ich weiß nicht, ob diese Sache mit dem lockeren Verhältnis für mich funktioniert.

Meine Gefühle für meinen schmutzigen Workaholic waren niemals locker.

Während ich darüber nachgrübele, vor allem nach dem, was meine Mutter durchgemacht hat, bin ich besorgt, dass seine Ehefrau vielleicht den gleichen Schmerz erlebt, auch wenn sie diejenige war, die ihn betrogen hat. Ich sehne mich wirklich danach, dass das vorüber ist, damit ich mir Ians Interesse an mir sicherer sein kann. Aber ich will nicht, dass meine verworrenen Gefühle für Ian meine Aufregung dämpfen, daher schüttele ich meine Gedanken ab.

»Wie geht es deiner Gran und dem Ersatz, den ich geschickt habe?«

»Es geht ihr gut. Es geht beiden gut. Aber ich habe versprochen, dich für einen Abend zu entführen, und der heutige Tag scheint ebenso gut zu sein wie jeder andere.«

Ich seufze glücklich und streichle Milly noch einmal. »Ich bin so froh, euch zwei zu sehen.«

»Harten Tag gehabt?«

»Schrecklich. Aber ich habe es geschafft.« Ich grinse.

Er drückt mein Kinn hoch. »Natürlich hast du das«, entgegnet er, und in seinen Augen leuchten Stolz und noch etwas anderes, etwas Undeutbares.

Er drückt sein quadratisches Kinn mit seinen Fingern und richtet seine Aufmerksamkeit auf die Straße.

Ian setzt mich an meiner Wohnung ab, damit ich meine verschwitzten Kleider ausziehen und schnell duschen kann, dann fahren wir nach SoHo und essen mit Mrs Ford zu Abend. Beim Dessert stellt Mrs Ford die drängendste Frage von allen.

»Wie geht es mit der Scheidung voran, Ian, mein Lieber?«

Ian zögert nicht, sich eine Gabel voll Apfelkuchen in den Mund zu schieben. Er kaut langsam und sieht sie an und dann mich, bevor er schluckt und etwas Wein hinterherkippt. »Wir sollten diesen Monat unterschreiben.«

Seine dunklen Augen glänzen, als er mich anschaut. Ich spüre den Blick am ganzen Körper. In meinem Geschlecht, meinen Brustwarzen und irgendwo tiefer unten. Ich reiße mich von ihm los und versuche, ihm während des Rests des Abends nicht in die Augen zu sehen.

Ich sollte glücklich darüber sein, dass seine Scheidung bald über die Bühne gehen wird, aber ich bin es leid zu hören, dass es bald vorbei sein wird und immer noch nicht passiert ist. Was, wenn es niemals passiert?

Er fährt mich an diesem Abend nach Hause. Die Luft zwischen uns knistert von beiderseitiger Frustration.

»Spuck's aus«, sagt er, als wir bei Mrs Ford losfahren.

»Spuck du es aus. Ich habe dir gerade erzählt, dass ich meine Traumrolle bekommen habe, und du hast nichts gesagt! Es hat meine Stimmung auch kein bisschen gehoben, von deiner bevorstehenden Scheidung zu sprechen.« Ich seufze.

Ich wollte zu seinem Haus zurückfahren und wieder seine dumme Zahnpasta benutzen. Ich weiß, solche verrückten Dinge – seine Sachen mit ihm zu teilen – lassen mich abheben. Aber so ist es nun mal. Dieser Mann bringt mich dazu durchzudrehen. Und ich drehe deshalb durch, weil ich ihm gesagt habe, dass ich nach Hause fahren, mich ausruhen und auf meinen Anruf warten sollte.

»Die Produzentin dieser Show ist meine zukünftige Ex-Frau.«

»Was?« Ich blinzle. »Oh, wow. Dieses blonde Miststück aus der Hölle?«

»Das ist sie.«

Ich starre aus dem Fenster. Kein Wunder, dass die Blondine mir gegenüber so zickig war. Sie weiß, dass ich ihren Ehemann vögle. Mir wird übel, mein Magen krampft sich zusammen, und mir kommt die Galle hoch.

»Und du hast es gewusst, Ian!«

»Beim ersten Mal war mir nicht klar, dass du für sie vortanzt. Ich habe es heute herausgefunden.«

»Wie hast du es herausgefunden?«

»Sie hat es mir erzählt.«

»Du *redest* immer noch mit ihr?«

Er wirft mir einen Blick zu, der sagt, dass ich realistisch sein soll. »Ich habe ein Jahr lang nicht mit ihr gesprochen. Es ist vorbei. Dies war etwas anderes.«

»Warum?«, rufe ich. Ich bin eifersüchtig und verwirrt und unglücklich und aufgewühlt.

»Weil es um *dich* ging«, erwidert er.

»Bring mich nach Hause.«

»Wir fahren zu mir.«

»Nein. Ich sagte, bring mich nach Hause.« Ich blicke jetzt finster. Ich bin wütend und brauche ein wenig Zeit, um das zu verdauen. »Ich dachte, die Sache zwischen euch sei vorbei!«

»Für mich ist sie das. Es ist vorbei, Sara. Aber ich fürchte, dass sie dir das Leben zur Hölle machen wird, wenn du diese Rolle annimmst.«

Ich werfe ihm einen frustrierten, hoffnungslosen, *zornigen* Blick zu. »Davon werde ich mich nicht aufhalten lassen. Es ist meine Chance, Ian.«

Er murmelt etwas vor sich hin und schüttelt den Kopf.

Den Rest der Fahrt verbringen wir schweigend, und ich kaue an den Fingernägeln. Erst als er vor meiner Wohnung anhält und sein SUV zwischen den schmalen Straßen hindurch manövriert, wird mir klar, dass ich meinen Wohnungsschlüssel nicht dabeihabe.

»Ich glaube … Scheiße. Ich habe meinen Schlüssel vergessen.«

Sein Telefon klingelt. »Tut mir leid, ich muss da rangehen.« Er schaut zu der Tür meines Gebäudes, das sich ohne meinen Schlüssel nicht öffnen lässt. »Geh hinein, es wäre mir lieber, wenn du nicht frieren würdest. Ja?«, blafft er.

Ich gehe zur Tür und wähle meine Festnetznummer, während ich Bryn eine SMS schicke.

Hey. Ich bin hier! Hab meinen Schlüssel vergessen! Keine Antwort.

Miststück, mach auf, ich friere mir den Arsch ab!

»Das ist seltsam.«

Hinter mir höre ich ein Stöhnen und ein übellauniges »Hör auf, mir in den Hintern zu kriechen. Ich werde vorbeikommen – du stehst tief in meiner Schuld.« Er legt auf und ich höre seine laute Frage: »Nichts?«

Ich drehe mich um. »Nein. Fahr nur. Ich komme schon zurecht.«

»Hier draußen in der Kälte.«

»Oh, ich habe nicht vor, lange hier draußen zu bleiben.«

Er kommt entnervt auf mich zu.

»Sie könnte im Büro sein. Oder bei ihrem neuen Freund. Ich werde mich darum kümmern«, versichere ich ihm und versuche, meinen Stolz zu bewahren.

Ian schaut auf und blinzelt. »Ich soll dich bei Minusgraden hier draußen lassen?« Er grübelt darüber nach und sieht mich stirnrunzelnd an. »Nein.«

Meine Zähne klappern. Er umfasst meinen Arm.

»Also schön, Schätzchen. Steigen wir wieder ein.«

»Nein. Wirklich nicht. Wohin fahren wir?«

»Ich nehme dich mit.«

»Wohin?«

»Kleine Planänderung. Du kannst mitkommen.«

»Was lässt dich darauf schließen, dass ich hinfahren will, wo immer wir hinfahren?«

Er hält inne und sieht mich an. Schließlich flüstert er leise: »Tu das nicht.« Er runzelt die Stirn und schüttelt den Kopf.

»Was soll ich nicht tun?«

»Du weißt, was«, knurrt er gedämpft.

Ich starre an ihm vorbei, während der kalte Wind um uns herumpeitscht. Er ist frustriert. Ich bin frustriert. Er hat heute mit seiner Frau gesprochen, und ich bin so eifersüchtig, dass ich nicht geradeaus denken kann.

Ich habe die Rolle meiner Träume ergattert. Und seine Frau ist die Produzentin.

Es ist alles chaotisch und kompliziert, und ich bin verwirrt und verängstigt. Diese Sache mit dem lockeren Verhältnis funktioniert für mich nicht. Ich kann nicht aufhören, an ihn zu denken. Ich bin glücklich. Zu glücklich, wenn ich mit ihm zusammen bin. So glücklich, dass ich dauernd auf die nächste Hiobsbotschaft warte. Dass er mir sagt, dass er seine Frau noch immer liebt. Dass er zu seiner Frau zurückkehrt. Vielleicht hofft seine Frau das sogar. Ich meine, man braucht sich nur meine Mom anzusehen. Es ist alles zum Teufel gegangen. Sie hätte alles getan, um meinen Dad zurückzubekommen.

Seine Frau weiß mehr über ihn als ich. Sie kennt zum Beispiel seine Vorlieben … Spielt er gern mitten in der Nacht nackt Monopoly oder irgendetwas anderes Verrücktes? Sie hat einen Vorsprung, ist mir gegenüber im Vorteil. Was, wenn sie sein Lieblingsessen gekocht hat, während sie geredet haben? Oder seine Lieblingsfarbe getragen hat? Es macht mich verrückt. Denn ich will diesen Mann ganz für mich allein, und ich weiß nicht, ob ich es ertragen könnte, wenn er mich verließe.

Wird das dazu führen, dass ich den Rest meines Lebens damit verbringe, jeden anderen Mann mit ihm zu vergleichen? Am Boden zerstört und voller Sehnsucht nach einem Mann, der eine andere ein klein wenig mehr wollte?

Aber es ist nicht seine Schuld, dass ich mit dieser ganzen Lockerheit nicht gut klarkomme. Es ist nicht seine Schuld, dass ich … mehr will.

Ich seufze mutlos. »Wohin fahren wir denn?«

»Hilton hat heute Geburtstag.«

»Hilton?«

»Einer meiner Freunde. Der, dem wir neulich im Hotel über den Weg gelaufen sind.«

»Ist es okay, wenn ich mitfahre?«

»Es ist mir egal, ob es okay ist. Du kommst mit mir.«

Club

Sara

Im Club knistert es, als wir ankommen. Er befindet sich in der unteren Etage eines modernen, ganz verglasten Gebäudes, Zutritt nur mit Einladung, und draußen parken tonnenweise elegante Autos. Zweifellos sind alle Schönen und Reichen in der Stadt anwesend. Ich zwinge mich, den Kopf hocherhoben zu halten.

Da sind Frauen in glitzernden weißen Kleidern, Männer in umwerfenden schwarzen Anzügen und mit schwarzen Krawatten.

»Ich bin nicht passend für den Anlass gekleidet.«

»Und doch bist du locker die umwerfendste Frau im Raum«, erwidert er mit einem Blick, der mich daran erinnert, wie er mich noch vor nicht allzu langer Zeit geliebt hat. Er stellt mich den Freunden vor, die herbeikommen, um ihn zu begrüßen. »Das ist Sara.«

Seine Freunde sehen mich interessiert an, als sie mir die Hand schütteln. Ich kann erkennen, dass sie es nicht gewohnt sind, Ian in Begleitung zu sehen. Oder vielleicht mit jemand *anderem.* Vor allem wenn man bedenkt, dass er noch nicht geschieden ist.

Ich winde mich unbehaglich, aber Ian drückt meine Hand, und ich atme aus.

Die einzige Möglichkeit, den weiteren Weg in den Raum

hinein zu überleben, besteht darin, jedes letzte kleine bisschen meiner Aufmerksamkeit, meiner Sinne, auf die Verbindung unserer Hände zu lenken. Meine Beine folgen ihm hinein. Als wir tiefer in den überfüllten Raum vordringen, blitzen auf den Wänden um uns herum schimmernde Wasserfälle und Lichter synchron mit der lauten Musik auf. In Käfigen, die von der Decke hängen, sind Tänzerinnen, eine Neonbar befindet sich zu unserer Rechten, ebenso wie eine Vielzahl von Aufenthaltsbereichen, in denen man von Tischen begrüßt wird und die zu gewaltigen Tanzflächen führen, wo kaum Platz ist, um sich zwischen den Leibern zu bewegen. Hinter der Tanzfläche gibt es, so weit das Auge sehen kann, weitere Tische. Im Hintergrund sind atemberaubende Samtvorhänge, die zum Teil geöffnet sind. Durch den Spalt ist eine Terrasse zu sehen.

Ian spricht mit einem der Wachmänner und deutet nach hinten. Während er mich weiter durch die Menge führt, hält er einen Kellner an und bestellt uns Drinks. Unterwegs begrüßt Ian einige Freunde, und die ganze Zeit über hält er meine Hand und sagt: *»Ich habe dich.«*

Ich fühle mich sicherer als erwartet. Ich vertraue ihm. Ich habe den Sprung gewagt, weil ich ihm vertraue. Aber ich frage mich, ob er mir nach einer solch schlechten Ehe jemals vertrauen wird. Ich schwöre mir, dass ich irgendwie sein Vertrauen gewinnen werde und seine Loyalität, Dinge, die einem Mann wie ihm teuer sein müssen.

Da der ganze Club sich um ihn schart, wird mir klar, dass er derartige Veranstaltungen wahrscheinlich nicht allzu oft besucht, denn alle sind ganz aus dem Häuschen, ihn zu sehen, Männer wie Frauen gleichermaßen. Ich fühle mich zu ihm hingezogen wie zu meinem Anker und meiner Sicherheit und meinem Universum. Und ja, es gibt tausend Augen in diesem Club, und tausend Augen ruhten auf Ian, sobald wir hereingekommen sind. Ich spüre die Blicke auf mir, die von ihm zu mir springen, von mir zu ihm.

In keiner Fantasie, die ich jemals hatte, in der es darum ging, den richtigen Mann zu finden, ist eine solche Umgebung vorgekommen. In keiner einzigen ist das Gefühl vorgekommen, nicht ganz dorthin zu passen – wie kann es sich dann so richtig anfühlen, neben ihm zu stehen?

Die andauernden Blicke sind fast zu schwer auszuhalten. Ich fühle mich abgeschätzt und verletzbar, aber viele dieser Blicke – bemerke ich langsam – sind nicht gemein. Sie sind neugierig, als wollten die Leute mehr wissen, etwa, warum wir zusammen sind. Ich versuche, zu lächeln und mich normal zu benehmen, als eine junge Hostess erscheint, um uns behilflich zu sein. »Mr Ford, soll ich Ihnen Ihren Tisch zeigen?«

»Ian!«, ruft der blonde Mann, dem wir vor einer Weile im Hotel begegnet sind.

»Das ist Hilton«, flüstert Ian mir ins Ohr und geht voran. Hiltons Begleitung mustert mich stirnrunzelnd, und Hilton betrachtet mich, als hätte er eine Vision.

»Nun, nun, nun«, sagt Hilton. »Was trinken Sie?« Er deutet mit dem Kopf auf meine leeren Hände.

»Nichts, aber ich könnte etwas Starkes gebrauchen«, gestehe ich und breite die Arme aus, um ihm zu zeigen, dass ich nichts habe.

»Wie wäre es mit Red Bull und Wodka? Steigt einem direkt zu Kopf.« Er nickt überzeugend, und seine blauen Augen funkeln schelmisch.

»Das will ich nicht. Ich will noch in der Lage sein, nach Hause zu laufen, vielen Dank.«

»Zu Ihnen oder zu Ian?« Er grinst.

Ich laufe dunkelrot an und setze mich auf die Ecke einer Bank, um Platz für Ian zu lassen.

Ian schlägt seinem Freund auf den Rücken und wünscht ihm alles Gute zum Geburtstag. Der Alkohol fließt in Strömen, daher macht die Sache Spaß. Man hört dröhnendes Gelächter, klirrende Gläser, raschelnde Kleider und die stampfende Musik von der verrückten Tanzfläche. Ich genieße es, sauge alles in mich auf.

»Sie wissen, dass Ian drei Seiten hat, nicht wahr?«, fragt Hilton mich herausfordernd. »Seine gute Seite. Seine verwegene Seite. Und die Seite, die Sie nicht sehen wollen.« Er beugt sich über den Schoß des Mädchens, das neben ihm sitzt. »Sie sollten Ihren Sternen danken, dass Sie ihn nicht gesehen haben, als diese Scheiße explodiert ist«, fügte er warnend hinzu.

Mein Herz zieht sich in meiner Brust zusammen. Eine weibliche Stimme erklingt: »Ian!«

Eine Frau mit rotblondem Haar kommt auf ihn zu, lässt ein Lächeln mit weißen Zähnen aufblitzen und schaut ihm bewundernd ins Gesicht. Als die Frau mit voller Wucht ihre Reize auf ihn richtet, will ich vernünftig sein. Er ist der heißeste Mann im Raum, und die Tatsache, dass er mit mir hier ist, sagt, dass er verfügbar ist. Aber er hat immer noch eine Ehefrau. Pfui, das ist nicht normal. Doch diese Frauen wollen ein Stück von meinem schmutzigen Workaholic, und ich bin die gierigste von ihnen allen. Er steht auf, um die Frau zu begrüßen, und andere Leute klopfen ihm auf den Rücken. Dann sieht er mich mit seinen dunklen Augen an, und mir wird ganz schwummrig. Ich lächle schwach. Aber das ist der Moment, in dem ich höre, wie Hiltons Begleitung sich über mich beschwert.

»Wo hat er die aufgetrieben? Was ist so besonders an ihr?«

»Ich habe nicht danach gefragt, aber wenn du nicht Sayonara zu unserer guten Freundschaft sagen willst, sei besser nett zu Ians Freundin«, erwidert Hilton.

»Wer sagt, dass sie seine offizielle Freundin ist?«

»Ich kenne keine Einzelheiten, aber wenn du mich fragst, und ich bin das Geburtstagskind, ist sie heute Abend seine Freundin, und so wie er immer wieder nach ihr Ausschau hält, wird sie es auch morgen Abend noch sein. Tatsächlich haben Loki und ich eine kleine Wette am Laufen, wie lange es halten wird. So weit wir uns erinnern, ist es lange her, dass Ford so vernarrt in jemanden war«, erklärt Hilton.

Ich stehe auf und gehe zu den Toiletten, wo ich mich im Spiegel anstarre. *Okay, atme. Du hast gewusst, dass das passieren würde. Nicht jeder wird glücklich sein. Es spielt keine Rolle, solange du und Ian miteinander im Reinen seid.* Gott, aber ich würde mich lieber selbst mit einer Gabel aufspießen, als diese biestigen Blicke und Beschwerden zu ertragen.

»Er steht in der Ecke, aber Cindy sagt, er sei in Begleitung gekommen«, berichtet eine Kellnerin einer anderen Frau, während sie eine Toilettenkabine betritt.

»Was? Wer?«, fragt die Stimme in der Kabine.

Ich ziehe den Kopf ein, nachdem ich mir die Hände gewaschen habe, verlasse den Raum und finde einen Mann mit lockigem braunem Haar an unserem Tisch vor. Er sitzt neben einer wunderschönen Frau, die weit älter ist als er – ein Puma. Sie starrt offen auf Ians Hintern. Ian steht neben dem Tisch, als warte er auf mich. Er lächelt, als ich näher komme, und lässt mich in die Nische schlüpfen, und erst dann setzt er sich wieder neben mich.

Laute Musik pulsiert durch den exotischen Raum. Ians vertrauter Duft dringt in meine Nase, und ich entspanne mich ein wenig. Ich nippe an meinem Drink, und wir lehnen uns zurück. Die laute Musik macht es schwer zu reden. Er ist seinen Freunden gegenüber loyal, das kann ich erkennen, denn sie sehen ihn voller Zuneigung an, und das ist der Grund, warum er hier ist, aber seine Hand liegt auf meinem Oberschenkel und streichelt ihn langsam, und ich denke, dass er genau wie ich lieber allein wäre. Oder bei der Arbeit.

Er legt den Arm hinter mir auf das Sofa und rückt ein wenig näher heran. Dann atmet er schwer über meinen Kopf hinweg und flüstert in mein Ohr. »Du bist die heißeste Frau hier, also hör auf, so finster dreinzuschauen.«

Ich lache. »Ich kenne niemanden. Ich versuche herauszufinden, ob die Leute Freund oder Feind sind.«

»Meine Freunde sind deine Freunde. Meine Feinde, deine Feinde.« Er zwinkert mir zu, und ich lache, als er wahllos in die Menge zeigt. »Freund. Feind. Freund. Feind.«

Ich atme aus und begreife, dass er mir mitteilen will, dass ich nicht allein hier bin, ich rutsche näher an ihn heran und atme in den Stoff seines Hemds. Dabei habe ich das Gefühl, dass die anderen in der Gruppe uns argwöhnisch beobachten.

Unsere Blicke treffen sich in dem schwachen Licht – durch die Musik, die Menschenmenge, die Drinks –, und ich fühle mich an jeden Abend versetzt, an dem er mich bisher so angesehen hat. In seinem Stadthaus. In seinem Büro. Selbst im Zimmer 1103. Aber es liegt eine gewisse Schärfe in seinem Blick, die vorher nicht da war. Ein verborgener Hunger.

In der Dunkelheit wirken seine Züge formvollendet. Sein schwarzes Hemd ist maßgeschneidert. Er sieht unglaublich aus, riecht unglaublich; er ist makellos. Ich werfe ihm immer wieder verstohlene Blicke zu und schnappe nach Luft, als er mich auf den Kopf küsst, einen Kellner herbeiruft und weitere Drinks bestellt. Frauen strömen in Scharen an unseren Tisch. Es gibt tausend schönere Frauen in diesem Raum, aber in diesem Moment habe ich das Gefühl, die einzige zu sein.

Hilton steht auf und hält eine Rede, in der er allen dafür dankt, dass sie zu seiner Geburtstagsfeier gekommen sind.

»Ian! Das ist für dich, weil du zu der Party gekommen bist!«

Die Mädchen an Hiltons Seite des Tischs schieben die Hände unter ihre Tops, ziehen ihre BHs aus und werfen sie hoch, und mir klappt vor Überraschung der Unterkiefer herunter, aber Gott sei Dank beherrsche ich mich. Lautes Johlen dringt aus allen Winkeln des Raums.

Ian verzieht leicht erheitert die Lippen, aber seine Hand bewegt sich auf meinem Schenkel, als sage er mir, ich sei die Einzige, und er schaut mich an und niemanden sonst. Doch ich bin hingerissen, als die Mädchen eine kleine Show abziehen, zusammen tanzen und mit den Hintern wackeln.

Ich beobachte, wie sie sich verführerisch bewegen, den Ausdruck der Verzückung auf den Gesichtern der Männer, während Ian mich mit fast der gleichen Verzückung betrachtet. Ich spüre seine tintendunklen Augen auf meinem Profil, und ich will ihn genauso verrückt machen wie die Stripperinnen. »Ich kann sie dazu bringen aufzuhören«, sagt er mir – leise, aber eine Spur amüsiert.

»Nein. Ich wünschte, ich könnte in diesem Moment so für *dich* tanzen.«

Die Erheiterung verschwindet aus seiner Miene. Er verlagert seine Position. Er ist so groß, und seine Präsenz ist so überwältigend, dass es ihm ein Leichtes ist, mich unsichtbar zu machen, indem er mich mit den Schultern abschirmt. »Du brauchst hier nicht so für mich zu tanzen. Erröte einfach so für mich, wie du es gerade tust.« Er lächelt mich an.

Er schiebt eine Hand unter mein Kleid, bis hinauf zu meinem Oberschenkel. Ich bin froh, dass es dunkel ist, dass das Licht auf die Tänzerinnen gerichtet ist, denn ich spüre, dass ich dunkelrot anlaufe. Ich hebe die Hände und streiche ihm das Haar von seinem Hemdkragen, liebkose es. Er küsst mich auf die Kehle und schiebt die Halskette, die ich trage, zur Seite; dann berührt er mich dort mit der Zunge, wo mein Puls schlägt. Ich schnuppere an seinem Haar und lasse mich tiefer in das Sofa sinken.

Seine Augen brennen.

Er liebkost meinen Rücken und zieht mich näher heran, bis ich mich dicht an ihn schmiege. Dann senkt er den Kopf, um meinen Mund mit den Lippen zu streifen, bevor er sie federleicht an mein Ohr hebt. »Du hast den ganzen Abend lang ein Feuer in mir entfacht. Ich weiß genau, was ich tun muss, um diesen Brand zu löschen.«

Ich spanne die Arme um seinen Hals an und drücke mich enger an ihn. Seine Hände wandern über meinen Rücken, und er haucht einen heißen Kuss auf mein Haar und presst mich an die Brust, bis wir beinahe miteinander verschmelzen.

Schließlich legt er die Hände auf meine Hüftknochen und neigt den Kopf, um mich auf den Hals zu küssen, auf das Schlüsselbein und die Schultern, bis hinab in die Beuge unter meiner Kette und wieder hinauf. Seine Lippen streichen über mein Kinn zu meinem Ohr und dann zu meinem Mund.

Mir tut alles weh, als ich die Hände über die Muskeln seines Rückens wandern lasse und er meine Handgelenke umfasst und sie mir über den Kopf zieht, bis sie auf der Rückenlehne der Nische ruhen. Er verschränkt unsere Hände und beginnt sanft meine Lippen zu küssen. Ich richte mich auf, um ihn zu spüren und die Brüste an seinem Oberkörper zu reiben. »Ich brauche … Gott, ich …«, keuche ich ihm ins Ohr.

Er atmet aus und versucht, sich unter Kontrolle zu bringen. Er liebt das Vorspiel, aber diesmal fühlt es sich an, als seien wir beide unter Hochspannung. Einen Moment später umfasst er mit beiden Händen mein Gesicht und dreht meinen Kopf zu sich, um mich zu küssen, tief und leidenschaftlich, und obwohl ich spüre, dass er versucht, sanft zu sein, schmecke ich die Heftigkeit in seinem Kuss.

»Hey, Freundin. Hey, ich wette, das kannst du nicht.« Eins der Mädchen wackelt mit dem Hintern, um es mir zu zeigen.

»Nur weil ich gerade darauf sitze, heißt das nicht, dass ich ihn nicht benutzen kann«, gebe ich zurück und löse mich von Ian.

»Ach so, dann lass mal sehen!«

Mir schwirrt der Kopf. Habe ich das angeboten? Mist, ja, habe ich. Nach seinen Küssen fühle ich mich nicht wie der schwarze Schwan; ich fühle mich wie der weiße. Ian richtet sich auf, um an seinem Drink zu nippen, stellt fest, dass sein Glas leer ist, ruft dem Kellner zu: »Pur auf Eis.«

»Ian kann uns sagen, wer am besten ist, hm?«, beharren die Mädchen.

Ich schaue ihn an, und er lehnt sich zurück und betrachtet mich, während er weiter mein Knie liebkost.

»Na schön.« Ich stehe auf, klettere auf den Tisch, schleudere meine hochhackigen Schuhe von den Füßen, und langsam, ohne irgendjemand anderen anzusehen als Ian, tanze ich zu »How Deep is Your Love« von Calvin Harris.

Ich bewege mich ein klein wenig, schwinge den Hintern in eine Richtung und dann in die andere. Ich lache, und obwohl ich keine Balletttänzerin bin, weiß ich doch, wie man sich bewegt, und ich bemerke, dass niemand mich ansieht, sie alle sehen *Ian* an. Und Ian sitzt regungslos da, seine Augen so feurig und leuchtend, dass er beinahe wahnsinnig aussieht. Seine Blicke kriechen hungrig über meinen Körper, und das kleine bisschen an Hemmungen, das verbleibt, ist fast verflogen, weil mir klar ist, wie sehr Ian mich will. Ich bin wie Wachs, und ich weiß nicht, warum, oder vielleicht weiß ich es doch.

Weil ich ihn liebe.

Weil ich ihn schon seit einer Weile liebe, wie sehr ich mich auch bemüht habe, es zu ignorieren.

Er schaut in meine honigfarbenen Augen, umrahmt von schwarzen Wimpern, die ich heute Abend auf dem Weg hierher mit Wimperntusche geschminkt habe. Ich dachte, ich sei underdressed. Ich dachte, dass mehr als genug Stoff meinen Körper bedecke, als ich die Frauen im Club gesehen habe, aber jetzt sieht Ian mich so an, als sei es nicht genug.

»Okay«, sage ich und klettere vom Tisch. »Lass mich nicht durchrasseln«, warne ich ihn, ein wenig berauscht und verwegen. Das habe ich noch nie getan.

»Auf einer Skala von eins bis zehn, Ian?«, fragt eins der Mädchen.

»Donnerwetter, Ian«, sagt der Mann mit dem gelockten Haar, der Loki sein muss, wie ich vermute.

Ian beißt die Zähne zusammen und schaut auf seine Finger hinab, die er krümmt und wieder öffnet. »Eins bis zehn?« Nach einigen Sekunden, in denen mir das Herz fast stehen bleibt, zieht er die Augenbrauen hoch und fügt hinzu: »Sie hat die Skala gesprengt.« Hilton kichert, und Ian beugt sich vor, legt einen Arm um mich und zieht mich in einer vertrauten, gleichermaßen schützenden wie besitzergreifenden Weise an sich.

Hilton stößt einen Pfiff aus. »Ian kauft keine Firmen oder Aktien – entweder gehört ihm alles, oder er will nichts davon wissen.«

Ian flüstert mir mit heiserer Stimme ins Ohr: »Wirst du heute Abend, wenn wir allein sind, so für mich tanzen?«

Der scharfe saubere Duft seiner Seife hüllt mich ein, macht mich schwach. Meine Sinne haben eine Überdosis Ian Ford. Ich nicke, und er stöhnt und drückt seinen Mund auf meinem. Ich lasse zu, dass er meinen Lippenstift überall auf seinen Lippen verteilt.

Ein Dutzend Leute kommen herbei, um mit ihm zu reden, und obwohl er sich mit dem Handrücken über die Lippen fährt, freue ich mich, den winzigen femininen Abdruck meines korallenfarbenen Lippenstifts im Winkel seines sexy Mundes zu sehen. *Ian, was ist das? Ian, wie ist es damit?* Eine Menge von ihnen sind Frauen. *Drehst du gerade in der Stadt?* … Einige Frauen nähern sich ihm unverhohlen, um ihm anzubieten, sich später mit ihnen zu treffen, aber er schickt sie alle mit einer Ablehnung wieder weg. Ich erröte auf meinem Platz.

»Männer wie er werden nie wieder heiraten. Nicht nachdem, was seine Ex getan hat. Er braucht jemanden, um über seine Frau hinwegzukommen, meinst du nicht auch?«, fragt der Puma Loki.

Ian hält mir mit einer Hand das Ohr zu und zieht mich an die Brust, seine Augen besorgt, aber tröstend. »Morgen werden sie jemand anderen haben, den sie aufspießen können.«

»Aber heute Abend bin ich es.«

Seine Lippen sehen geschwollen aus von all unseren Küssen, und sein Verlangen nach mir ist schon greifbar. »Hast du gewusst, dass du so beliebt bist?«

Er lacht.

»Hast du es gewusst?«

»Was spielt das für eine Rolle?«

»Ich verstehe nicht, dass du, wenn du all diese Frauen zur Verfügung hattest, mich in Zimmer 1103 gelockt hast, um zu vögeln.«

Er runzelt die Stirn. »Lass uns draußen darüber sprechen.«

Er steht auf und hilft mir auf die Füße, und die Menge, die zuschaut, tritt beiseite, als er mich zu einem Paar Samtvorhängen führt, durch die man auf die Terrasse gelangt.

»Wohin gehen wir?«

»Ich will für ein Weilchen mit dir allein sein.«

»Ich … ich habe noch nicht einmal mein Glas ausgetrunken.« Er zieht mich nach draußen, und ich schnappe nach Luft, so schön ist es dort, mit dem Balkon, der einen Blick auf eine Wasserfallwand bietet, umgeben von etwas, was ein Wald sein könnte – mitten in New York.

»Das hier ist unwirklich«, bemerke ich, und als er nicht antwortet, drehe ich mich um und sehe Ian einige Schritte entfernt stehen. Er betrachtet mich. Mein Magen zieht sich vor Verlangen zusammen, als ich in seine onyxfarbenen Augen schaue.

Er zieht mich zu einer nahen Säule, drückt seine Finger in meine Hüfte und reißt mich an sich, bis kein Blatt mehr zwischen uns gepasst hätte.

»Ich habe dich nicht ausgewählt; ich habe nicht einmal nach dir gesucht. Aber du bist hier, Kätzchen. Und ich will dich.« Ich greife nach seinen Schultern, als er eine Hand in mein Haar schiebt und meinen Mund mit seinen Lippen öffnet. Unsere Atemzüge verschmelzen. Sein Kuss ist besitzergreifend und entschlossen.

»Ich …« Ich lecke mir die Lippen, als wir aufhören. »Ist das locker für dich?«

Bei meiner Frage zieht er die Brauen hoch. Vielleicht ist es nicht der richtige Zeitpunkt für dieses Gespräch, aber ich muss wissen, ob diese Frauen recht haben – ob er mich benutzt. Oder ob mein Körper und mein Herz die Wahrheit kennen. Ob mehr zwischen uns ist, als mein Verstand begreift.

»Ich habe eine Menge Spaß mit dir«, beginne ich. Wie soll ich das ausdrücken? Wie soll ich sagen: *Ich will nicht, dass du mir mein verdammtes Herz brichst, du dummer sexy Mann?*

»Ich habe auch eine Menge Spaß.«

»Der Sex mit dir ist umwerfend. Euphorisch. Überirdisch. Ich war noch nie so verliebt in den Schwanz eines Mannes. Er ist perfekt. Wunderschön. Dick und …«

»Ich verstehe schon. Du magst meinen Schwanz. Das ist

nicht das, was ich hören wollte«, antwortet er, drückt meine Schultern mit seinen warmen Händen und zieht mich wieder an sich. »Ich weiß, dass du zitterst. Ich hatte noch nie so viel Spaß dabei, mit einer Frau zu schlafen. Ich mag Sex, ja, aber mit dir erreicht er ein vollkommen anderes Level, Sara.«

»Welches Level?«

»Welches Level?« Er klingt entnervt. »Jedes einzelne verdammte Level. Ich will dich, Sara. Dich. Nicht nur deine Pussy.«

Ich lache und erröte kopfschüttelnd. »Es tut mir leid, dass ich von deinem unglaublichen Schwanz …«

»Ist schon gut, meinem Schwanz hat es gefallen, und ich bin sehr froh darüber, dass du meinen Schwanz magst. Aber ich will wissen, was du für *mich* empfindest.«

»Für dich?« Für einen Moment bin ich verstört über die Frage. »Nun, du bist selbstsüchtig und arrogant, und du brauchst eine Menge Arbeit.«

»Aber ich bin kein hoffnungsloser Fall«, sagt Ian und zieht beinahe gebieterisch eine Braue hoch.

»Nein.«

Er atmet aus, und seine Mundwinkel zucken. »Dann lass es uns tun, Sara. Lass es uns richtig versuchen.«

Ich schaue weg und ringe mit der Fassung. Wie sehr will ich dies?

So sehr, dass es mir Angst macht.

»Betrachte es einmal so: Als Bonus bekommst du meinen Schwanz.«

Mit einem leisen Lachen bringe ich den Mut auf, ihm wieder ins Gesicht zu sehen, und ich bemerke, dass seine Miene nicht gerade stoisch ist. Sein Ausdruck ist angespannt vor Leidenschaft, und seine Augen leuchten lebendig. Ich will nicht zugeben, dass ich ihn ebenfalls mag und dass ich mich leichtsinnigerweise von ihm angezogen fühle wie von einem Magneten.

Aber er öffnet sich mir, und egal wie viel Angst ich habe, ich will mich nicht vor ihm verschließen.

»Hör mal, ich weiß, dass du Vorbehalte hast. Aber meine Scheidung wird sehr bald durch sein. Und ich will, dass du darüber nachdenkst, ob du eine weniger lockere Beziehung mit mir haben möchtest.«

»Für mich ist sie nicht locker«, gestehe ich. »Schon seit einer ganzen Weile nicht mehr. Aber ich will nicht, dass du mir wehtust, du dummer sexy Hurensohn.« Ich stöhne.

»Gut, dass es nicht locker ist, Sara.« Er stößt ein leises, süffisantes Lachen aus und schnalzt mit der Zunge. »Wir wissen beide, dass locker nicht das ist, was ich von dir will.«

Zum Teufel mit diesem Mann.

Ich will dies hier, und ich will ihn, und ich lege ihm eine Hand um den Nacken und drücke einen festen feuchten Kuss auf seinen Mund, damit er es begreift.

Auf der Rückfahrt in dieser Nacht zu ihm nach Hause bin ich ein wenig beschwipst und weiß, dass auch Ian ordentlich getrunken hat. Ich habe das Gefühl, ich werde sterben, wenn ich ihn nicht bekomme, und ich versuche verzweifelt, meine Ängste abzuschütteln. Vielleicht ist es zu früh, um sich mit einem Mann einzulassen, dessen Ehe gerade zerbrochen ist. Sex ist Sex, aber dies ist nicht nur Sex, oder?

Er führt mich in sein Haus und hinauf ins Schlafzimmer, wo er das Offensichtliche ausspricht.

»Du weißt, wenn ich eine Produktionsfirma hätte, würde ich dich auf der Stelle engagieren.«

»Und ich würde ausschließlich für dich tanzen.« Ich lächle und schleudere meine High Heels von den Füßen. Von der Bewegung wird mir schwindlig. »Andererseits würde ich gerade auch umsonst in einer Ecke tanzen.«

Ian knöpft sein Hemd auf und schlüpft hinaus, seine Muskeln sind fest, als er es beiseitewirft. »Ich habe nachgedacht, und ich will diese Gelegenheit nicht verpassen.«

Überrascht ziehe ich den Reißverschluss auf und kleide mich bis auf die Unterwäsche aus. »Ich will es auch nicht verpassen, aber ich habe auch nachgedacht und …«

Ian zieht die Brauen hoch.

Ich schwanke und lache, als ich beinahe umfalle.

»Würde es dich kümmern, für wen du arbeitest? Ob es jemand wäre, den du liebst oder hasst? Würde es dich kümmern, wenn du es so sehr willst?«

»Nein, aber …«

»Aber was?«

Mein Magen krampft sich vor Angst vor meinen eigenen Gefühlen für diesen Mann zusammen, daher presse ich die Lippen aufeinander und werfe spielerisch meinen Schlüpfer nach ihm. »Ich will dich mehr, du dummer Anzugträger!«

»Dummer Anzugträger.« Er fängt den Schlüpfer mitten in der Luft auf, betrachtet ihn, strafft sich dann und kneift die Augen zusammen, bevor er auf mich zukommt und an meinem Schlüpfer riecht. »Dummer Anzugträger«, wiederholt er, und ich kichere und weiche zurück, während mein heißer Anzugträger auf mich zukommt und dabei meinen Schlüpfer in seine Hosentasche schiebt.

Die Art, wie er mich ansieht, raubt mir die letzte Kraft. Ich beginne zu keuchen, während ich auf wackeligen Beinen zurückweiche.

Ich glaube, ich habe zu viel getrunken. Haben wir beide.

Und es war ein verrückter Tag. Ian kommt näher, und ich weiche weiter zurück. Mein Mogul schüttelt warnend den Kopf. »Stoß mich nicht weg, Tänzerin.«

»Das tue ich nicht«, antworte ich, blicke mich aber um, damit ich nicht gegen eine Wand stoße. Ian bedrängt mich weiter. Die dunklen Augen werden schmal, und ich nehme eine leichte Verwirrung darin wahr.

Ich fühle mich restlos ausgeliefert, so verletzlich, dass ich ihn dafür schlagen möchte, dass er mir das antut.

»Du bist nicht die Einzige, die Angst hat, Sara. Ich bin ein Mann, der daran gewöhnt ist, zu bekommen, was immer er will. Frauen werfen sich mir zu Füßen. Aber wäge das auf der Skala der Treulosigkeit damit ab, dass ich betrogen worden bin.« Er greift nach meinem Arm. »In dieser ersten Nacht wusste ich nicht, was zwischen uns war, und ich war mir nicht sicher, ob ich es wollte, Sara.«

Ich stehe da und verarbeite, was er gerade gesagt hat, von zu großer Angst erfüllt, um ihm zu glauben. Daran, dass dies mit mir geschehen kann, mit ihm. Ich habe zu große Angst, jetzt, da ich weiß, dass er gegen seine eigenen Gefühle für mich angekämpft hat, genauso wie ich möglicherweise gegen meine Gefühle für ihn angekämpft habe.

Und plötzlich kochen all meine Gefühle für ihn in meinem Herzen über, als mir bewusst wird, dass ich nur zwei Alternativen habe: innerlich oder äußerlich zu platzen.

Ich atme bebend aus, meine Stimme rau. »Ich habe Angst, dass nichts von Dauer ist. Nichts, nicht einmal das *Leben.* Ich habe Angst vor Bindung und Verlust und Liebe und sogar vor dem Verlust einer Liebe wie dem Tanzen. Dinge, die mich glücklich machen, können eines Tages verschwunden sein. Verstehst du? Es gibt überhaupt keine Garantie. Ich weiß nicht einmal, ob du dich wirklich wirst binden wollen, sobald du frei bist. Du bist noch nicht einmal frei! Vielleicht wirst du es nie sein. Du gehörst nicht einmal mir, Ford. Was ist, wenn du, bis du frei bist, schwankst …«

»Ich schwanke nicht.«

»Du hast gerade gesagt, dass du nicht willst, dass du das willst.«

Er lehnt seine Stirn gegen meine. »Aber ich gehöre dir.« Ein leises Knurren.

»Das ist nicht wahr. Im Club hast du gesagt, du wolltest Ernst machen, und dann kommst du her und gibst zu, dass du dies nicht willst. Gib es zu, Ian! Du benutzt mich, um dich besser zu fühlen, und wenn du deine Frau los bist, bist du auch fertig mit mir«, rufe ich, und plötzlich steigen all meine Ängste an die Oberfläche.

»Ich bin mir in dieser Sache nicht unsicher. *Verdammt!*«, stößt er hervor, und sein Blick trifft mich wie eine Kugel.

»Ich gehe nach Hause.« Ich greife nach meinen auf dem Boden liegenden Kleidern. »Wag es nicht, mich aufzuhalten, wag es nicht.« Er packt mich und zieht mich auf die Füße, dann zerrt er mich an seine harte Brust.

Ich will gegen ihn kämpfen. Er ist viel stärker als ich und genauso verärgert, und er nimmt meine Hand und legt seine Finger um meine Faust, um mich aufzuhalten. »Du hast Angst, Sara, und das ist in Ordnung. Aber denk keine Sekunde lang, ich hätte nicht ebenfalls Angst. Ich habe nicht vor, dir wehzutun. Ich lasse dich nicht gehen, und ich werde dich verdammt noch mal nicht verlassen. Aber ich bin hier ganz offen – und es fühlt sich nicht sehr gut an.«

»Siehst du? Du hast Angst!«

»Du hast so was von recht, dass ich Angst habe – ich *liebe* dich, verdammt noch mal! Wenn ich je etwas für meine Ex-Frau empfunden habe, verblasst es im Vergleich zu dem, was ich für dich empfinde – verstehst du, Sara?« Er schüttelt mich, und seine eiserne Kontrolle zerbricht plötzlich. »Verstehst du es, Baby?«

Meine Augen brennen, so sehr haben mich seine Worte

überwältigt, und ich nicke. Wir beide verstummen. Plötzlich schlinge ich ihm die Arme um den Hals, drücke mein Gesicht auf seins, und meine Augen trüben sich, als ich die Nase gegen seine Kehle presse. »Mein Dad hat meine Mom geliebt …«, rufe ich ihm gequält ins Gedächtnis.

»Ich bin nicht dein Dad.«

Ich schlucke. »Und ich bin nicht deine Frau. Du musst mir vertrauen. Du musst …«

»Das tue ich; hab einfach Geduld mit mir, Tänzerin.« Frustriert umfasst er mein Gesicht mit beiden Händen und lässt den Blick quälend langsam darüber hinweggleiten. »Möglicherweise vermassele ich es manchmal, und eines Tages bin ich vielleicht an einem wichtigen Tag nicht bei dir, aber ich werde mir Mühe geben. Und wenn ich manchmal nicht die richtigen Worte habe, hilf mir, sie zu finden. Und wenn du etwas brauchst, was ich dir nicht gebe, lenke mich in die richtige Richtung … bitte«, zischt er. »Bitte.«

»Das werde ich«, hauche ich und umklammere sein festes Kinn. »Liebe mich. Ich liebe dich so sehr, wie ich nie gedacht hätte, dass ich jemanden lieben könnte.«

»Das tue ich. Verdammt, Weib, das tue ich.« Er hebt mich hoch, und wir küssen uns leidenschaftlich, beide ein wenig betrunken, ein wenig zu sehr aus dem Gleichgewicht, ein wenig zu offen. Als Ian mich auf das Bett wirft, zerre ich an seiner Hose, weil ich seine Berührung brauche, seine Haut, seine Liebe.

»Hart«, bettele ich, als er seine Hose und seine Boxershorts auf den Boden gleiten lässt und sie beiseitetritt. »So hart wie möglich, und hör nicht auf, bevor der Morgen kommt.«

Ian fährt mit der Zunge an meiner Kehle und meinem Dekolleté entlang, während er meine Schenkel spreizt, seinen Schwanz ergreift und so hart in mich eindringt, dass ich Sterne sehe. Ich kratze über seinen Rücken, beiße in seinen Hals. Ian lässt die Hände an meinen Seiten emporwandern, umfasst mit seinen warmen Fingern meine Brüste und legt sie mir dann um den Hals, während er sich hinunterbeugt, um an meinen Brustwarzen zu saugen. Seine Hand bleibt auf meiner Kehle, und plötzlich hebt er den Kopf. »Sieh mich an. Sieh mich an, verdammt noch mal.«

Ich blicke ihn an, und mein Puls flattert unter seinen Fingern. Ich verliere bei diesem Mann derart die Selbstkontrolle, dass ich mich frage, ob ich ohne ihn jemals ganz sein werde. »Fick dich, fick dich, fick dich.« Ich schlage ihm gegen die Brust, meine Augen feucht von Tränen.

Er schlägt ein sanfteres Tempo an und senkt die Stimme. »Ich bin zu beschäftigt damit, *dich* zu ficken. Nicht wahr? Wer fickt dich?«

»Du. Hurenso…«

Er küsst mich. Wischt mir eine Träne von der Wange. Sein Gesicht offen. »Ich wollte es. Den ganzen verdammten Tag lang wollte ich es.«

Ich streichle sein Kinn, schnappe nach Luft und wälze mich stöhnend hin und her. »Ich will dich, Ian. Immer.«

»Du bringst mich um den Verstand. Mir gefällt es auch nicht, aber es ist da. Es ist hier.« Er drückt einen heißen Kuss auf meine linke Brust und leckt sich bis zu meinem Mund empor. »Es ist überall, die ganze Zeit, Sara. Du hast mich aus dem Konzept gebracht, und ich stecke so tief drin, dass ich nicht vorhabe, irgendetwas anderes zu tun, als noch tiefer hineinzugehen, Baby.«

Ich stöhne leise, als er die Zunge in meinen Mund gleiten lässt. Er rollt härter mit den Hüften, wieder und wieder, schneller und schneller, und das Tempo unseres Kusses beschleunigt sich synchron zu seinen Stößen, und ich komme seinen Hüften mit meinen entgegen.

Es ist ein Tanz – und so sehr ich das Tanzen liebe, so wie mit ihm habe ich es niemals geliebt. Jeder Teil meines Körpers ist lebendig und in Bewegung, spannt sich an, sucht nach Ian, greift nach Ian, will mehr und *mehr* Ian. Ians Bewegungen stimulieren meine, genauso wie meine Berührungen und Küsse seine stimulieren. Ich habe Tänzerinnen auf der Bühne gesehen, aber ich habe noch nie gespürt, dass ein Mann sich so wunderschön bewegt hat – oder diesen Tanz oder irgendeinen anderen so wild getanzt hat. Wir sind das Lied und der Tanz, die Melodie und die Variation, die Geige und der Spieler … der Schmerz und der Balsam, der den Schmerz heilt.

Ians eigener wilder Hunger macht unseren Tanz noch roher, noch primitiver. Einen Tanz, den man nur in der Dunkelheit oder allein tanzen kann oder mit seinem Gefährten, so urtümlich, dass man keinen Unterricht darin braucht – man bewegt sich einfach und folgt dem Schmerz. Speist den Schmerz. Und nichts schmerzt so sehr wie mein Verlangen nach diesem Mann.

Ich schiebe ihn weg und lege mich auf ihn. Er erlaubt es mir für ein, zwei Minuten … dann rollt er sich wieder herum und legt sich auf mich, als sei ich sein letztes Abendmahl.

Ich erlaube es ihm, kurz. Dann ziehe ich ihn an den Haaren hoch, setze mich rittlings auf ihn und reite ihn.

Er lässt es zu, braucht aber immer noch mehr, daher rollt er mich auf den Rücken und legt sich meine Beine auf die Schultern, und als er wieder in mich hineinstößt, krümme ich mich vor Wonne und stoße ein langes lustvolles Wimmern aus, weil ich dermaßen ausgefüllt bin.

Und die ganze Zeit über beobachtet er mich.

Die ganze Zeit über erlebe ich Schmerz, Verlangen, Begehren, Tanz, Summen in stummer Ekstase. Seine Stimme ist heiser und belegt, als er mir sagt, dass ich ihn *heißmache* und dass er noch nie so *verdammt glücklich* war oder *irgendjemanden oder irgendetwas* so sehr gewollt hat, wie er *mich will.* Ich sage ihm, wie *heiß* er aussieht und dass ich *niemals ohne ihn sein will.*

Als er mit dem Daumen meine Klitoris reibt und weiter in mich hineinstößt – während er beobachtet, wie meine Brüste auf und ab hüpfen und mein Oberkörper wogt –, komme ich, komme in Farben, Liedern, Bewegungen, Stoffen. Ich komme auf jede erdenkliche Weise und gleichzeitig auf keine andere Weise als diese. Ich komme für ihn und *wegen* ihm, und als wisse er dies, sei aber weder zufrieden mit meinem vollkommenen Ruin noch damit, mich in jeder erdenklichen Weise zu nehmen, zieht Ian sich zurück, legt die Hand um seinen Penis und pumpt mit der Faust seinen harten Ständer. Dann kommt er mit einem tiefen Stöhnen und Augen auf Halbmast zum Höhepunkt, Augen, die mich beobachten, während er seinen Samen über meinen Unterleib regnen lässt.

Ich keuche, als die warmen Tropfen meine Haut berühren, und schaue zu, wie seine Muskeln sich bewegen, sein Blick über mich hinwegzuckt, sein Kiefer sich verkrampft. Ich lecke mir die Lippen, trinke ihn, wehmütig, trunken, verängstigt, verliebt, bin erledigt, wie es nur mein heißer Anzugträger bei mir schafft. Aber ich weiß, als er fertig ist und mich grob und beinahe gewaltsam an sich zieht, dass ich, welche Gefühle er auch in mir wecken mag … nicht allein bin.

Minuten später spüre ich seine Kurzatmigkeit auf der Wange, während er mich an sich gedrückt hält, die Berührung seiner Hand ist besitzergreifend zärtlich, beinahe unerträglich. »Ian … hast du ernst gemeint, was du gesagt hast?«, flüstere ich und lege den Kopf in den Nacken. »Dass du mich lie…«

Er umfängt mich um die Taille und zieht mich auf sich, sein Atem heiß und feucht an meinem Gesicht. Mein Herz rast, als er antwortet.

»Ich meine es ernst.«

»Sag es noch einmal, wenn du nicht betrunken bist, bitte.«

»So angesäuselt bin ich nun auch wieder nicht.« Er steigt aus dem Bett und geht weg, um sich zu waschen, dann kommt er zurück und lässt sich wieder neben mich gleiten. »Ich werde es noch einmal sagen, wenn wir beide bereit sind, damit umzugehen.«

»Wie meinst du das?«

Er zieht mich wieder an sich und schaut mit Augen auf mich herab, in denen ich mich leicht verlieren kann. »Fragen, Fragen, Kätzchen.« Er lächelt mich an, haucht mir einen Kuss auf die Lippen und leckt sie dann behutsam. »Du wirst schon sehen. Wenn alles gut läuft, wirst du sehr, sehr bald sehen. Lass dir nur diese Chance nicht entgehen – versprich es mir.«

»Ich …« Ich will ihm eigentlich sagen, dass ich das nicht versprechen kann, aber der Ausdruck in seinen Augen lässt mich stutzen. Er hat noch nie so entschlossen gewirkt. »Ich verspreche es. Aber ich will nicht …«

»Sie wird dabei keine Rolle spielen«, versichert er mir.

Ian

Wir warten seit dreiundzwanzig Minuten, und ich umklammere den Stift wie ein Mann, der so schnell wie möglich seine Unterschrift unter irgendetwas setzen will. Obwohl ich in Wahrheit bereits unterschrieben habe, sobald ich angekommen war. *Klick, klick, klick.*

Mattias Wahlberg räuspert sich, den Blick auf meinen Stift gerichtet. Ich lächele ihn entschuldigend an und lege den Stift zurück auf den Tisch. Uns gegenüber sitzt Aaron Goldberg, Cordelias Anwalt, ein seltsam aussehender kleiner Mann, aber ein guter Anwalt. Ich hoffe, er weiß, dass es aus dieser Sache keinen anderen Ausweg gibt, als es hinter uns zu bringen.

»Kommt sie immer so spät?«, fragt Wahlberg mich und klopft seufzend auf seine Armbanduhr.

Ich zucke die Achseln. »Es gibt ein ›immer‹ oder ›für gewöhnlich‹, wenn es um Cordelia geht.«

Ich weiß nicht, warum es ihm zu schaffen macht; ich bezahle ihn nach Stunden. Es sei denn, er hat Vorbehalte, was die heutige Verhandlung betrifft.

»Ich hoffe, wir sind gut vorbereitet«, sage ich zu ihm. »So sollte es sein, richtig?«

Er zögert, und die Anwälte tauschen einen Blick. Goldberg streicht sich das spärliche Haar auf einem ansonsten kahlen Kopf glatt und zupft das Taschentuch in seiner Jackentasche zurecht.

»Man kann sich in diesen Dingen niemals sicher sein«, antwortet Mattias schließlich, »aber ich habe ein gutes Gefühl wegen heute. Vorausgesetzt natürlich, sie taucht überhaupt auf.«

Richtig. Ich lehne mich auf meinem Stuhl zurück und hole tief Luft. Ich muss mich entspannen.

Die Tür wird lautstark geöffnet, und wir drei schauen in ihre Richtung.

Cordelia kommt in das Büro geschlendert und lässt sich alle Zeit, die Tür hinter sich zu schließen. Sie trägt einen teuer aussehenden Hosenanzug, und ich bemerke Diamantohrringe, die durch ihr aufwendig frisiertes Haar funkeln.

Sie hat schon immer eine unanständige Menge Geld für ihr Aussehen verwandt, aber ich war aufrichtig glücklich, ihr geben zu können, was immer sie wollte. Doch ihre Untreue konnte ich schließlich nicht ignorieren.

Sie nimmt am Tisch Platz und verliert kein Wort der Entschuldigung, weil sie sich verspätet hat. Ich fühle mich versucht, etwas zu sagen, bin aber klug genug und halte den Mund. Ich spüre, dass sie mich anschaut, und ich erwidere ihren Blick schweigend.

»Oh, so weit ist es also gekommen, hm?«, schnaubt sie. »Du kannst mich nicht einmal zur Kenntnis nehmen?«

Ich hole tief Luft. Ich werde für dieses Treffen all meine Selbstbeherrschung brauchen.

»Danke, dass du dich endlich zu uns gesellst, Cordelia«, sage ich. Ich sehe Wahlberg an, und er schiebt die Papiere über den Tisch zu ihr und Goldberg hinüber.

»Mrs Ford, alles ist so, wie es zuvor vereinbart wurde, aber nehmen Sie sich bitte Zeit, das Ganze noch einmal durchzulesen, und unterschreiben Sie dann … hier.« Er zeigt auf die Stelle, an die ihre Unterschrift gehört, und Cordelia schürzt erzürnt die Lippen.

»Mrs Ford …«, murmelt sie voller Bitterkeit, während sie

die Papiere vor sich überfliegt. »Ich nehme an, ich werde mich bald daran gewöhnen müssen, wieder meinen Mädchennamen zu benutzen.«

»Das ist eine der Bedingungen dafür, dass Ihnen all die Vermögenswerte zugebilligt werden, die wir Ihnen anbieten«, entgegnet Wahlberg gleichgültig und reicht ihr einen Stift. »Mr Ford hätte gern seinen Namen zurück.«

Sie nimmt den Stift stirnrunzelnd an und lässt die Spitze wenige Zentimeter über der Seite schweben. Sie hält inne und fragt Goldberg, ob er das Dokument bereits gelesen habe. Goldberg nickt und gibt Cordelia grünes Licht.

Aber sie legt den Stift beiseite und seufzt, dann wischt sie sich eine imaginäre Träne von der Wange. Sie schaut zu mir auf, und ihre langen Wimpern flattern, und ihre Unterlippe zittert. Früher einmal hätte ich etwas empfunden. Aber ihr Getue täuscht mich nicht länger. Sie streckt die Hand aus, um meine zu berühren, doch ich ziehe sie rasch weg.

»Ian«, flüstert sie, »bitte. Ich weiß, dass du das nicht wirklich willst. Wir passen gut zusammen. Wir können es noch einmal versuchen. Diesmal wird es anders sein.«

»Es ist zu spät, Cordelia. Es gibt nichts, was du sagen kannst, um meine Meinung zu ändern.«

»Vielleicht«, erwidert sie und mustert mich spekulativ. »Aber das bedeutet nicht, dass ich der Scheidung zustimmen muss.«

Meine Eingeweide krampfen sich vor Frustration zusammen, und wir funkeln einander quer über den Tisch hinweg an. Tief im Inneren habe ich gewusst, dass sie bis zum Ende kämpfen würde, und ich hoffe nur, dass das, was immer Wahlberg in der Hinterhand hat, sie endlich überzeugen wird.

»Ich weiß, warum du das so unbedingt willst«, fährt sie fort, die Augen zu verächtlichen Schlitzen verengt. »Es ist das, was dein dummes kleines Flittchen will, nicht wahr?«

Bei der Erwähnung Saras kann ich es nicht verhindern, dass meine Geduld ins Wanken gerät. »Lass sie da raus«, warne ich sie.

Wahlberg räuspert sich laut. »Lassen Sie uns höflich bleiben«, sagt er zu uns beiden mit seiner vertrauten monotonen Stimme. Ich atme tief durch die Nase ein und versuche, meinen Zorn unter Kontrolle zu bekommen.

Er wendet sich Cordelia zu. »Wenn Sie wirklich vor Gericht gehen wollen, nur zu, das können wir tun«, erklärt er. »Ich kann Ihnen jedoch versichern, dass es in finanzieller Hinsicht zu Ihrem Schaden sein wird. Mr Fords Angebot ist extrem großzügig, wenn man die Umstände bedenkt. Und wir haben handfeste Beweise für Ihre Affäre.«

»Beweise?« Sie schnaubt. Ihr hochmütiges Grinsen weckt in mir den Wunsch, sie zu erwürgen. »Dass Sie meine Kreditkartenauszüge durchgegangen sind, beweist gar nichts. Und wenn Barry aussagen will, habe ich Mittel und Wege, ihn davon abzubringen.«

Sie trommelt mit ihren langen manikürten Krallen auf den Tisch und wirkt überaus selbstgefällig, aber ich kenne sie besser und weiß, dass sie nervös ist.

»Eigentlich ist es gar nicht *Ihre* Kreditkarte, nicht wahr?«, wirft Wahlberg sachlich ein. »Aber das ist hier unerheblich.«

Sie zieht eine Augenbraue hoch, sieht mich an und spricht in einem sanfteren Tonfall weiter. »Ian, wir könnten all diese Albernheiten vergessen und wieder das Paar sein, das wir früher waren. Sommer in Europa, Winter in der Karibik. Du kannst nicht leugnen, dass wir großartige Zeiten hatten.«

Ich schüttele den Kopf. Ich habe keine Ahnung, was ich sagen soll. Sie kapiert es einfach nicht. Wir sind an einem Punkt, von dem es kein Zurück gibt.

Wahlberg holt einen großen braunen Umschlag aus seiner

Aktentasche und reicht ihn ihr wortlos. Wir beobachten sie genau, als sie ihn öffnet.

Sie zieht das maschinengeschriebene, unterzeichnete Dokument heraus, dann überfliegt sie die Seiten, und ihre Augen weiten sich vor Entsetzen. Barry hat uns Videos und Fotos ihrer Affäre geliefert. Und sie sind alle dort drin.

»Wie hast du …?«, beginnt sie, verstummt dann aber, und ich bin angewidert.

Ich war nicht scharf darauf, die geschriebene Aussage von Barry, meinem Buchhalter, zu bekommen, aber Wahlberg hat mich davon überzeugt, dass es notwendig ist. Dem Ausdruck auf ihrem Gesicht nach zu urteilen, hatte er vielleicht recht.

Sie funkelt meinen Anwalt und mich an, ihr Gesicht zornesrot. Er will ihr den Umschlag wieder abnehmen, aber sie schnappt ihn ihm weg und zerreißt ihn wütend in Stücke.

»Es gibt einen Zusatz in der Vereinbarung«, erklärt er ihr und zeigt auf einen kurzen Absatz ganz unten in den Papieren. »Alle Kopien von Barrys Aussage werden vernichtet, zusammen mit dem Video und den Fotos. Solange Sie unterschreiben.«

»War das deine Idee?« Sie zischt mich praktisch an. »Ich kann nicht glauben, dass es so weit gekommen ist, Ian. Wirklich?«

Ihre Augen schleudern Blitze, als sie ihre Situation begreift, und selbst ich bin überrascht über Wahlbergs ziemlich rüde Methoden. Aber ich bin weit entfernt davon, nett zu sein. Ich habe es das letzte Jahr über versucht, und es hat nirgendwohin geführt.

Cordelia sieht Goldberg an, der den Stift wieder in ihre Richtung schiebt, und sie weiß, dass es keinen Ausweg gibt.

Sie greift nach dem Stift. Ich bekomme kaum Luft, als ich endlich sehe, wie sie die gottverdammten Scheidungspapiere mit einem wütenden Schnörkel unterzeichnet, die Seiten dabei beinahe zerreißt.

Ich warte auf einen letzten Ausbruch von ihr, eine gehässige Beleidigung oder Drohung. Aber sie beruhigt sich bemerkenswert schnell und tupft sich mit einem Taschentuch ihre feuchten Wangen ab. Wahlberg holt einen weiteren Stapel Papiere hervor. »Die Formulare für den Verkauf des Geschäfts, wie wir es besprochen haben.«

»Du steckst wirklich alles, was du noch hast, in dieses Unternehmen?« Cordelia wirft mir einen erschrockenen Blick zu.

»Es ist nur Geld. Ich habe mit weniger als dem begonnen, was ich jetzt habe. Ich komme schon zurecht.«

»Ich bin eifersüchtig.«

»Ich weiß. Und es ist mir egal.«

Sie unterschreibt auch diese Unterlagen, greift nach ihrer Handtasche, die vollgestopft ist mit zerrissenen Papierfetzen, und stürmt türenknallend aus dem Büro.

Wahlberg sieht mich an, ein zufriedenes Lächeln auf dem Gesicht. Selbst Goldberg wirkt erleichtert.

Ich schüttele Wahlberg die Hand und danke ihm, bevor ich auch Goldberg die Hand gebe und mich verabschiede.

Und dann atme ich durch. Lang und tief, während all der Stress und die Angst aus dem vergangenen Jahr sich in Luft auflösen. Ich kann endlich wieder aufatmen. Endlich frei.

Ich habe erwartet, dass ich mich schwerelos fühlen würde. Dass mir nach Feiern zumute sein würde. Und ja, ich spüre Erleichterung, nur noch Erleichterung. Aber ein Teil von mir trauert wegen dem, was dort drin vor sich gegangen ist. Er trauert um das Mädchen, das meine Ex-Frau einmal war, den Mann, der ich einmal war. Denn die Menschen, die vor Jahren den Ehevertrag unterschrieben haben, waren so verdammt anders als die, die heute aus diesem Gebäude treten.

Ich sage mir, dass ich mich nicht noch einmal der Frau, die ich liebe, entfremden will. Ich sage mir, dass ich sie festhalten und sie niemals gehen lassen werde. Denn das eine, das ich aus meiner Ehe gelernt habe, ist, dass man vielleicht denkt, Liebe sei genug, genug, um eine Ehe zusammenzuhalten, aber das stimmt nicht. Kommunikation, Verständnis, Geduld, Loyalität – das sind die Dinge, die eine Ehe am Leben halten.

Ich bedaure, dass ich das nicht erkannt habe, bevor ich zuließ, dass meine Arbeit mich verschlang, bevor ich zuließ, dass der Ehrgeiz meiner Frau *sie* verschlang.

Als ich ein Taxi heranwinke, rieche ich noch einmal dieses vertraute Parfüm und drehe mich um. Dort steht Cordelia. Sie hat auf mich gewartet. *Scheiße.* Es ist typisch, dass sie das letzte Wort haben will, aber nichts, was sie sagt, macht jetzt noch einen Unterschied.

»Also, wirst du mit deinem neuen kleinen Flittchen einen auf Familie machen?«, fragt sie wütend.

»Das würde ich gern, wenn du mir nicht das Wort *Familie* verdorben hättest.«

»Fick dich, Ian.«

»Ganz meinerseits, Cordelia.«

»Sie hat keine Ahnung, worauf sie sich einlässt. Du bist emotional nicht verfügbar. Nicht einmal für *mich*, und ich kenne dich seit Jahren. Alles, was du willst, ist arbeiten.«

»Vielleicht. Weil mir dein Glück und deine Sicherheit tatsächlich wichtig waren. Aber das ist lange her.«

Ich öffne ihr die Taxitür und beobachte, wie meine Ex-Frau widerstrebend einsteigt und mir einen hochnäsigen Blick zuwirft, der mir nicht gleichgültiger sein könnte.

»Leb wohl, Cordelia.«

Broadway

Sara

Mir graut vor dem Erscheinen des blonden Miststücks, das Ian geheiratet hat, aber sie ist nirgends zu sehen, als ich in meine Tanzschuhe schlüpfe und neben meinen neuen Kollegen auf der Bühne Dehnübungen mache. Wir warten alle darauf, dass jemand uns sagt, was wir tun sollen.

Alle schlurfen umher und reden darüber, wie aufgeregt sie seien, ihre jeweiligen Rollen ergattert zu haben. Das Geräusch von sich schließenden Türen lässt mich zum Eingang des Theaterraums hinüberschauen. Ein hochgewachsener dunkelhaariger Mann im Anzug kommt Richtung Bühne.

Mein Anzugträger ist *hier*?

Ich richte mich auf, um zu verbergen, dass mein Herz gerade verrücktspielt.

Ian ist hier …

Auf dem Weg nach vorn begrüßen ihn die Regisseure.

Ich ziehe verwirrt die Brauen hoch.

»Von vorn«, ruft Ian und schaut zu uns empor, während er auf einem Stuhl Platz nimmt, den einer der Regisseure für ihn frei gemacht hat.

Ich blinzle und werfe ihm einen fragenden Blick zu: *Was machst du hier?* Aber dann beeile ich mich doch, meinen Platz vorn bei den Tänzern einzunehmen.

Wir beginnen von vorn und führen die Variante auf, die wir

während des Vortanzens einstudiert haben. Als die Musik verstummt, tuschelt Ian mit einem der Regisseure. »Fünf Minuten Pause«, ruft dieser Regisseur.

Ich klettere von der Bühne herunter und gehe zu Ian, der sich geschmeidig erhebt und angesichts des stolzen Glanzes in seinen Augen fühlen sich meine Oberschenkel an wie Pudding.

»Warum folgen Sie deinen Anweisungen?«, frage ich im Flüsterton, als ich neben ihm stehe.

Er zupft lässig an meinem Pferdeschwanz. »Ich habe einiges in die Wege geleitet, damit Cordelia aus dem Rennen ist – endgültig. Raus aus meinem Leben und aus deinem.«

»Was?« Ich schlucke und versuche zu begreifen, was er sagt. Ich bin drauf und dran, ihn zu bitten, sich deutlicher auszudrücken, denn das kann nicht bedeuten, was ich denke, dass es das bedeutet.

Mein prächtiger Workaholic hat genug Arbeit am Hals mit seiner eigenen Dokumentar- und Filmproduktionsfirma. Er kann unmöglich obendrein noch eine Firma am Broadway gekauft haben. Oder?

Ich bin erschüttert – so sehr, dass meine Frage wie ein Flüstern klingt. »Was wollte deine Ex als Gegenleistung dafür, dass sie die Produktionsfirma verkauft hat?«

»Nicht viel«, antwortete Ian gelassen und lacht leise über meine Verblüffung. »Sie wollte, dass ich ihr erlaube, meinen Namen zu behalten.«

»Das kannst du nicht tun!«, rufe ich.

Er zieht eine Augenbraue hoch und zupft noch einmal an meinem Pferdeschwanz und lässt ihn wieder los.

Ich kann mir meine dumme Reaktion nicht verkneifen. Ich bin so vollkommen hingerissen von diesem Mann. Körper, Herz, Seele. Selbst meinen Verstand kapert er ständig. Es ist unbequem und unpraktisch. Aber ich bin verliebt. Zum ersten

Mal im Leben. Ich liebe alles an diesem Mann, sogar seinen Namen. Seinen Namen, den ich eines Tages ebenfalls tragen will.

»Ich meine … stell dir vor, du würdest jemals wieder heiraten«, versuche ich, es ihm zu erklären. »Es kann nicht zwei Mrs Fords geben, die durch New York spazieren, *drei*, wenn man deine Gran mitzählt.«

»Das können wir nicht zulassen, nicht wahr?«

Eine Erkenntnis dämmert mir. Mein neuer Boss ist … Ian? Mein sexy Hurensohn?

»Tänzerin, du hast gesagt, es sei dir egal, wer dein Boss ist, ob es jemand sei, den du hasst, oder jemand, der dir etwas bedeutet.«

Langsam nicke ich, und die Erkenntnis, dass Ian das für mich getan hat, sprengt mir beinahe das Gehirn. Ich bin überwältigt. Ich kann nicht glauben, dass jemand etwas so Großartiges tun würde, um mir zu helfen, meine Träume zu verwirklichen. Alle beide. Den Traum, eine Chance am Broadway zu bekommen, und den, eine Beziehung zu meinem schmutzigen Workaholic zu haben. »Ich danke dir.«

»Ich danke *dir*.«

»Wofür?«, frage ich.

Ian kratzt sich am Kinn, während er darüber nachdenkt, und legt den Kopf schräg, um mich zu betrachten. »Ich nehme an, eine Frau, die ich kenne, würde sagen, es sei dafür, dass ich meinen … Glauben an das Universum wiedergefunden habe.«

»Eine Frau, die du kennst.« Es zuckt in meinen Mundwinkeln.

»Die Frau, auf die ich so sehr stehe.«

Mein Herz schlägt einen Purzelbaum. »Wie sehr?«

»So sehr, wie Liebe es vermag.« Er ergreift mein Kinn mit Daumen und Zeigefinger und drückt meinen Kopf zurück. »Die Frau, die ich liebe.«

Meine Zehen kribbeln in meinen Tanzschuhen, während er mich mit flammenden Augen ansieht. Meine Hände legen sich über seine, als er mich weiter am Kinn festhält. »Sie liebt dich ebenfalls.«

»So etwas hat sie schon mal gesagt. Aber wir waren beide nicht ganz bei Sinnen, und ich kann ohnehin nicht genug davon bekommen, es zu hören.« Seine leise Stimme weht über meine Haut, und das schwache Zucken seiner Lippen raubt mir den Atem.

Ich nicke energisch. »Hm. Das tut sie. Seit sie ihren zusammengeknüllten Schlüpfer in deine Tasche gesteckt hat. Sie ist so leicht zu haben.«

»Nein, ist sie nicht.« Er verzieht die Lippen zu einem absolut heißen Lächeln. »Aber sie gehört mir.«

Ich bestätige seine Worte mit einem weiteren Nicken, und plötzlich halte ich den Atem an.

»Ich bin frei, Sara.«

»Du bist frei?«

»Ich bin frei.«

Ich atme aus, und mein ganzer Körper bebt vor Glück. »Was willst du jetzt als Erstes tun?«

»Dich zum Abendessen ausführen. Dann dich nach Hause bringen und dich behalten.«

In der einen Sekunde ist er einige Schritte entfernt. In der nächsten hebt er meinen Kopf an und küsst mich langsam und so tief, als sei der heutige Tag das Ende der Welt. Oder vielleicht der erste Tag einer neuen Welt. Umfasst mit beiden Händen mein Gesicht, führt seine Zunge in meinem Mund, kostet mich. Ich bin eine willige Teilnehmerin an diesem Fest.

»Ich werde dich bekommen«, verspreche ich ihm flüsternd, bevor ich ihn küsse. »Mach dir deswegen keine Sorgen.« Ich lächle, als er mich auf die Füße stellt, und gehe zurück auf die

Bühne. Ian diskutiert mit den Regisseuren über die Show, bevor er sich auf den Weg in Richtung Tür macht.

Er bedeutet mir mit einer Geste, dass er fortgeht, und ich werfe ihm eine Kusshand zu und mache mich wieder an die Arbeit.

Dies ist die Chance meines Lebens, und ich habe einen ungemein attraktiven Anzugträger, den ich beeindrucken will, wenn er das nächste Mal vorbeikommt, um mir zuzuschauen.

»Wenn du dir deine ferne, ferne Zukunft vorstellst, Ford, was ist dann mit Kindern? Wie viele?«, frage ich später in dieser Nacht, als wir über alles Mögliche sprechen, von den Proben über die Firma bis zu unserer möglichen gemeinsamen Zukunft.

Glücklicherweise scheint er keine Probleme damit zu haben, sich eine solch ferne Zukunft vorzustellen. Oder vielleicht ist sie gar nicht allzu fern. »Zwei. Ein Junge und ein Mädchen.« Er wirft mir einen Blick zu, der fragt: »Und du?«

»Ebenfalls zwei. Zwei Mädchen«, widerspreche ich ihm strahlend. Ich bin so, so froh, dass er frei ist.

»Weißt du, du bist nicht wirklich frei«, murmele ich dicht an seinem Mund, außerstande damit aufhören zu können, ihn zu küssen. »Weil du mir gehörst, Ford.«

»Stimmt, Tänzerin.«

Wir sind nicht im Bett, weil sein Klavier ins Haus geliefert worden ist. Wir haben es ins Wohnzimmer gestellt, und er hat »Hall of Fame« für mich gespielt. Ich habe zugehört, mich vorgebeugt und seine Finger beobachtet. Als er fertig war, habe ich glücklich gelächelt. Ian hat mich hochgehoben und mich auf das Klavier gesetzt, bevor er sich zwischen meine Schenkel gestellt hat. Ich habe ihn geküsst, und ich küsse ihn jetzt immer noch.

Ian

Ich bin frei. Frei und Herr meines Lebens. Die Dinge mit Sara laufen gut. Sogar besser als gut. Ich bin ein anderer Mensch. Ihre Mitbewohnerin wird heiraten, und ich habe mein Kätzchen überredet, bei mir einzuziehen. Den Schlüssel habe ich ihr bereits gegeben. Ich gehe schnell voran – aber ich weiß, was ich will. Ich werde jetzt nicht anfangen, zögerlich zu sein.

Zurzeit begleitet Sara ihre Mitbewohnerin, um sich Hochzeitskleider anzusehen, und sie hat mich gebeten, sie vor dem Laden abzuholen, wo sie Maß nehmen lässt. Ich fahre mit einem Taxi bis zur Ecke, und als mich beim Aussteigen der eiskalte New Yorker Winter trifft, schiebe ich die Hände in meine Taschen und gehe auf den Laden zu. Es fühlt sich an, als sei die Welt zur Abwechslung einmal vollkommen in Ordnung.

Ich bin total high, so gut fühle ich mich, als ich das dunkle Haar meiner Frau entdecke. Sie umarmt einen blonden Mann an der Ecke unseres Treffpunkts. Eine eisige Kralle legt sich um meine Brust.

Sara schaut auf und entdeckt mich, und ich gehe schnurstracks weiter. Ihr Lächeln weicht schnell einem Stirnrunzeln, als sie mich anschaut.

»Hey«, sage ich und beäuge den Mann.

»Hey«, sagt Sara vorsichtig.

Ich will irgendetwas schlagen. Nein. Ich will *ihn* schlagen.

»Das ist Jensen. Jensen, das ist Ian.«

»Ahh«, murmelt Jensen. »Der Lover.« Er lächelt.

»Und Sie sind?«, frage ich ein wenig gepresst.

»Ich bin ihr Freund. Ihr *schwuler* Freund. Ich hätte das nicht verraten, wenn Sie nicht so aussähen, als seien Sie bereit, mir mit den Zähnen die Haut vom Leib zu reißen. Ich würde es lieber heute Abend zu meinem Date schaffen. *Lebend.*«

»Entschuldigung.« Es tut mir sofort leid.

Er beäugt mich.

»Sie werden niemals jemanden kennenlernen, der so treu ist wie Sara. Denken Sie, sie lässt jeden Mann so an sich heran, wie sie Sie an sich heranlässt?« Er schüttelt den Kopf. »Erstes Mal, Mann.«

Ich fahre mir mit der Hand übers Kinn. »Danke, danke, dass Sie mir das gesagt haben.«

»Nicht der Rede wert. Ich bin froh, dass Sie zusammen sind. Sie wirkt glücklich.«

Ich beobachte sie. Sie ist verärgert, als ich mich ihr zuwende, die Hand aufs Kreuz lege, um sie den Häuserblock entlang zu dem Restaurant zu führen, in dem ich einen Tisch fürs Mittagessen reserviert habe.

»Was war das?« Oh je, sie ist nicht einfach nur verärgert. Sie ist stinksauer.

»Tut mir leid.« Ich verdrehe die Augen.

»Was hast du denn gedacht, Ford? Dass ich dich betrüge, weil ich nicht genug Schwänze bekommen kann?« Sie funkelt mich an, versetzt mir einen Stoß und bringt mich zum Lachen, weil sie so sauer ist. »Ernsthaft, selbst nach unserer ersten Nacht konnte ich es nicht ertragen, dass ein anderer Mann mich anfasst, weil es nicht *du* warst. Neben *dir* sind sie alle verblasst.«

Mein Lächeln erstirbt, und ich beiße die Zähne zusammen und betrachte ihre Züge. Ich berühre sie und ziehe sie an den Schultern an mich, obwohl sie sich ein wenig gegen mich wehrt. »Ich bin seit jener Nacht auch nicht mit jemand anderem zusammen gewesen«, versichere ich ihr.

Ihre Augen glänzen, und sie erlaubt mir endlich, sie wieder an mich zu ziehen. »Das mit uns bedeutet dir also etwas. Es bedeutet dir seit damals etwas.«

Ich ziehe eine Augenbraue hoch. »Du hast daran gezweifelt?«

»Wenn es dir etwas bedeutet, würdest du mir vertrauen. Himmel.« Sie funkelt mich abermals an, doch ein Lächeln umspielt ihre Lippen, als sie sich an meine Brust kuschelt, um sich gegen die Kälte zu schützen.

»Gerade weil du mir etwas bedeutest, bin ich vollkommen paranoid. Du denkst, du seist die Einzige, die sich verletzlich fühlt?«

Sie wirkt überrascht.

Ich hebe ihre Hand an die Lippen und hauche einen Kuss auf ihre Knöchel, dann beiße ich sanft hinein, weil mir klar ist, dass sie die Geste zu schätzen weiß. »Ich werde lernen zu vertrauen. Du wirst mir beibringen, wieder zu vertrauen.«

»Es hilft, über Dinge zu reden. Und keine Mauern zwischen uns hochzuziehen. *Niemals.* Wir sollten Gefühle herauslassen.«

Ich umfasse ihren Hintern und hebe sie hoch, dann reibe ich meine Nase an ihrer, küsse ihr süßes Gesicht und flüstere schroff: »Ich liebe dich. Es scheint unmöglich, aber es scheint, dass ich dich immer mehr und mehr liebe.«

»Es ist nicht unmöglich, weil ich im selben Boot sitze. Im selben Liebesboot.« Sie verdreht die Augen, als ich sie wieder auf die Füße stelle. »Okay, schlechter Scherz.«

Das L-Wort so regelmäßig zu benutzen, wie ich es Sara gegenüber tue, fühlt sich manchmal wie ein Todesurteil an. Aber es hat noch nie einen glücklicheren toten Mann gegeben.

In dieser Nacht kann ich nicht schlafen. Sara atmet ruhig neben mir, schweißnass von dem Sex, den ich ihr gegeben habe.

Verdammt, sie gibt im Schlaf die zauberhaftesten Geräusche von sich. Geräusche, über die ich eifersüchtig wache, besitzergreifend. Denn es sind sexuelle Geräusche. Das kleine Kätzchen hat einen Sextraum. Und ich will, dass diese Geräusche nur für mich zum Leben erwachen.

Ich fahre mit der Hand ihre Wirbelsäule entlang und ziehe sie enger an mich. Sie regt sich in meinen Armen, ein sinnliches Lächeln auf dem Gesicht, als unsere Blicke sich treffen.

Ich betrachte ihre Lippen, sauge die Art auf, wie sie aufwacht und mich anlächelt, wie sonst auch immer, wenn sie feststellt, dass ich sie beobachte.

»Warum siehst du mich so an?« Ihre Stimme ist heiser vom Schlaf und noch verwirrt.

»Es gefällt mir, wie du aussiehst, Schätzchen. Darf ich mir nicht ansehen, was mir gehört?« Ich streiche über ihren Hintern.

Sie knabbert an der Unterlippe und macht den Eindruck, als würde sie mich vielleicht küssen. Ihre Augen glänzen erheitert.

»Denkst du an Sex, Ian?«, verspottet sie mich mit einem scharfen Flüstern und streichelt meinen Arm.

Alle Muskeln in meinem Körper spannen sich an. Hölle, ich bin an einem seltsamen Ort, an dem ich alles tun würde, was sie mir sagt. Springen als Gegenleistung für weitere Berührungen. Alles tun für mehr von Saras Liebe.

Ich stöhne. »Ja.«

»Worauf wartest du dann noch?« Ihre teuflischen Augen glitzern.

»Vielleicht warte ich darauf, dass mich jemand aus diesem höllischen feuchten Traum weckt, in dem ich gelandet bin.«

»Und wenn ich kein Traum bin?«, zieht sie mich mit leiser Stimme auf.

Ich betrachte gierig ihren blassen Hals, eine schlichte goldene Kette an ihrer Kehle, ihr Haar offen – verdammt, ich liebe es offen, weil ich es packen, es riechen und die Finger darin vergraben kann.

Ihre Atmung geht schnell, und sie wirkt erregt und bereit, sich lieben zu lassen, und Hitze steigt in mir auf, als sei ich ausschließlich erschaffen worden, um ihre Wünsche zu erfüllen.

Wir tauschen einen Blick.

»Dann behalte ich dich, Kätzchen.« Ich beuge mich vor, drücke sie enger an mich, quetsche mit beiden Händen ihren Hintern zusammen, schlinge meine Zunge um ihre.

Das ist alles, was ich will. Alles.

Ich packe sie und ziehe sie an mich, und als ihr ein Keuchen über die Lippen kommt, beuge ich den Kopf und nehme es an, nehme dieses Keuchen an, diesen Mund, das Stöhnen, das folgt, die Frau, die mich bekommen hat.

An diesem Samstag ist Saras großer Premierenabend. Ich habe Rosen besorgt, zwanzig Dutzend, die zu Hause bereits warten. Ein weiteres Dutzend habe ich ins Theater gebracht und ich sitze in der Mitte der ersten Reihe, um zu beobachten, wie sie sich vor einem Publikum von tausenden Zuschauern die Seele aus dem Leib tanzt. Ich könnte nicht stolzer auf sie sein.

Sie legt eine tolle Performance hin. Dreifach, da sie spielen, singen und tanzen kann. Zum Teufel, nach zwei Stunden erhält sie stürmischen Beifall, bekommt Standing Ovations. Ich bin der Erste, der aufsteht, und ich klatsche, wie ich noch nie geklatscht habe.

Meine Brust schwillt an. Mein Schwanz zuckt. Mein ganzer Körper ist mit meinem gottverdammten Herzen verbunden.

Als habe ich einen Heliumballon in meiner Brust. Ich bin so voll, dass ich platzen könnte.

Oben auf der Bühne schreitet Sara nach vorn, ergreift die Hände ihrer Kollegen, bevor sie sich verbeugen, das breiteste, vernaschenswerteste Lächeln auf den Lippen. All diese Proben. Jede qualvolle Anstrengung. Selbst die Tage, an denen sie ihre Muskeln in einem kalten Bad entspannt hat. Jede Hürde ist es wert gewesen. Jede Herausforderung ist bezwungen worden. Jeder Test bestanden.

Ich habe die strahlendsten und talentiertesten Stars auf dem Broadway gesehen. Ich habe sie sogar in Hollywood gesehen. Aber nichts kann Sara das Wasser reichen, die heller strahlt als alles, was ich je gesehen habe.

Als die Vorhänge sich endgültig schließen, schnappe ich mir die Rosen und eine Flasche Champagner und gehe hinter die Bühne.

Ich weiß, was mich erwartet. Fotosessions für die Zeitung. Wow, ich kann die Kritiken, die sie bekommen wird, bereits vor mir sehen. *Auf dem Broadway ist ein neuer Stern aufgegangen!*

Sara ist in ihrem Umkleideraum, als ich an die Tür klopfe und sie aufdrücke. Sie wirbelt auf ihrem Stuhl herum, und unsere Blicke treffen sich. Während ich den Raum durchquere, ist sie auch schon auf den Beinen und wirft sich mir in die Arme. Ich lege die Blumen und den Champagner beiseite und ziehe sie enger an mich.

Ich drücke sie, dann werfe ich sie hoch und fange sie an der Taille auf, um ihr einen festen Kuss auf den Mund zu drücken. Wir lachen alle beide.

»Ich bin stolz auf dich, Kätzchen. Du warst umwerfend heute Abend.«

»Ich weiß! Ich weiß! Gott, hast du das Publikum gehört?«

»Baby, ich war einer von ihnen.«

Sie stößt ein Kreischen aus, springt auf und ab, wischt sich dann schnell über die Augenwinkel und schlingt die Arme um mich, um mich fester an sich zu ziehen. »Oh mein Gott, ich kann es nicht glauben. Vielen Dank, Ian.« Sie umfasst mein Gesicht und presst ihre Lippen auf meine, und sie schmecken nach ihren Tränen, und ich kann nicht genug von ihr bekommen. Ich werde niemals genug von ihr bekommen.

Heißer Workaholic

Sara

Es sind sechs Monate vergangen, und ich bereite eine Mahlzeit fürs Abendessen zu, während Ian im Wohnzimmer ein Skript liest. Wir haben Bryn und Christos eingeladen. Ich habe noch nie als Gastgeberin ein förmliches Dinner veranstaltet, und ich will meinen Mann beeindrucken, unsere Freunde und mich selbst.

Damit die Rinderbrust nicht trocken wird, schalte ich den Ofen aus und spähe ins Wohnzimmer. Ians dunkler Kopf ist über Papiere gebeugt, und er hat diesen niedlichen, wirklich heißen und nachdenklichen Ausdruck auf dem Gesicht. Eine Hand bedeckt die Hälfte seines Kinns, seine Lippen sind ohne den Hauch eines Lächelns, während er die Seite überfliegt.

Ich vollführe im Wohnzimmer eine kleine Pirouette, dann springe ich hoch und lande heimlich wieder auf den Füßen. Wie eine Katze.

Ian schaut langsam in meine Augen, und seine Lippen zucken. »Mach das noch mal. Ich habe es verpasst.«

»Nein, hast du nicht.« Ich feixe und mache einen Wechselschritt nach vorn, und ich liebe die Art, wie er mich ansieht, die Gefühle, die mein Anzugträger in mir weckt.

»Du würdest alles sagen, um mich dazu zu bringen, für dich zu tanzen.«

»Das stimmt«, bestätigt er, legt das Skript beiseite und setzt sich aufs Sofa.

Ich erfülle ihm seinen Wunsch und vollführe eine sexy Drehung, dann tanze ich für ihn, den verführerischsten Tanz, den ich kenne. Jeder Knochen und jeder Muskel in meinem Körper schmerzen, nachdem ich mich während der vergangenen sechs Monate pausenlos fast kaputt getanzt habe, aber es geht nichts über die Freude, die ich meinem Mann bereite.

Es schadet nicht, dass es mir gefällt, wenn er mich beim Tanzen beobachtet.

Es törnt mich an.

Was soll ich sagen?

Dieser Mann lässt mich derart strahlen, dass ich manchmal nicht schlafen kann, aus Angst aufzuwachen und festzustellen, dass er fort ist.

»Okay, genug.« Ich höre auf zu tanzen, gehe zu ihm hinüber, ziehe ihn auf die Füße und hauche ihm einen Kuss auf die Lippen, weil ich mich einfach nicht beherrschen kann. »Wir erwarten bald Gäste. Ich tue mein Bestes, sie zu beeindrucken, aber *du* musst noch den Wein aussuchen.«

Er quetscht meinen Hintern und drückt mir einen Kuss auf die Schläfe, bevor er zu dem kleinen Weinkühlschrank geht, den er neben der Bar aufgestellt hat. Ich höre Ian die Flaschen durchstöbern, dann nimmt er eine heraus, inspiziert den Jahrgang und stellt die Flasche wieder zurück, um nach einer anderen zu greifen.

Ich mache mich ans Werk, schüttele die Kissen auf dem Sofa aus und rücke ein Foto auf dem kleinen Beistelltisch zurecht. Ich sauge das Bild von uns auf – unser erstes gemeinsames Foto. Es war ein Selfie, das wir aufs Geratewohl aufgenommen haben, als wir nach meinem Einzug eines Abends zum Essen aus waren und mir bewusst geworden war, dass ich kein Bild für unser neues Haus hatte, mit dessen Möblierung wir gerade fertig geworden waren.

Ian bestand darauf, dass ich für ein Foto näher an ihn heranrückte, und biss mir ins Ohrläppchen, als ich das Bild knipste. Mit großen Augen und offenem Mund blickte ich in die Kamera. Ich sah aus, als sei ich schockiert darüber, dass er auf die Idee gekommen war, mich zu beißen.

Er ist der beste Partner, den ich mir jemals hätte erhoffen können. Er sorgt dafür, dass er jeden Tag um sechs Uhr abends zu Hause ist, damit wir Zeit zusammen haben. Manchmal besuchen wir seine Gran oder machen einen Spaziergang durch den Park. Manchmal gehen wir in Cafés oder Weinkneipen – und wir sind sogar schon am Ufer des Hudson entlanggeschlendert und haben uns in der kühlen Luft eng aneinander gekuschelt. Er liebt es nach wie vor zu arbeiten, und ich liebe seinen Elan und seine Entschlossenheit. Und seinen Ehrgeiz ebenfalls. Solange er sich Mühe gibt, mit mir zusammen zu sein, habe ich keinen Grund zur Beschwerde.

Ich weiß, dass Beziehungen Mühe erfordern. Ian Ford kann manchmal zu perfektionistisch und ein wenig zu besitzergreifend sein. Er ist ein Mann, der sein Territorium klar absteckt. Aber trotzdem liebe ich ihn. Was kann ich sagen? Dieser Anzugträger hat meine Welt auf den Kopf gestellt. Manchmal denke ich, dass ich mein Herz am selben Tag verloren habe, an dem ich ihm meinen zusammengeknüllten Schlüpfer überreicht habe.

Ein Klingeln an der Tür reißt mich aus meinen Erinnerungen, und ich bin sofort hellwach, weil Bryn und Christos vor der Tür stehen.

»Ich mache auf«, sagt Ian gelassen, als er den Ausdruck der Panik auf meinem Gesicht sieht.

Ich eile zurück in die Küche, um mich davon zu überzeugen,

dass die Rosmarinkartoffeln immer noch in dem Warmhaltefach sind, in dem ich sie zurückgelassen habe. Dann streife ich mir einen Handschuh über und ziehe die Rinderbrust aus dem Ofen. Bryns und Christos' Stimmen sind zu hören, und ich stelle die Rinderbrust auf den Herd.

Ich haste durch die Küche und versuche, dafür zu sorgen, dass alles perfekt ist.

Bryn und Christos sind inzwischen verheiratet. Seine Ex-Freundin hat reinen Tisch gemacht über eine geheime *Tändelei*, die sie und sein Bruder Cole gehabt hatten, und nach einer Mussheirat, die es in ganz Manhattan in die Schlagzeilen geschafft hat, hat sie einen kleinen Sohn zur Welt gebracht. Die beiden Turteltauben sind gerade in ihre Flitterwochen aufgebrochen, und Christos und Bryn kümmern sich um das Baby, bis sie zurückkehren.

Während ich Bryn mit dem Baby im Arm hereinkommen sehe, kann ich erkennen, dass sie der glücklichste Onkel und die glücklichste Tante sind, die man sich nur wünschen kann. Christos kann nicht aufhören, seine Frau und das Baby zu bewundern, während Bryn den hübschen, blonden kleinen Jungen angurrt, als würde sie lieber mit dem Baby reden als mit irgendjemandem sonst im Raum. Auch wenn sie dabei ein wenig bescheuert klingt. Ich verlasse die Küche und gehe durchs Wohnzimmer, um sie zu begrüßen.

»Oh. Sara! Becka hat mich gebeten, dir das hier zu geben.« Bryn späht in ihre Einkaufstasche, und Christos murmelt: »Ich erledige das«, dann zieht er ein großes Taschenbuch heraus.

»Ist das ihres?« Ich betrachte das Buch, das Christos mir reicht, und mein Herz schwillt an von Stolz, als ich Beckas Namen auf dem Cover lese.

»Hier, nimm ihn, während ich Sara helfe«, sagt Bryn ihrem Mann.

Ich trage Beckas Buch in die Küche und lege es beiseite, während Bryn und ich alles richten, was auf den Esstisch gebracht werden muss. Ich kann das Offensichtliche nicht ignorieren. Dieses Mädchen sehnt sich nach einem Baby, oder der Storch ist vielleicht schon auf dem Weg.

»Du bist schwanger«, sage ich grinsend. »Wenn nicht, wirst du es bald sein. Sieh dir das an.« Ich drehe sie um, damit sie Christos mit dem Baby in den Armen betrachten kann. Ich lache. »Kacke und Windeln. Sieh dich an, Bryn Christos.«

»Lach nicht«, erwidert Bryn warnend.

Mein Lächeln verblasst, als ich sehe, wie Christos Ian das Baby überreicht. Er runzelt die Stirn, als wisse er nicht recht, was er mit dem Wesen anfangen soll.

Mein Herz schmilzt, überschlägt sich, brennt. Ian sieht mich mit einem verwirrten Gesichtsausdruck an, als hätte er keine Ahnung, was er mit einem Baby in den Armen anfangen soll. Unsere Blicke treffen sich. Meine Eierstöcke explodieren. *Nichts Neues.* Mein Magen zieht sich vor Verlangen zusammen.

»Sara«, sagt er grimmig.

Ich schüttele lachend den Kopf. »Ich habe die Hände voller Snacks; ich kann dich nicht vor diesem Baby retten, Süßer.«

»Schätzchen«, murmelte er drängend. »Hilf mir. *Jetzt*.«

Ich schüttele abermals den Kopf, stelle aber das Tablett beiseite, während Christos Ian das Baby mit einem leisen grummelnden Lachen abnimmt.

Ich gehe zu Ian hinüber, der seine Hände betrachtet, als seien sie infiziert.

»Du siehst sehr gut aus mit einem Baby im Arm«, flüstere ich.

»Komm nicht auf irgendwelche Ideen.« Er fährt sich rastlos mit einer Hand über den Nacken, aber er lächelt. Und ich weiß, dass wir eines Tages diesen Punkt erreichen werden. Er und ich.

»Ich habe eine ganze Menge Ideen.« Ich beiße mir kess auf die Lippe.

Er greift nach meinem Hinterkopf und beugt sich vor. »Du treibst mich in den Wahnsinn.«

»So ist es. Meine Lebensaufgabe.« Ich drücke einen Kuss auf seinen süchtig machenden Mund und nehme Christos das Baby ab. Jetzt spüre ich, dass Ian mich anschaut, und Bryn wackelt mit den Augenbrauen und sagt mir: *Vielleicht werden wir zusammen schwanger sein.*

Ich liebe es, Fords Grenzen zu testen.

»Ich weiß, welche Ideen das sind. Ich habe selbst einige davon«, flüstert er mir heiser ins Ohr und sieht mich mit schweren Lidern an, und der Blick, den er mir zuwirft, als ich das Baby halte, lässt meine Zehen kribbeln, wie sie es getan haben, nachdem er mir bei der Premiere beim Tanzen zugeschaut hatte.

Er beobachtet mich immer noch auf eine ganz seltsame Weise, als wir uns zum Abendessen hinsetzen. Bryn legt das Baby in einen Kinderwagen, und es döst irgendwie ein, während wir übers Geschäft reden, über Kinofilme, Ians nächsten Dreh, das *Ungezogen Angezogen* und meine Broadwayshow.

»Also geht Ian jeden Abend ins Theater, um dich tanzen zu sehen?«

»Nicht *jeden* Abend«, antworte ich augenzwinkernd. Aber um ehrlich zu sein, ist er fast jeden Abend da und verpasst nur eine Vorstellung, wenn er arbeiten muss.

Ich erinnere mich immer noch an die Premiere. Ian hat zusammen mit dem Publikum zugesehen, wie ich mir das Herz aus dem Leib getanzt habe. Am Ende der Show hat er mich mit einem Stadthaus voller roter Rosen empfangen. Er hat mich geküsst und mir gesagt, wie stolz er auf mich sei.

Er sieht mich immer noch jeden Abend, den er als Zuschauer verbringt, so an; als sei es das erste Mal, dass er mich tanzen sieht. Er schaut mich an wie ein Mann, der verliebt ist.

Scheiße, ich liebe dich, du verfluchter heißer Anzugträger, denke ich, als unsere Blicke sich treffen.

Ich schenke ihm ein verstohlenes Lächeln und spüre ein Flattern im Magen, als er es erwidert. Dann trage ich die Dessertteller in die Küche und stelle sie in die Spüle.

Ich entdecke Beckas Buch und überfliege die Seiten. Ich brauche nicht einmal eine Minute, um zu begreifen, dass sie etwas Wichtiges geschrieben hat. Etwas Persönliches über ihre Reise nach New York.

Heilige Scheiße.

Ist sie verliebt?

Plötzlich wünsche ich mir sehr, dass sie es ist.

Plötzlich wünsche ich mir sehr, dass der Glückliche, wer immer er ist, ihre Gefühle erwidert.

Ich habe in den letzten Monaten gelernt, dass man Liebe jederzeit verlieren kann, aber man kann sie auch finden.

Sie kann sich verändern und wachsen und leuchten und schmerzen, so wie Schönheit manchmal schmerzt. Aber ihr Abdruck ist dauerhaft.

Ihre Macht unendlich.

Man braucht sich nur zu öffnen und sie hinauszulassen, denn wenn man diese Türen aufmacht, kann die Liebe nicht anders, als hereinzukommen.

Liebe Leser,

vielen Dank, dass ihr *Mogul* gelesen habt. Hoffentlich habt ihr Ians und Saras Geschichte ebenso gern gelesen, wie ich sie geschrieben habe. Und auf jeden Fall ist Becka als Nächste an der Reihe!

Viele Küsse,

Katy

Danksagung

Das Schreiben ist manchmal eine sehr persönliche und einsame Sache, aber das Veröffentlichen eines Buches ist alles andere als das. Ich hätte es ohne die Hilfe und Unterstützung meines tollen Teams nicht geschafft, und ich bin euch allen dankbar.

Meiner Familie: Ich liebe euch!

Danke an Amy und alle anderen bei der Jane Rotrosen Agency!

Danke an meine Lektoren, Redakteure, Korrektur- und Betaleser: CeCe, Lisa, Anita, Mara, Monica, Nina und Kim.

Danke an Nina, Jenn, Shannon und alle anderen bei Social Butterfly PR …

Dank an Melissa und Gel, meine erstklassigen Audiopublisher, und meine fabelhaften ausländischen Verleger.

Besonderer Dank geht an Sara von Okay Creations für das schöne Cover und an Wong Sim und Mitchell Wick für das tolle Bild.

Danke, Julie, für das Formatieren.

Und Dank allen meinen Bloggern, die meine Arbeit unterstützen und weiterverbreiten – ich schätze euch höher, als ich auszudrücken vermag.

Und meine Leser – ich kann mich wirklich glücklich schätzen, dass ich meine Bücher mit so einem begeisterten und coolen Publikum teilen darf. Ihr seid der Wahnsinn.

Katy

Sie nennen ihn »Saint«. Doch er ist alles andere als ein Heiliger ...

Katy Evans
SAINT – EIN MANN, EINE SÜNDE
Aus dem amerikanischen Englisch von Wanda Martin
384 Seiten
ISBN 978-3-7363-0456-7

Saint ist mysteriös, privilegiert – eine Legende in den High-Society-Kreisen Chicagos. Doch obwohl die Presse jeden seiner Schritte verfolgt: Den wahren Malcolm Saint kennt niemand. Noch nicht. Denn genau dieses Geheimnis will Journalistin Rachel lüften. Allerdings hätte sie niemals damit gerechnet, dass sie sich dabei in den reichen Playboy verlieben könnte ...

»Saint gehört MIR!« SYLVIA DAY

LYX

»Wir haben Augenblicke. Tausende von Augenblicken. Lass uns jeden davon bis zum Letzten auskosten.«

Emma Scott
ALL IN – TAUSEND AUGENBLICKE
Aus dem amerikanischen Englisch von Inka Marter
432 Seiten
ISBN 978-3-7363-0819-0

Kaceys Leben als Rockstar ist ein Tanz auf dem Vulkan, den sie nicht überlebt hätte, wäre Jonah Fletcher nicht in ihr Leben getreten. Ihn zu lieben ist ein Sprung ins Ungewisse, der größtes Glück oder größten Schmerz bringen kann. Doch ganz gleich, was kommt, Kacey weiß, dass sie nicht mehr zurück kann – und dass Jonah es wert ist, alles zu riskieren …

»Eine zutiefst berührende Liebesgeschichte, die man nie wieder vergisst – so real, so wunderschön geschrieben, so perfekt.«
TOTALLY BOOKED BLOG

LYX